Und dann steht einer auf
und öffnet das Fenster

Für Uwe

Fred

NUR ZEHN MINUTEN vor Karlas Hauseingang reichten aus, um Freds Zuversicht in Beklommenheit und dann in mühsam kontrollierte Panik zu verwandeln.

Nicht, dass sie ihn hätte warten lassen. Es gehörte zu seinen Gewohnheiten, Anfahrtszeiten so großzügig zu kalkulieren, dass ihm bei der Ankunft noch genügend Zeit zur Orientierung blieb. Das gab ihm Sicherheit. War er irgendwo mit jemandem verabredet, was selten genug vorkam, schlenderte er immer ein wenig auf und ab und entfernte sich dann so weit, dass er den Treffpunkt noch gut im Auge behalten konnte, um sich bei der ersten Sichtung der anderen Person wieder dem Ziel zu nähern. Niemals würde Fred allein in einem Restaurant sitzen und sich die Blöße des Wartens, womöglich des vergeblichen Wartens geben. Lieber blieb er draußen, überwachte von Weitem den Eingang, entlastete das Gewissen der zu spät Kommenden, indem er – ganz außer Atem – noch später eintraf als sie, und konnte sich sogar einreden, er sei ja selbst gar nicht vor Ort gewesen, wenn man ihn versetzte. Besuchte er jemanden, nutzte er die Zeit, die er durch seine frühe Ankunft gewonnen hatte, um in aller Ruhe Fassaden, Vorgärten, Schaufenster, Passanten oder Plakatwände zu betrachten, bis es so weit war, dass er den Klingelknopf drücken konnte.

In Karlas Straße gab es kaum etwas, das seine Augen zum Verweilen einlud. Überhaupt hielt er sich in Gegenden wie dieser ungern auf, zu viel Graffiti an den Häuserwänden, zu viel Hundescheiße auf dem Gehweg, zu viele Kneipen, in die er niemals einen Fuß gesetzt hätte. Das Mietshaus, vor dem er stand, war Anfang des letzten oder vielleicht noch im vorletzten Jahrhundert gebaut worden und wirkte heruntergekommen und abweisend. Jemand hatte eine weihnachtliche Lichterkette an den Balkonkästen im Hochparterre befestigt, wo sie im Halbsekundentakt verdorrtes Gestrüpp mit blauem LED-Licht illuminierte. Karlas Wohnung war im vierten Stock, hatte sie ihm am Telefon gesagt. Er versuchte sich auszumalen, wie Karla wohl aussah, und merkte, dass sich sein Magen vor Nervosität verkrampfte. Um sich zu entspannen, gestattete er sich die Phantasie eines Gesichts, das ihn beim Öffnen der Wohnungstür voller Dankbarkeit und Erleichterung ansah. Das half, aber nur kurz. Er wusste, er hätte sich gelassen und souverän fühlen sollen, aber was er fühlte, war blanke Angst.

Es wurde Zeit. Noch bevor er die Hand zur Klingel ausstrecken konnte, deren Position auf dem Tableau er gleich bei seiner Ankunft ausgemacht hatte, öffnete sich die Tür, und ein schmächtiges Männlein im bordeauxroten Trainingsanzug wurde von einer Dogge ins Freie gezerrt. Fred nahm dankbar zur Kenntnis, dass sie einen Maulkorb trug. Er murmelte einen Gruß und drückte sich an ihnen vorbei ins Innere des Hauses. Das Hinweisschild »Aufzug im Brandfall nicht benutzen« sah er sofort. Er beschloss, die Treppe zu nehmen.

Er ließ sich Zeit. Als er den zweiten Stock erreichte, schwitzte er bereits, und sein Atem ging stoßweise. Je weiter er aufwärts stieg, umso mehr verfluchte er sein Vorhaben, genauso wie er die schwarze Aktentasche verfluchte, die, mit nutzlosen Papieren bestückt, unter seinem Arm klemmte und einen Eindruck von Seriosität vermitteln sollte. Wenigstens lenkte ihn seine Kurzatmigkeit von der Angst ab. Als er endlich im vierten Stock angekommen war, musste er der Versuchung widerstehen, sich erschöpft auf dem Treppenabsatz niederzulassen. Es erschien ihm unwürdig angesichts der Aufgabe, die ihm bevorstand, schließlich war er nur übergewichtig, aber ansonsten gesund. Er stand da und lauschte nach Geräuschen hinter ihrer Wohnungstür, aber sein eigener Puls dröhnte ihm viel zu laut in den Ohren, als dass er etwas hören konnte. Er musste sich noch ein paar Minuten Zeit nehmen, um sich zu beruhigen.

Lächeln. In einem seiner Ratgeber hatte Fred gelesen, dass selbst ein künstliches Lächeln, wenn es nur lange genug aufgesetzt wird, jedes Unbehagen in gute Laune verwandeln kann. Das Gehirn empfängt die Impulse durch die Mimik, vermutet einen freudigen Anlass und beginnt, die entsprechenden positiven Botenstoffe auszusenden. Positive Botenstoffe waren genau das, was er jetzt brauchte. Er lächelte erst verlegen, dann mit aller Kraft die Wohnungstür an, bis ihm der Gedanke kam, Karla könnte seine Anwesenheit im Treppenhaus längst bemerkt haben und ihn durch den Spion beobachten. Er schloss den Mund und sah auf seine Armbanduhr. Schon nach halb sechs. Sie wartete auf ihn. Er nahm sich nicht mehr die Zeit, um zu überprüfen, ob seine Stimmung sich tatsächlich gehoben hatte, sondern drückte auf die Klingel. Als er hörte, wie sich auf der anderen Seite Schritte näherten, rief er seinen Namen und dass er schon oben stünde, direkt vor ihrer Wohnungstür.

»Fred Wiener«, sagte er noch einmal, als Karla die Tür öffnete. »Guten Tag, Frau Jenner-García. Wir haben miteinander telefoniert.«

Dieser Name. Musste man den letzten Teil spanisch aussprechen? Den ersten womöglich auch? Bei seinem ersten Gespräch mit ihr vor zwei Tagen hatte er vermeiden können, sie direkt anzureden, dafür aber vorher ausführlich geprobt, wie er sich am Telefon vorstellen wollte. »Ja, hallo, hier ist Fred Wiener, Ihr Sterbebegleiter.« Das klang nicht gut. »Fred Wiener, Ihr ehrenamtlicher Hospizmitarbeiter.« Viel zu formell, und außerdem empfand er den Zusatz »ehrenamtlich« bei so einer wichtigen Aufgabe, Hand aufs Herz, fast schon als diskriminierend, schließlich hatte er eine lange Ausbildungszeit hinter sich. Dann besser »Ihr ambulanter Begleiter«? Am Ende entschied er sich für »Fred Wiener vom Hospiz«, das war aussagekräftig genug und dürfte auch auf Karla weniger bedrohlich wirken. Auf die Qualität ihres Gesprächs hatte es keine Auswirkungen gehabt. Karla war kurz angebunden gewesen und hatte ihm nur den Besuchstermin und ihre Adresse bestätigt, und hätte er den Mut besessen, sie wenigstens ein oder zwei Mal mit ihrem vollen Namen anzureden, hätte das Telefonat doppelt so lange gedauert. *Passt es Ihnen Freitag um halb sechs? Ja, passt. Vierter Stock, es gibt einen Fahrstuhl.*

Jetzt lehnte Karla Jenner-García mit einem Gesichtsausdruck am Türrahmen, als würde ihr Freitag um halb sechs doch nicht passen. Sie sah, stellte Fred überrascht fest, überhaupt nicht wie eine Sterbende aus, jedenfalls nicht wie die Sorte Sterbender, auf deren Anblick er sich vorbereitet hatte. Blass und schmal war sie, aber blass und schmal hätte sie schon immer gewesen sein können. Ihr Blick war konzentriert, ihre Haare waren lang und dunkelbraun und mit vereinzelten weißen Fäden durchsetzt. Sie trug Kleidung von einer Art, die er nicht zuordnen konnte: War das ein Kleid oder eine lange Bluse, die sie über ihrer Hose drapiert hatte? Was er hingegen wusste, war, dass sie sechzig Jahre alt war. Und er wusste noch mehr von ihr: dass sie Bauchspeicheldrüsenkrebs hatte und Metastasen in der Leber und an der Wirbelsäule, inoperabel. Dass sie die Chemotherapie abgebrochen und höchstens noch ein halbes Jahr zu leben hatte, wahrscheinlich deutlich weniger. Alleinstehend, privat krankenversichert, konfessionslos, hinter der Frage nach Familienangehörigen eine Handynummer und bei der Patientenverfügung ein Fragezeichen. So stand es auf dem Erhebungsbogen, den er von der Hospizleitung bekommen hatte und der zu seiner eigenen persönlichen Sicherheit in seiner Aktentasche steckte, denn er wusste, dass er ihn für ihr Gespräch nicht brauchen würde.

Karla stand reglos da, und Fred wagte nicht, sie zu bitten, ihn hereinzulassen. Wenn sein genuscheltes »Gartschia« völlig verkehrt gewesen wäre, hätte sie ihn bestimmt korrigiert. Bei so einem Namen musste man damit rechnen, dass die Leute überfordert waren. Karlas Blick wanderte von seinen Schuhen zu seiner Aktentasche, und er nahm an, dass sie ihn gerade einer Prüfung unterzog, aber er wusste nicht, was er tun musste, um sie zu bestehen. Sich den Schweiß von der Stirn zu wischen wäre sicher keine gute Idee, obwohl er es gern getan hätte. Stattdessen nahm er die Brille ab, weil die feuchte Haut auf seinem Nasenrücken unerträglich zu jucken begonnen hatte, und putzte die Gläser mit einem bröselnden Papiertuch aus seiner Jackentasche. Als er die Brille wieder aufsetzte, war das Bild unverändert. Im Stockwerk über ihnen knallte eine Tür ins Schloss. Auf eine Sekunde der Stille folgte das Klacken hoher Absätze, dann erschien eine junge Frau auf dem Treppenabsatz, wo sie strauchelte, sich wieder fing und weiter abwärts hastete. Fred trat ein Stück zur Seite, um sie vorbeizulassen. Die Frau sagte »Hi«, aber es war nicht klar, ob sie Karla kannte oder nur aus Höflichkeit grüßte. Ihre kurzen Haare waren dunkel und zerzaust, sie trug Lederstiefel, die ihr bis zu den Oberschenkeln reichten, darüber irgendetwas Knappes, Transparentes, das Fred ebenso wenig benennen konnte wie zuvor Karlas Kleidung, und aus ihrer halb offenen Handtasche hing eine blonde Langhaarperücke heraus und wippte bei jedem ihrer Schritte mit. Der Geruch nach Parfum und Terpentin, den sie hinterließ, reichte aus, um Karla und Fred im gemeinsamen Widerwillen zu vereinen und den Bann zu brechen.

»Kommen Sie rein, Herr Wiener«, sagte Karla und trat einen Schritt zurück.

Sie ging voran, er folgte ihr durch den Flur und meinte an ihrer leicht gebückten Haltung zu erkennen, dass sie Schmerzen hatte oder Schmerzen vermeiden wollte. Seine Jacke behielt er an, weil sie an der Garderobe vorbeiging, ohne ihn zu bitten, abzulegen. Der Flur war lang und kahl, an den Wänden hingen Schwarz-Weiß-Fotografien, aber er nahm sie beim Vorübergehen nur flüchtig wahr: Partybilder? Theateraufführungen? Erst als Karla ihn in einen großen, hellen Raum führte – ihr Wohnzimmer, nahm er an –, konnte er sehen, dass die meisten Bilder Aufnahmen von Live-Konzerten waren: Gitarristen mit fliegenden Haaren und schwitzende Sänger, die sich an ihr Mikrophon klammerten, Schlagzeuger hinter gigantischen Aufbauten, ekstatische Zuhörer, deren Frisuren und Kleider vermuten ließen, dass die Bilder aus den Siebziger- oder Achtzigerjahren stammten. Eine fremde Welt, zu der er nie Zugang gefunden hatte, weil er weder die Musik von damals noch die aktuellere Rock- und

Popmusik mochte. Mit etwas Mühe hätte er fünf klassische Komponisten und ein Dutzend deutscher Schlagertitel aus den vergangenen zehn Jahren aufzählen können, aber damit war sein Repertoire erschöpft. Musik war eine Art Hintergrundrauschen in seinem Leben, das manchmal angenehm, aber meistens störend in sein Bewusstsein drang. Von Hippies, Woodstock und freier Liebe verstand er nichts. Er nahm sich vor, Karlas Fotos irgendwann in Ruhe anzusehen.

Im übrigen Raum gab es nicht viel, was man in Ruhe hätte ansehen wollen. Keine Bücherregale, Pflanzen oder persönliche Gegenstände. Auf den Fußbodendielen standen eine Musikanlage und Lautsprecherboxen, direkt daneben ein Stapel aus abgewetzten, mit Klebeband geflickten Umzugskartons einer deutschen Spedition mit vierstelliger Postleitzahl. Er versuchte sich zu erinnern, wann die fünfstelligen Postleitzahlen eingeführt worden waren. An der Wand gegenüber stand ein einsames Sofa, darauf eine zerknitterte graue Decke, die aussah wie ein verlassener Kokon. Die Raumtemperatur war geradezu tropisch. Karla deutete auf den runden Esstisch in der Zimmerecke, und Fred zog endlich seine Jacke aus, hängte sie über eine Stuhllehne und nahm Platz, während sie zwei Gläser aus einer Wasserkaraffe füllte und ihm eines zuschob. Dann lehnte sie sich zurück und betrachtete ihn schweigend. Die Prüfung war noch nicht vorbei. Was sah sie in ihm? Einen Gesandten des Todes? Einen zukünftigen Beistand für schwere Stunden? Einen schwitzenden, übergewichtigen Mittvierziger?

Obwohl Fred nicht durstig war, trank er sein Glas in einem Zug aus und stellte es mit Schwung auf dem Tisch ab. Er sah, wie sie bei dem Geräusch zusammenzuckte, und traf eine Entscheidung. Sie hatte eine Begleitung gewünscht, er war ihr Begleiter. Es war unwichtig, womit er den Anfang machte, Hauptsache, er fing überhaupt an.

»Ihr Name. Sie kommen aus Spanien?«

Sie verschränkte die Arme vor der Brust. »Ich habe lange dort gelebt.«

»Und wo genau?« Als würde Fred sich in Spanien auskennen.

»Erst Ibiza, später Formentera.«

Unschöne Erinnerungen an einen missglückten Familienurlaub tauchten vor seinem inneren Auge auf. »Ah, Ibiza. Da war ich schon mal. Ist eine Weile her.«

Karla nickte höflich und desinteressiert. Er versuchte es mit einem anderen Thema.

»Die Bilder. Sind die von Ihnen? Tolle Aufnahmen.«

»Tun Sie mir den Gefallen und hören Sie bitte mit dieser Scheißkonversation auf.« Sie sagte es nicht unfreundlich, aber bestimmt.

Fred erstarrte mit hochrotem Kopf. Ein Fehler, er hatte jetzt schon einen Fehler gemacht. Was wollte sie? Wollte sie über den Tod reden? Über ihre Krankheit?

»Entschuldigen Sie«, sagte er. Er wagte nicht, ihr ins Gesicht zu sehen. Stattdessen richtete er seinen Blick auf den Boden und entdeckte, dass Karla barfuß war. Warum ihn der Anblick ihrer bloßen Füße so erschütterte, konnte er sich nicht erklären.

»Herr Wiener?«, fragte Karla und wartete geduldig, bis er wieder zu ihr aufblickte. »Darf ich Sie fragen, warum Sie das machen? Was bringt Sie dazu, fremde Leute zu besuchen, die bald sterben werden?«

Keine Frage war ihm bisher lieber gewesen als diese. Nicht, dass sie ihm dauernd gestellt worden wäre, aber zumindest unter seinen Arbeitskollegen hatte sich bald herumgesprochen, dass Fred, der Langweiler, sich neuerdings auf dubiosen Fortbildungskursen herumtrieb. Wie, Sterbebegleiter? Wie er denn auf so was gekommen wäre? Erst mit Zurückhaltung, dann mit zunehmender Begeisterung hatte er ihnen erklärt, dass er einen sinnvollen Beitrag leisten wollte in dieser Gesellschaft, dass man sich dem Tabuthema Tod stellen, ja, es in die Mitte des Lebens zurückholen müsse, wo es schließlich auch hingehörte. Menschliche Zuwendung, liebevolle Begleitung, Erhalt der Lebensqualität, ein würdiges Leben bis zum letzten Atemzug: Das waren die Dinge, für die er einstehen wollte. Sie hatten ihm zugehört. Sie waren sogar beeindruckt, er konnte es in ihren Gesichtern lesen. Sieh mal an, unser Fred, das Wienerwürstchen, der traut sich was. *Also, ich könnte das nie.* Er kassierte keinen Spott wie sonst, wenn es um seine Lebensgestaltung ging, sondern erntete ihren Respekt. Die Hospiz-Broschüren und aktuellen Veranstaltungshinweise, die er von da an monatlich anschleppte, lasen sie nie.

Dass er Karla mit solchen Sachen nicht kommen konnte, wusste er. Mochte er bei den anderen mit seinem sozialen Engagement gepunktet haben, Kranken und Sterbenden hielt man keine flammenden Reden über gesellschaftliche Notstände. Hier war eine schlichte, bescheidene Antwort gefragt. Am besten die Wahrheit. Am zweitbesten irgendetwas Pragmatisches.

»Ich hab mal eine Fernsehsendung über Hospizarbeit gesehen«, sagte er. »Ich wusste sofort, dass ich das auch machen wollte.«

»Nehmen die denn jeden?«

Er entschied sich zu glauben, dass das nicht gegen ihn gerichtet war. »Nicht jeden. Wir sind gut und sorgfältig ausgebildet worden.«

»Aber Sie müssen doch auch irgendwas davon haben. Sie werden doch nicht dafür bezahlt, oder?«

»Nein, ich arbeite ehrenamtlich.« Fred suchte nach etwas Persönlichem, das er ihr sagen konnte, damit sie endlich aufhörte, seine verborgenen Motive auszuloten. »Was ich davon habe? Vielleicht möchte ich lernen, es auszuhalten, dass Menschen sterben.«

»Sie wollen das erst lernen? Sie können das noch nicht?«, fragte Karla.

»Das ist ein langer Weg«, sagte er vage.

Karla runzelte die Stirn, dann hatte sie offenbar eine Eingebung. »Sie machen das noch gar nicht lange, oder?«

Ach nein, nicht schon jetzt. Er hätte zu gern etwas mehr Zeit gehabt, um eine Beziehung zwischen ihnen aufzubauen und Karlas Vertrauen zu gewinnen, Vertrauen auch zu sich selbst, dass er dieser Aufgabe gewachsen war, er, der blutige Anfänger. Kurz überlegte er, ob er »Seit mehr als einem Jahr« antworten und einfach seine Ausbildungszeit dazurechnen sollte, was noch nicht einmal gelogen wäre, aber dann sagte er: »Es ist mein erstes Mal.« Er versuchte, seine Stimme fest und selbstbewusst klingen zu lassen.

Sie sah ihn verblüfft an. Dann versuchte sie ein Lächeln, was ihr misslang, und sagte: »Was für ein Zufall. Bei mir ist es auch das erste Mal.«

Sie schwiegen. Durch Freds Hirn rasten Formulierungen, mit denen er an ihren letzten Satz anknüpfen könnte (»Dann lassen Sie uns doch das Beste daraus machen« oder »Ich weiß, was für eine schwierige Situation das für Sie ist« oder wenigstens »Wollen Sie gern noch mehr von mir wissen?«), aber keine davon schien ihm angemessen. Um irgendetwas zu tun, fragte er: »Darf ich?«, und wollte nach der Karaffe greifen, aber Karla kam ihm zuvor und stieß beim Eingießen sein Glas um, was sie maßlos zu ärgern schien. Sie stand auf und ging. Sie blieb lange weg.

Fred sah zu, wie sich ein kleines Wasserrinnsal langsam zur Tischkante vorarbeitete. Bevor es hinuntertropfen konnte, hielt er es mit seinem Unterarm auf.

Karla kehrte mit einer Rolle Küchenpapier in der Hand zurück, riss ein paar Blätter ab und begann den Tisch trockenzureiben. »Meine Zeit wird knapp«, sagte sie.

»Kein Problem«, versicherte Fred und griff nach seiner Aktentasche. »Wir können auch gern einen neuen –«

»Vielleicht noch ein paar Monate, vielleicht nur ein paar Wochen. Im Moment geht es mir erstaunlich gut, bis auf die Rückenschmerzen. Ich brauche den Pflegedienst noch nicht, aber das kann sich schnell ändern. Mich mit Schmerzmitteln versorgen kann ich selbst. Ich will nicht in ein Hospiz, ich will hier in meiner Wohnung bleiben. Dass es Hospizmitarbeiter gibt, die einen zuhause betreuen, hat mir mein Arzt erzählt. Er sagte mir, dass es geschulte Leute sind, denen man sich mit seiner Krankheit zumuten kann.«

»So ist es«, sagte Fred und stellte seine Tasche behutsam auf dem Boden ab.

»Ich möchte keine Zeit mit Gesprächen verlieren, die mich langweilen. Gespräche über meine Bilder langweilen mich. Tut mir leid, wenn ich Sie vorhin verschreckt habe.« Sie schob die nassen Papiertücher an den Rand des Tischs und setzte sich wieder.

»Was würden Sie denn gern tun mit der Zeit, die Ihnen noch bleibt?« Endlich konnte er ihr eine sinnvolle Frage stellen, die sie beide weiterbringen und ihr Gespräch in ruhigere, positive Bahnen lenken würde.

»Ist das Ihr Unterhaltungsprogramm für Sterbende, Herr Wiener?«, fragte Karla. »Ich setze eine Liste mit meinen Wünschen auf, die wir dann zusammen abarbeiten? Ein letztes Mal ans Meer? Noch einen Film für die

Nachwelt drehen? Ich war noch nie in einem Sexshop oder so?«

»Warum nicht«, sagte er vorsichtig.

»Dann sind Sie sehr romantisch, Herr Wiener. Wenn ich Listen schreibe, dann sind es welche, auf denen steht, welche Todesarten mir noch weniger gefallen als die, an der ich sterben werde. Ich schreibe Listen mit meinen gebrochenen Versprechen und all den Dingen, an die ich nie geglaubt habe. Ich schreibe eigentlich nur noch Listen. Für alles andere fehlen mir die Worte.«

Jedes ihrer »Herr Wiener« drückte Fred ein bisschen fester gegen die hölzerne Lehne seines Stuhls. Er versuchte sich zu befreien, indem er sich hilfreiche Tipps aus seiner Ausbildungszeit ins Gedächtnis rief: *Situationen wie diese kommen immer wieder vor. Sterbende sind nicht immer nett. Sterbende können ungehalten, unfreundlich oder sogar aggressiv werden, auch wenn sie gleichzeitig unsere Nähe wünschen.* Davon abgesehen musste er zugeben, dass Karla seine geheimen Phantasien sofort durchschaut hatte. Selbstverständlich träumte er von glücklichen Klienten, deren letzte Wünsche er, Fred Wiener, herausfand und mit Kreativität und großem Geschick erfüllte, je ausgefallener, desto besser. Und daran, fand er, war nichts, aber auch gar nichts verkehrt.

»Haben Sie denn Familienangehörige oder Freunde, die sich um Sie kümmern?«, fragte er und wappnete sich gegen das nächste »Herr Wiener«.

»Ich bin erst vor einem Dreivierteljahr zurück nach Deutschland gekommen, Herr Wiener«, sagte Karla. »Nach über zwanzig Jahren. Ich konnte diese ewige Sonne nicht mehr ertragen. Andere Leute gehen nach Ibiza, um dort ihren Lebensabend zu verbringen. Ich wollte es umgekehrt machen. Dumm gelaufen. Aber meinen Sonnenuntergang hier kriege ich noch alleine hin, danke.«

Fred nickte. Also keine Freunde, jedenfalls nicht in der Nähe. »Und Ihre Familie?«

Sie sah ihn an, als hätte er sie nach der genauen Anzahl und Lage ihrer Metastasen gefragt. Dann stand sie auf, griff mit spitzen Fingern nach dem Häuflein aufgeweichtem Küchenpapier und sagte im Weggehen: »Ich habe eine Schwester, und die ist im Todesfall zu benachrichtigen. Solange ich das noch sagen kann, ist er nicht eingetreten.«

Schwester anrufen, notierte Fred in Gedanken. Kontakt herstellen. Versöhnung. Er streckte die Beine aus, dehnte seinen schmerzenden Rücken und spürte den Druck auf seiner Blase: das Wasser, die Nervosität. Einen Moment zögerte er, weil es ihm unangenehm war, dann rief er in die Richtung, in der er die Küche vermutete, ob er ihre Toilette benutzen dürfe. Er rechnete damit, dass sie ihn auf eine Gästetoilette schicken würde, aber offenbar hatte sie keine, denn sie wies ihm den Weg zu ihrem privaten Badezimmer, in dem er sich wie ein unbeholfener Eindringling fühlte. Auch hier lief die Heizung auf vollen Touren. Er vermied es, mit seinen Straßenschuhen auf einen der Baumwollvorleger zu treten, und setzte sich zum Pinkeln hin. Obwohl er sich strenge Diskretion verordnet hatte, konnte er nicht anders, als auf die Ansammlung von Medikamenten zu starren, die auf der Ablage neben dem Waschbecken stand. Sie hießen *MST Retard, Sevredol, Novaminsulfon* oder *Movicol,* dessen Verpackung so groß wie ein Waschpulverkarton war. Keinen dieser Namen hatte Fred zuvor gehört. Er wusch sich die Hände und rieb sie an seinen Hosenbeinen trocken, weil er nicht wagte, ihr Handtuch zu benutzen.

Auf dem Weg zurück ins Wohnzimmer kam er an der offenen Küchentür vorbei. Die Küche war leer und so warm wie das Bad. Auf dem Tisch lagen weitere Medikamente, zwischen den Verpackungen ein aufgeschlagenes Schreibheft. Ein Stift war zu Boden gefallen und neben ein Stuhlbein gerollt. Über dem Küchentisch hing ein mit Reißzwecken befestigtes Poster, das erste farbige Bild, das er in Karlas Wohnung sah. Es war die Zeichnung eines Totenschädels, halb versunken im gelben Wüstensand unter hellblauem Himmel, daneben ein paar Knochen und eine leuchtend rote Rose. »Grateful Dead« stand in Großbuchstaben unter dem Bild, dann folgten Termine, Städte und Veranstaltungsorte. Das Plakat war an mehreren Stellen eingerissen, am unteren rechten Rand fehlte eine Ecke. Fred fand das Bild geschmacklos. Er trat einen Schritt näher heran und entdeckte die Jahreszahl 1981 unter der Zeichnung, aber das machte es auch nicht besser. Als er Karlas Schritte im Flur hörte, blieb er stehen, wo er war.

»Ich habe es letzte Woche wieder aufgehängt«, sagte sie, als sie ihn vor dem Plakat entdeckte. »Der Ironie wegen. Und weil es mir mal viel bedeutet hat.«

»Es ist sehr – ungewöhnlich«, sagte Fred, weil er nicht wusste, was er sonst hätte sagen können.

»Es ist ziemlich scheußlich«, sagte Karla und ging an ihm vorbei zum Küchentisch. »Oder finden Sie Totenköpfe etwa schön, Herr Wiener?« Sie begann, zwischen den Medikamentenpackungen herumzuwühlen, aber fand offenbar nicht, was sie suchte. Fred hatte das deutliche Gefühl, dass er störte.

»Ich glaube, ich werde mich mal langsam wieder auf den Weg machen«, sagte er und warf einen unauffälligen Blick auf seine Armbanduhr: erst halb sieben. Auch seine

Besuchszeit war großzügig kalkuliert gewesen, er hatte mindestens zwei Stunden eingeplant.

»Ja«, sagte sie, mehr nicht.

Er ging ihr voraus ins Wohnzimmer, um seine Jacke und die Aktentasche zu holen. Sie blieb an der Tür stehen. Er nahm seine Sachen und fragte: »Wann soll ich wiederkommen? Oder soll ich Sie in den nächsten Tagen noch mal anrufen, und wir machen dann einen neuen Termin aus?«

»Ich weiß nicht, Herr Wiener«, sagte sie.

»Das ist in Ordnung. Ich melde mich einfach wieder bei Ihnen.«

»Herr Wiener, ich weiß nicht, ob ich das hier –«, ihre Hand beschrieb eine Spirale, in deren Zentrum er stand, »ob ich das hier brauche.«

Darauf war er nicht vorbereitet. Anlaufschwierigkeiten, ja, man musste sich schließlich erst mal kennenlernen, was unter den gegebenen Umständen nicht einfach war, aber wer eine Sterbebegleitung anforderte, der wusste doch eigentlich, was er wollte. Es musste also an ihm liegen. Nicht feinfühlig genug oder zu geschwätzig. Die falschen Themen. Vielleicht hätte er auch nicht zugeben sollen, dass er ein Neuling war. Er war ihr zu unerfahren. Wenn das der Grund war, konnte er nichts ausrichten, schließlich fing jeder irgendwann einmal an. Mit einem Wachkoma- oder Alzheimerpatienten als erstem Fall hätte er dieses Problem nicht gehabt, die fragten einen nicht nach Erfahrung.

»Das hat nichts mit Ihnen zu tun, Herr Wiener«, sagte Karla, die sein Gesicht studierte, und es klang, als würde sie es auch so meinen. »Vielleicht ist diese Art von Beistand einfach nichts für mich.«

Weil ihm der Gedanke kam, dass sie ihn ständig mit seinem Namen anredete, weil sie dasselbe von ihm erwartete, sagte er: »Lassen Sie sich ruhig noch etwas Zeit, Frau Jenner-García.« Er hatte sich spontan für »Garzia« entschieden und fand, dass es sich besser anhörte als beim ersten Versuch. Erst dann wurde ihm klar, was für ein Schwachsinn dieser Satz war. Sie hatte keine Zeit, das hatte sie ihm selbst gesagt. Sie konnte sie sich weder lassen noch nehmen.

»Ich rufe Sie nächste Woche an«, sagte er entschlossen. Sie wehrte ihn ab, als er versicherte, den Weg zur Wohnungstür allein finden zu können. Als er hinter ihr herging, konnte er den Blick nicht von ihren bloßen Füßen abwenden. Die Zehennägel waren tiefrot lackiert. Es gab ein Märchen, in dem eine Prinzessin vorkam, die nur unter großen Schmerzen gehen konnte, an mehr erinnerte er sich nicht, aber er wusste, er hatte es Philipp vorgelesen, als er klein gewesen war.

»Wie gesagt, ich rufe Sie an. Gleich Anfang nächster Woche.« Auf die Gefahr hin, sich erneut zu blamieren, reichte er ihr die Hand, weil es ihm plötzlich ungeheuer wichtig erschien, sie zum Abschied zu berühren. Würde sie seine Hand nehmen, wäre es ein Zeichen, dass es weiterginge. Er wusste nicht, warum er das so unbedingt wollte, aber er wusste genau, wie kalt ihre Hand sein würde.

Sie zögerte, dann ergriff sie seine Hand und drückte sie kurz. »Machen Sie's gut, Herr Wiener.« Und dann, als sie die Tür schon halb geschlossen hatte: »Es reicht völlig aus, wenn Sie nur Jenner zu mir sagen.«

»Danke, Frau Jenner«, sagte Fred, obwohl die Tür bereits ins Schloss gefallen war. Dass sie ihm sagte, wie er sie anreden sollte, nahm er als weiteres Zeichen für ein Wiedersehen mit ihr. Er fand den Schalter für das Treppenhauslicht nicht und fürchtete, versehentlich auf ihre oder irgendjemandes Klingel zu drücken, also ging er im Dunkeln nach unten; der Handlauf des Geländers zu seiner Linken und das fahle Licht vom Hinterhof reichten ihm zur Orientierung. Je weiter er abwärts stieg, desto lauter und unangenehmer erschienen ihm die Stimmen und Essensgerüche, die aus den Wohnungen drangen. Die letzte Wohnungstür im Erdgeschoss, die er passierte, wurde aufgerissen, als er sich auf gleicher Höhe mit ihr befand. Ein paar Sekunden starrten sie sich an, der Mann im roten Trainingsanzug und Fred, beide gleichermaßen geschockt vom Anblick des anderen. Dann drückte der Mann auf den Schalter neben seiner Tür, und Fred, geblendet vom Licht, floh an den verbeulten Briefkästen vorbei Richtung Ausgang.

Phil

PHIL WAR SEIN NAME. Phil, nicht Philipp. Als der Paketbote um zwei Uhr geklingelt hatte, war er noch der gewesen, den sie überall nur Lippe nannten und der sich wieder mal nicht traute, auf dem Signaturgerät mit »Ficken« zu unterschreiben, wie es Max angeblich immer tat, ohne dass es mal jemandem aufgefallen wäre. Max behauptete, dass die vielen Pakete, die an seine Mutter adressiert waren, größtenteils Sexunterwäsche enthielten. Die Büchersendungen, die Phil für seinen Vater entgegennahm, waren definitiv keine Sexbüchersendungen. Früher waren es psychologische Ratgeber gewesen und seit einiger Zeit nur noch Bücher übers Sterben. Die Bücher übers Sterben hatten bessere Titel als die Psychobücher.

Das Paket von heute jedoch war an Phil persönlich gerichtet, ein abgestoßener Karton, dessen Herkunft (»Gesundheitssandale Jessica, Größe 40, nougat«) zwischen unzähligen Lagen Klebeband gut zu erkennen war. Die Handschrift auf dem Adressfeld war ihm vertraut. Um die Adresse herum klebte ein gutes Dutzend Glitzersternchen, um den Empfänger in vorweihnachtliche Stimmung zu versetzen. Es war die Sorte von Paket, in der nicht mal einer wie Max Sexunterwäsche vermutet hätte.

Der Paketbote hielt ihm das Gerät zum Unterschreiben hin. Phil sah zu, wie sein Gekrakel auf dem kleinen Display mit leichter Verzögerung sichtbar wurde – großes W, kleines i –, dann verrutschte seine Linie auf der glatten

Oberfläche bis ins untere rechte Eck, und der Bote nahm es als Zeichen, ihm das Gerät aus der Hand zu reißen und grußlos zu verschwinden. Er könnte Max morgen erzählen, er hätte statt mit »Wiener« beinahe mit »Wichsen« unterschrieben, wenn ihm nur genügend Zeit dafür geblieben wäre. Und als hätte dieses *Wi* in ihm eine neue Lust an der Einsilbigkeit geweckt, wusste er, noch bevor er die Tür mit dem Knie ins Schloss gedrückt und das Paket in das untere Fach vom Flurregal gestopft hatte, dass er sich von heute an Phil nennen würde.

Einen großen Teil des Nachmittags verbrachte er damit, seine neue Unterschrift zu üben. Bei dieser Signatur ging es um mehr, als nur das *ipp* wegzulassen; das *l* am Ende musste klarstellen, dass danach Schluss war: Phil war eine Ansage und keine Abkürzung. Lippe war Geschichte, Philipp durfte in Dokumenten weiterleben, Phil war die Antwort auf eine Reihe offener Fragen, etwa die, wie er später seine Lyrikbände nach einer Lesung signieren würde. *Meinem Deutschlehrer Dr. Klausdietrich Pfotenhauer in tiefer Dankbarkeit* (wofür genau, würde er vor Ort entscheiden), *Phil Wiener.* Er öffnete eine neue Textdatei in seinem Computer und tippte Phil Wiener in Garamond 14 Punkt, darunter schrieb er »Wörterkrankenhaus«, aber das sah einfach beschissen aus, auch in 18 und in 24 Punkt. Eigentlich hätte man das Wort »Wörterkrankenhaus« zu sich selbst in die Notaufnahme schicken müssen, aber er hatte es erfunden, als er acht Jahre alt gewesen war, und mit einer leicht gönnerhaften Liebe zu seinem jüngeren Selbst stand er zu seinem Frühwerk, jedenfalls solange ihm nichts Besseres einfiel.

»Wann haben Sie mit dem Schreiben angefangen, Herr Wiener – darf ich Sie Phil nennen?«

»Selbstverständlich, ich werde seit meinem vierzehnten Lebensjahr nicht anders gerufen. Meine ersten Gedichte schrieb ich schon auf der Grundschule.«

»Sie gelten als erbitterter Feind idiotischer Wörter. In einem anderen Interview erwähnten Sie einmal, Sie würden solche Wörter in eine Wörterklinik einweisen.«

»Wörterkrankenhaus. Ein kleines Hobby von mir, das ich vor vielen Jahren begonnen und ständig weiterentwickelt habe.«

Das Wörterkrankenhaus bestand aus einer dreibändigen handschriftlichen Sammlung von Wörtern, die Phils Meinung nach vorübergehend, längerfristig oder, wenn sie unheilbar erkrankt waren, auch endgültig aus dem Verkehr gezogen werden mussten. Neben der Notaufnahme gab es eine Quarantänestation, eine Abteilung für Chirurgie und eine Intensivstation, andere Abteilungen waren zwischenzeitlich gegründet, aber bald wieder verworfen worden. Auf der Quarantänestation befanden sich Wörter wie beispielsweise Gott, Ferienlager oder zauberschön und seit heute auch Lippe, Wörter also, die missbraucht, falsch verstanden oder verdreht worden waren. Man musste sie zunächst isolieren und ihnen später neue Inhalte geben oder die alte Bedeutung wiederherstellen, bevor sie wieder einen Text betreten durften. Ihre Zukunft war ungewiss. Viele schafften es nie mehr nach draußen.

Dann gab es noch die Sorte Wörter, denen Betonungsfanatiker einen Trennungsstrich verpasst hatten, um auch dem letzten Depp ihre Bedeutung einzuhämmern, also Wörter wie Ent-täuschung, Ver-trauen oder Ein-sicht. Sie waren ein Fall für die Chirurgie. Manche waren zu Versalien angeschwollen oder litten an etwas, von dem Phil inzwischen wusste, dass man es Binnenmajuskel nannte:

LeserInnen etwa oder BahnCard. (Binnenmajuskel war im Übrigen ein Prachtwort von geradezu überirdischer Schönheit, aber Prachtwörter sammelte er nicht, sondern verschwendete sie.) Die meisten dieser manipulierten Wörter stammten aus Briefen seiner Mutter. Sie wurden als geheilt entlassen, wenn sie wieder ihre alte Form angenommen hatten. Das konnte lange dauern.

Auf der Intensivstation regierte der Schmerz. Er steckte in harmlosen Wörtern wie Trinidad oder Zwetschgendatschi, die bei Phil ein ähnliches körperliches Unbehagen hervorriefen wie der Kontakt mit fettigen Kartoffelchips. Umgekehrt verhielt es sich mit Schmunzeln, Knuspern, Brutzeln, Schlummern oder Schnabulieren: Das waren Wörter, denen man eins in die Fresse geben, auf die man so lange draufhauen musste, bis sie um Gnade winselten. Woher seine Aversion kam, wusste er nicht, klar war nur, dass es nicht allein am *u* liegen konnte. Die Wörter waren einfach dumm. Strunzdumm. Und strunzdumm gehörte geohrfeigt.

Phil löschte das Dokument und klappte den Rechner wieder zu. Er nahm die signierten Papierbögen nacheinander in die Hand und markierte die fünf Unterschriften, die er am gelungensten fand. Dann schob er die Blätter zusammen und drehte den Stapel um, so dass die unbeschriebenen Rückseiten nach oben zeigten. Er überlegte einen Moment und schrieb »Wintergedicht für Sabine« auf das oberste Blatt. Gedichte mussten handschriftlich verfasst werden, Unterlage und Schreibwerkzeug waren dabei nicht von Bedeutung, und nur die allerletzte Fassung wurde eingetippt. Wintergedicht also. Er knipste die Schreibtischlampe aus, um sich in der Dunkelheit besser konzentrieren zu können, und knipste sie nach wenigen Minuten wieder an. Er schrieb *Hässliche*

Sterne und strich die Worte gleich wieder durch, einmal, zweimal, dreimal. Er kritzelte eine Girlande aus Tannenzweigen, die sich um den Titel rankte. Noch eine Kerze für das i in Sabine? Scheiße, so machte man keine Lyrik. Als er *Kalte Füße* schrieb, hörte er, wie sein Vater die Wohnungstür aufschloss. Es war zehn nach sieben. Er hatte frühestens in einer Stunde mit ihm gerechnet.

»Philipp?«

Wenn sein Vater nach Hause kam, rief er nie »Hallo!« oder »Ich bin da!«, Dinge also, die normale Menschen beim Nachhausekommen rufen würden, sondern immer nur Philipp mit Fragezeichen hintendran, als wäre die Tatsache, dass das Licht in der Wohnung brannte und Phils Hausschlüssel am Haken hing, kein Grund, mit seiner Anwesenheit zu rechnen. Hastig notierte er:

Kalte Füße,
Kalte Hände,
Kaltes Herz

»Philipp?« Die Stimme war jetzt direkt vor seiner Tür. Wenn er nicht gleich antwortete, würde sein Vater als Nächstes anklopfen, aber niemals ohne Aufforderung eintreten.

Kalte Füße,
Kalte Hände,
Kaltes Herz.
Verpiss dich.
Ende.

»Komme sofort«, sagte Phil und schob das Blatt mit der ruhigen Hand eines Dichters, der sein Werk in Sicherheit weiß, unter den Papierstapel.

»Ich bin in der Küche, Philipp. Ich hab uns Pizza mitgebracht.«

Jeden Freitag gab es irgendeine Sorte von Fast Food,

an allen anderen Tagen war sein Vater der Held der Mikrowelle. Phil interessierte sich nicht für Essen. Er biss mit stoischem Gleichmut in alles, was ihm vorgesetzt wurde, erkundigte sich selten danach, was es überhaupt war, und ließ grundsätzlich einen Teil davon liegen. Wenn er mittags von der Schule kam, aß er den Rest seines Frühstücks, den Rest seiner Pausenbrote und einen der beiden zwangsverordneten Äpfel. Nichts, was in einer Tüte steckte und einen klebrigen Film auf seinen Fingern hinterließ, ertrug er. Süßigkeiten waren egal. Cola oder Limo: egal. Nicht egal: dass er mit dreizehn Jahren nur einen Meter fünfundvierzig groß war. Ob es tatsächlich einen Zusammenhang mit ihrem Essverhalten gab oder nicht, jeder konnte es sehen: Phil war zu klein, und sein Vater war zu fett.

»Hallo, Kumpel«, sagte Fred, als Phil in der Tür erschien.

»Hallo, Papa«, sagte Phil. Das Wort Kumpel mochte er, obwohl es in gefährlicher Nähe zu Knuspern wohnte. Er setzte sich. Sie aßen die Pizza aus dem Karton, Fred mit den Händen, Phil mit Messer und Gabel. Sie aßen schweigend, Phil aß bis zur Mittellinie, die er zuvor mit dem Messer markiert hatte, Fred, bis er mit seiner und danach mit Phils übrig gelassener Pizza fertig war.

»Draußen im Regal liegt wieder ein Päckchen von deiner Mutter«, sagte Fred. Er sah Phil dabei nicht an, sondern faltete bedächtig die Pizzakartons zusammen, Fettseite auf Fettseite.

»Mach ich später auf.« Warum er ihre Pakete nicht einfach wegwarf oder wenigstens gründlicher versteckte, statt sie halbherzig aus dem Weg zu räumen, hätte er gern selbst gewusst.

»Gut. Vielleicht machst du dann ja gleich noch das

von vorletzter Woche auf. Und das von Ende Oktober. Liegen direkt daneben.«

»Okay«, sagte Phil. Für den Fall, dass sein Vater als Nächstes die Frage nach dem mutmaßlichen Inhalt stellen würde, der seine Abwehr verursachte, hatte er mehrere Antworten parat: Gummibärchen aus Agavendicksaft. Anthroposophische Brettspiele. Ein Sturmgewehr der israelischen Armee.

Fred erhob sich und stopfte die Kartons in den Müll, den Rücken Phil zugewandt. An seiner Gesäßtasche klebte ein schmaler Streifen roter Paprika, der wie eine Aids-Schleife aussah. Phil wurde von einer Welle der Rührung ergriffen, wie jedes Mal, wenn ihm wieder einmal klar wurde, dass Menschen unentwegt Dinge passierten, die außerhalb ihrer Kontrolle lagen. Erwachsenen Menschen. Sein Vater mochte ein Freak mit Paprika am Arsch sein, aber an Millionen anderen Orten dieser Welt hatten gerade andere Leute andere Sachen an anderen Stellen hängen und merkten es genauso wenig wie Fred und würden es auch nie erfahren, jedenfalls nicht von Phil.

Der Deckel des Mülleimers klappte zu. Während er sich langsam zu ihm umdrehte, sagte Fred: »Philipp, wenn du –«

»Wäre es okay für dich, wenn du von jetzt an Phil zu mir sagen würdest, Papa?« *Er* war der Herr der Ablenkungsmanöver, nicht sein Vater.

»Wie, einfach die zweite Hälfte weglassen?«

Er nickte.

»Philippos, der Pferdefreund. Mit dem Namen hättest du eigentlich ein Reiter werden sollen.«

»Pferde sind blöd.«

»Hört sich auf jeden Fall besser an als dieses Lippi oder Lippe, wie deine Freunde dich nennen.«

»Ich habe keine Freunde, Papa.« Er versuchte es mit mildem Nachdruck zu sagen (»Hey Papa! Schon vergessen?«), aber es klang wie kindliches Genörgel.

»Max ist nicht dein Freund?«

»Ich *rede* mit Max.«

»Also dann. Phil. Phil! Wenn du jetzt gerne mit mir über deine Mutter –«

»Wieso bist du eigentlich schon wieder hier?« Der Herr der Ablenkungsmanöver ließ sich die Gesprächsleitung nicht aus der Hand nehmen. »Du hast gesagt, es würde später werden.«

Fred kam zurück an den Tisch und brachte Wasser und zwei Gläser mit. »Stimmt. Hatte ich. Ich dachte, es würde länger dauern.«

»Was würde länger dauern?«

»Mein Gespräch. Mit einer Klientin.«

Nichtangriffspakte waren unverzichtbare Komponenten in ihrer Beziehung. Sie traten dann in Kraft, wenn eine Anfrage mehrmals nacheinander ins Leere lief, wenn Blicke abweisend oder Gesichtszüge starr wurden, nach längeren Schweigepausen oder bei der Verwendung von bis zur Bedeutungslosigkeit abgeschliffenen Wörtern wie »Klientin«, an denen jedes Interesse eines Dreizehnjährigen abgleiten musste. Trotzdem entschied sich Phil fürs Nachhaken. Die Sache mit den Paketen war noch nicht vom Tisch.

»Was für eine Klientin?«

»Ich hatte dir mal davon erzählt. Eine Frau, die bald sterben wird.«

Ah, das. Anderes Thema, bitte. Dass sein Vater neuerdings seine Freizeit als eine Art Krankenpfleger für Todgeweihte verbringen wollte, fand er gleichermaßen suspekt wie Ehrfurcht gebietend. Mehr davon wissen wollte er nicht. Erst recht nicht, nachdem Max behauptet hatte, Sterbebegleiter wären Menschen, die anderen Leuten Todescocktails servierten, alles natürlich streng geheim, schließlich käme man für so was in den Knast. Mann, Alter, darüber reden die doch nicht! Phil, der bisher der Meinung gewesen war, sein Vater hätte nicht einmal genügend kriminelle Energie, um bei seinem Alter oder seinem Gewicht zu mogeln, hatte Max' Hinweis zwar als lachhaft abgetan, aber ein Rest Beunruhigung war geblieben.

»Sie heißt Karla. Es gibt, glaube ich, außer mir niemanden, der sich um sie kümmert. Ich würde ihr gern ein letztes schönes Weihnachtsfest bereiten.«

»Was hast du denn vor?« Das Bild von seinem Vater, wie er unterm Baum einen Weihnachtstodescocktail für Karla mixte, musste dringend aus seinem Kopf raus.

»Ich weiß noch nicht genau. Irgendeine tolle Überraschung, da fällt mir sicher noch was ein.«

»Pass auf, nachher stirbt sie vor Schreck.«

Fred sah ihn irritiert an. Phil nahm es als Hinweis, dass sein Vater wohl doch kein Interesse daran hatte, das Ableben seiner Klienten zu beschleunigen. Möglich war aber auch, dass er sich gerade fragte, ob Phil etwas von seinen illegalen Machenschaften ahnte.

»Philipp, das ist nicht witzig.«

»Phil. Max sagt, alte Leute könnte man leicht zu Tode erschrecken, auch mit guten Nachrichten. Erst schreien sie Huch, und dann: Zack, Ende.« Nichts davon hatte Max jemals gesagt, aber Phil brauchte jemanden, dem er diesen Blödsinn anhängen konnte.

»Ich glaube, das kommt seltener vor, als Max denkt. Und außerdem ist Karla noch gar nicht alt. Möchtest du was trinken?«

»Woran stirbt sie denn?«

»Krebs. Bauchspeicheldrüse, das ist praktisch unheilbar. Sie hat die Chemotherapie abgebrochen.«

»Ich hab mal von einer Frau gelesen, die von ihrem Brustkrebs geheilt wurde, und dann hat sie sich als Erstes einen Wunsch erfüllt, den sie schon seit Ewigkeiten hatte: Reiten am Strand. Und dann fiel sie vom Pferd und war tot.« Es gab viele gute Gründe, Pferde nicht zu mögen.

»Philipp, solche Geschichten sind meistens erfunden.«

»Phil.«

Er mochte nichts trinken. Fred spülte seine Tablette gegen Bluthochdruck mit einem Schluck Wasser herunter und warf dabei ruckartig den Kopf in den Nacken, als würde die Tablette den Weg sonst nicht finden: eine Bewegung, bei der man nicht nur bescheuert aussah, sondern die nachweislich nichts bewirkte. Phil hatte es selbst ausprobiert. Bei sieben von zehn Durchgängen war das Tic Tac an seinem Gaumen kleben geblieben, in drei Fällen hätte er es beinahe inhaliert. Entweder gab es einen Trick dabei, den er nicht durchschaute, oder sein Vater machte sich unnötig das Leben schwer.

»Was ich dich noch fragen wollte«, sagte Fred und öffnete seinen Hemdkragen, als müsse er auch noch die nächste Passage sicherstellen. »Hast du schon mal den Namen ›Grateful Dead‹ gehört? Ist das eine Theatergruppe oder eine Band? Muss es schon seit den Siebzigerjahren geben.«

Hatte er nicht, nein. Aber er fühlte sich geschmeichelt, dass er gefragt wurde, und er merkte sich den Namen auf der Stelle, weil er ihn verstörend und streng fand und gleichzeitig so einladend. Dankbare Tote. Oder hieß es »dankbarer Tod«?

»Ich kümmere mich drum. Ich sag's dir dann morgen, okay?«

»Wunderbar, vielen Dank«, sagte Fred und sah auf seine Uhr. »Und jetzt wär's auch Zeit für den Feierabendfilm, Kumpel.«

Sollte Phil trotz Pizza oder Asia Snack jemals vergessen haben, dass Freitagabend war, wäre spätestens bei dem Wort Feierabendfilm alles geklärt gewesen. Eine Familie brauchte feste Rituale, davon war Fred überzeugt, also sahen sie sich seit Menschengedenken jeden Freitag entweder eine der 219 Folgen von den *Waltons* an oder, nachdem er zehn geworden war, als Alternativprogramm irgendwas aus vierzig Jahren *Star Trek*. Seit die *Waltons* ab der siebten Staffel begonnen hatten, zu heiraten, Kinder zu kriegen oder in den Krieg zu ziehen, waren sie für Phil kaum noch zu ertragen, aber *Star Trek* ödete ihn genauso an. Es gab allerdings Gründe, die für den Feierabendfilm sprachen, auch wenn er immer besser darin wurde, sie für belanglos zu halten: Nähe zum Beispiel, Nähe zu seinem Vater. Mit ihm auf der Couch rumzuhängen hieß, nicht nur klein sein zu müssen, sondern auch Kind sein zu können. Sich ein bisschen anzulehnen, obwohl das bedeutete, permanent dem Krachen der Kartoffelchips ausgesetzt zu sein, die von Freds Kiefern zermalmt wurden und jeden Dialog zwischen Captain Picard und Commander Data mühelos übertönten, was allerdings unerheblich war. Bei jeder Filmszene, die ihn rührte, stieß Fred ihn mit dem Ellbogen in die Seite und rief: »Na, das war doch klasse gemacht!«, und gelegentlich überwand sich Phil, ließ sich von seinem Vater einen einzigen Chip in den Mund stecken und behielt ihn so lange dort, bis er sich in einen salzigen Brei verwandelt hatte, den er geräuschlos schlucken konnte. Feierabendfilm hieß, dass man irgendwie die ganze Zeit genervt, aber dabei in der größten aller denkbaren Sicherheitszonen war. Und das Ende war immer das gleiche: Abspann, Kuss auf die Stirn, gute Nacht, John-Boy.

Heute Abend war ihm nicht danach, und er sagte es Fred. Er schob als Erklärung »Ich muss noch ein paar Sachen erledigen« hinterher, völlig überflüssig im Grunde, denn sein Vater war keinesfalls enttäuscht, das konnte er sehen. Es war zwar nicht das erste Mal, dass der Feierabendfilm ausfiel, aber das erste Mal, dass er es widerspruchslos und geradezu erleichtert hinnahm. Phil stand auf, unschlüssig, ob er schon gehen sollte, und trug sein Besteck zur Spüle. Fred hatte seine Brille abgesetzt und rieb sich mit Daumen und Zeigefinger die Augen.

»Ich geh dann mal, Papa«, sagte Phil.

Sein Vater lächelte ihm zu, oder vielmehr lächelte er in die Richtung, in der Phil stand. Phil fand, dass man bei einem Kurzsichtigen genau sehen konnte, dass sein Blick weit vor dem anvisierten Ziel endete und verloren ging.

»Schlaf gut, Phil.« Er hatte schon die Küchentür passiert, als er Freds Stimme noch einmal hinter sich hörte.

»Und Phil. Ruf sie an. Bitte.«

Er antwortete mit »Osaka«, als er noch in Hörweite, aber nicht mehr nahe genug war, um verstanden zu werden, aber jedes andere Wort hätte es auch gebracht, solange es nur entfernt wie eine Zustimmung klang. In seinem Zimmer angekommen, verschob er die Recherche nach Grateful Dead auf morgen und las sich stattdessen das Wintergedicht durch. Der Rhythmus war gelungen, aber es fehlte die Leidenschaft. Kalte Herzen waren nicht sein Ding, kalte Füße noch weniger. Was er brauchte, waren Gefühle. Wahre Gefühle.

Zwei Stunden später machte er Schluss. Es war nach zehn, er ging ins Bad und musste sich beim Zähneputzen wie immer strecken, wenn er sein Spiegelbild sehen wollte. Er kniff die Augen zusammen und sagte zum Spiegel: »Phil Wiener, merkt euch den Namen, ihr Motherfucker.« Auf dem Rückweg hörte er im Wohnzimmer den Fernseher laufen.

Hermann, sein abgewetzter Hasenfreund aus Kindertagen, musste tagsüber so tun, als wäre er ein abgelegtes Spielzeug, das in irgendeiner Schublade wohnte. Seine große Stunde kam abends, wenn Phil ins Bett ging und sich wieder zu ihm bekannte: keine Nacht ohne Hermann, von unvermeidlichen Auswärtsübernachtungen abgesehen. Hermann war der stumme Zeuge seines echten Lebens nach dem Zähneputzen, sein Komplize, sein Baby, sein Tröster und sein Testhörer, denn: Gedichte mussten laut vorgetragen werden, um Fehlern auf die Spur zu kommen. Für den Fall, dass sein Vater noch wach war, halblaut. Mit Hermann im Arm las er sich die neue Fassung des Wintergedichts vor.

Ich mache dein Paket nicht auf, Sabine
Und deine E-Mails lösche ich. Ich weiß
Dass ich dein Mitgefühl gar nicht verdiene
Ich sag dir trotzdem: Lass den Scheiß
Und mich in Ruhe, hörst du mich, Sabine?
Ich hasse dich. Ich will dich nie mehr sehn.
Leg dich gehackt, ich scheiß auf die Besuchstermine.
Kein Weihnachtsfest mit mir. Kein Wiedersehn.

Das war gar nicht schlecht, nein, das war sogar ziemlich gut. Vielleicht noch ein paar Korrekturdurchgänge, vielleicht nicht einmal das. Spätestens übermorgen würde er es zur Begutachtung in seinem Lyrikforum veröffentlichen. Klassische Gedichtformen kamen dort immer gut an, obwohl er sicher war, dass irgendeiner bemängeln würde, dass sein Vers keine richtige sizilianische Stanze war. Egal. Wer sich im Forum unter dem Namen *e.a. poem* als Abiturient und angehender Student der Literaturwissenschaften ausgab, musste das aushalten können. »Nie mehr sehn« auf »Wiedersehn« gereimt und gleich zweimal »Scheiß« waren zwar grenzwertig, aber er war sehr zufrieden, weil sein Gedicht jetzt jede Menge wahrer Gefühle enthielt. Denn genau so war es doch, oder, Hermann?

Karla

im schlaf

bei autoerotischen spielen

durch erschlagenwerden oder herunterfallen von gegenständen im haushalt

ertrinken in unpassenden substanzen

unglücke, denen man sich durch spontanes umentscheiden selbst aussetzt: späteren zug nehmen, flug umbuchen, sich ein stück im auto mitnehmen lassen

alzheimer

als opfer von geiselnahmen oder terroranschlägen

von einer nutzlosen chemotherapie gedemütigt

bis zum schluss hoffen

Fred

ER RIEF SIE GLEICH AM MONTAG in der Mittagspause an, als seine Bürokollegen in der Kantine waren und das Licht der Dezembersonne genau auf den Rahmen von Philipps Einschulungsfoto auf seinem Schreibtisch fiel. Es war ein guter Moment.

Während er dem Klingelton hinterherlauschte, schob er mit dem linken Zeigefinger die Krümelreste seiner Mittagsmahlzeit zu einem Häufchen zusammen. Neben der aufgeschlagenen Akte, mit der er sich nach der Pause weiter befassen würde, lagen drei ausgedruckte Textseiten, die ihm Phil über The Grateful Dead zusammengestellt hatte. Obwohl er sie zweimal sorgfältig durchgelesen und sogar ein paar Stellen markiert hatte, konnte er mit den Informationen nicht viel anfangen. Eine amerikanische Rockband, 1965 gegründet und dreißig Jahre später aufgelöst, also fünf Jahre vor ihm geboren und ganz ohne sein Mitwissen wieder vergangen. Vielleicht stammten Karlas Fotografien von den Auftritten dieser Band. Er hatte nicht vor, mit seinen frisch angelesenen Kenntnissen bei ihr zu punkten, aber es konnte nie schaden, vorbereitet zu sein.

Er ließ es dreimal, viermal, fünfmal klingeln, und als Karla nach dem neunten Mal abnahm und »Hallo?« sagte, war aus dem Krümelhäufchen erst ein Dreieck und dann ein Halbmond geworden, und einen kleinen Text für ihren Anrufbeantworter hatte er auch schon parat. Ihre

Stimme klang müde und etwas verwaschen. Er musste sie geweckt haben.

»Hier ist Fred Wiener. Fred Wiener vom Hospiz. Ich hoffe, ich störe Sie nicht, Frau Jenner, wie geht es Ihnen?«

Er hörte, wie sie die Luft einzog und nach einer kurzen Pause wieder ausatmete. Sie antwortete nicht. Er nahm sich vor, sie nicht mehr zu fragen, wie es ihr ging, jedenfalls nicht am Telefon.

»Ich wollte wissen, ob Sie vielleicht Lust auf einen Spaziergang hätten. Irgendwann in dieser Woche. Das Wetter soll ja so schön bleiben, vorweihnachtlicher Frühling, sozusagen. Hätten Sie?«

»Danke für Ihr Angebot, Herr Wiener. Absolut nicht.«

»Okay. Ja dann.« Weil sein Wunsch, das Richtige zu tun, immer schon ein kleines bisschen stärker gewesen war als seine Befürchtung, sich zum Affen zu machen, schob er hinterher: »Ich dachte, Sie fänden es schön, mal rauszukommen.«

»Tut mir leid«, sagte Karla. »Ich fände das überhaupt nicht schön.«

»Habe verstanden.«

»Einen Scheißdreck haben Sie«, sagte Karla und fing an zu weinen. Dann legte sie auf.

Fred wählte noch dreimal ihre Nummer, natürlich vergebens, dann ließ er es sein. Er schob die Krümel von der Tischplatte in die hohle Hand und warf sie in den Müll. Seine Kollegen kehrten aus der Mittagspause zurück, zwei Rentenanträge mussten heute noch bearbeitet werden, der Tag zog dahin.

Als er nach Dienstschluss zu seinem Auto ging, versuchte er noch einmal, sie zu erreichen. Nichts. Er überlegte, ob er sich für sein weiteres Vorgehen Rückendeckung von der Hospizleitung holen sollte, und entschied sich dagegen. Situationen wie diese konnte man ebenso gut durch einen inneren Dialog klären. Er musste sich lediglich fragen, welchen Rat er sich selbst in solch einer Lage geben würde. Und die Antwort lautete wie erwartet: dranbleiben. Karla ging es schlecht, und es schien nicht viele zu geben, die ihr beistehen konnten. Genau genommen niemanden. Außerdem testete sie aus, ob er es wirklich ernst meinte mit seinem Engagement. Was also konnte er anderes tun, als zu ihr zu fahren? Heute noch? Jetzt gleich.

Er rief zuhause an, um Phil zu sagen, dass er etwas später kommen würde, und Phil antwortete wie immer mit »Kein Problem«. Auch wenn er mit nichts anderem gerechnet hatte, bestürzte ihn der Gedanke, wie sehr sie sich in ihrer Anspruchslosigkeit glichen. Passiver Widerstand, so wie Phil ihn gerade gegen seine Mutter leistete, war ihrer beider Art, für sich selbst zu sorgen, wenn es eng wurde. Er nahm sich vor, noch in dieser Woche bei Sabine anzurufen und die Sache mit Weihnachten zu klären. Ihm graute jetzt schon davor.

Er fand einen Parkplatz direkt gegenüber von Karlas Haus. Im vierten Stock brannte Licht, aber er konnte sich nicht daran erinnern, ob ihre Fenster wirklich zur Straße hinausgingen oder nicht doch zum Hinterhof. Er klingelte dreimal, nach dem ersten Mal lange und nachdrücklich, und danach versuchte er es noch einmal mit dem Handy. Nichts.

Was ihn anschließend dazu veranlasste, ausgerechnet bei Leo Klaffki im Erdgeschoss zu klingeln, würde er auch später nie ergründen können. Er tat es eben, und vielleicht tat er es nur, weil Leo Klaffkis Klingelschild von Hand geschrieben war, weil er hinter diesem Namen den bordeauxroten Trainingsanzug vermutete und weil er sowieso schon Angst hatte, Angst vor Hunden und vorm Sterben und vor Aufgaben, die ein paar Nummern zu groß für ihn allein waren. Er brauchte einen Verbündeten, und dieser Verbündete sollte Leo Klaffki sein.

»Was?« Es war genau die Sorte Stimme aus der Gegensprechanlage, die er erwartet hatte.

»Fred Wiener ist mein Name. Entschuldigen Sie die Störung, ich möchte zu Ihrer Nachbarin aus dem vierten Stock, Frau Jenner«, (er vertraute darauf, dass Klaffki auch ohne den Rest wusste, wen er meinte), »aber Frau Jenner geht nicht ans Telefon, und sie macht auch nicht die Tür auf.«

»Na, denn willse wohl ihre Ruhe haben.« Für Leo Klaffki war ihr Dialog damit beendet. Fred musste erneut bei ihm klingeln.

»Frau Jenner ist schwer krank«, sagte Fred. »Ich mache mir Sorgen.«

Eine Weile passierte nichts, dann hörte er, wie Klaffki etwas zu seinem Hund sagte oder vielleicht auch zu seiner Frau. Der Türöffner summte, und Fred stieß die Tür auf. Klaffkis Hund kam ihm im Treppenhaus entgegen und begrüßte ihn schwanzwedelnd und immerhin maulkorbtragend und unterwürfig genug, um Fred ein halbwegs sicheres Gefühl zu geben. Leo Klaffki stand gegen den Türrahmen gelehnt und trug ein Werder-Bremen-Trikot.

»Die ist krank?«, sagte er. »Weiß ich nix von.«

Durfte er überhaupt solche vertraulichen Informationen an Personen wie Leo Klaffki weitergeben? Fred beschloss, dass hier ein Notfall vorlag, und er beschloss, ja.

»Ich bin ein Mitarbeiter vom Hospiz«, sagte er, und weil ihm nach Wahrheit zumute war, fügte er hinzu:

»Also, ein ehrenamtlicher.« Er war sich nicht sicher, ob Leo Klaffki wusste, was ein Hospiz war.

»Hospiz«, sagte Klaffki. »Scheiße.«

Er scheuchte den Hund, den er Kottke nannte, in die Wohnung zurück. Fred wusste, dass Leute ihren Tieren oft merkwürdige Namen gaben, aber so etwas wie Kottke hatte er noch nie gehört. Klaffki sah Fred nachdenklich an und wandte sich dann Richtung Aufzug, und so lernte Fred Klaffkis Einfühlungsvermögen zu schätzen und gleich darauf den Aufzug zu fürchten. Die Fahrkabine war eng und nach Auskunft eines Schilds neben dem Eingang für 225 kg oder drei Personen zugelassen, was genügen sollte, aber nachdem sich die metallene Falttür im Innenraum geschlossen und der Aufzug ächzend Fahrt aufgenommen hatte, begann Fred sich Sorgen zu machen.

»Baujahr 1908, aber in den Sechzigern modernisiert«, sagte Klaffki. »Ist nur blöd, wenn ich selber drin bin, wenn er stecken bleibt. Ich bin ja so 'ne Art Hausmeister hier.« Er wies auf einen Zettel neben den Etagenknöpfen, auf dem »Bitte im Notfall benachrichtigen« und darunter sein Name und eine Mobilnummer standen. Fred erkannte die Handschrift vom Klingelschild.

»Und er bleibt öfter mal stecken?«

»Manchmal«, sagte Klaffki und starrte auf den Zettel.

Mit einem Ruck hielt die Kabine im vierten Stock, die Lamellen schepperten zur Seite, und Klaffki stieß die Tür zum Treppenhaus auf. Auf dem Fußabtreter vor Karlas Wohnung stand eine prall gefüllte Plastiktüte von Aldi. Sie klingelten und warteten eine Weile. Klaffki legte sein Ohr an die Tür und verkündete dann, dass er nichts hören könne.

»Haben Sie als Hausmeister nicht einen Schlüssel zu allen Wohnungen?«, fragte Fred. Klaffki warf ihm einen gequälten Blick zu und ging in die Hocke, um sich das Schloss anzusehen.

»Wahrscheinlich steckt der Schlüssel von innen«, sagte er. »Dann kann ich sowieso nix machen. Müssen wir die Bullen rufen.«

»Heißt das, Sie haben einen Schlüssel zu Frau Jenners Wohnung?«

»Mir ist das irgendwie noch nicht Notlage genug«, sagte Klaffki unentschlossen und richtete sich wieder auf.

Im Grunde genommen sah Fred die Sache genauso. Am wahrscheinlichsten war, dass Karla gar nicht zuhause war, vielleicht schlief sie auch oder hatte einfach keine Lust, ans Telefon zu gehen oder aufzumachen. Oder sie war tot, was man bei einer krebskranken Frau nicht völlig ausschließen konnte. Dieser Gedanke war es, der ihn wahnsinnig machte, weil schließlich er, Fred Wiener, sie dorthin begleiten sollte, und zum zweiten Mal an diesem Tage wäre er bereit gewesen, sich für das Richtige zum Affen zu machen und in seiner Hilflosigkeit Karlas Tür mit den Fäusten zu bearbeiten, als plötzlich sein Handy in der Hosentasche zu klingeln begann. Leo Klaffki, der aussah, als wäre ihm jeder Anlass recht, um endlich wieder den Rückzug antreten zu können, schaute ihn erwartungsvoll an, als er das Telefon herauszog und mit zusammengekniffenen Augen auf das Display starrte. Es war Karlas Nummer.

»Sie haben heute ein paarmal bei mir angerufen, Herr Wiener. Verzeihung für meinen Ausfall vorhin. Alles bestens. Ich lebe noch.«

»Oh. Wie gut, dass Sie sich gemeldet haben.« Er wedelte Klaffki mit der freien Hand zu, um ihm Entwarnung zu signalisieren. Klaffki schien zu verstehen.

»Und wenn Sie immer noch vorhaben, diese Woche bei mir vorbeizukommen, würde ich mich freuen.«

»Sagen Sie ihr, dass da noch ’ne Tüte vor ihrer Wohnungstür steht.« Klaffkis Stimme dröhnte im Treppenhaus, überwand Türritzen und drang unter Freds Hand hindurch, die er eilig über das Mikrophon gelegt hatte.

»Prima, Frau Jenner. Ich komme auf jeden Fall.«

»Sind Sie das etwa? Da draußen im Flur?«

»Ja«, sagte Fred. Er sah Klaffki an, und Klaffki zuckte mit den Schultern und blieb stehen, wo er war, direkt vor ihrer Tür. Sie hörten, wie sich der Schlüssel im Schloss drehte, und dann erschien Karla im Rechteck ihrer Wohnungstür und sah einfach beschissen aus, krank und elend, aber sie stand barfuß und aufrecht da und schien entschlossen, ihren dämlichen Sterbebegleiter endgültig in die Wüste zu schicken, das sah Fred genau. Sie sagte: »Was soll denn das, verdammt noch mal«, aber dann sah sie wohl in ihren Gesichtern, was das sollte, und sie fing an zu lachen, es klang heiser und ein bisschen furchterregend, aber es klang auch echt.

»Haben Sie gleich den Notarzt mitgebracht, Herr Wiener?«

»Leo Klaffki«, sagte Klaffki. »Erdgeschoss rechts. Ihr Hausmeister, wenn mal was ist. Ihr Bekannter hat sich Sorgen gemacht, da bin ich mitgekommen. Ist ja alles okay, wie ich sehe.« Er bückte sich nach der Einkaufstüte und hielt sie Karla hin, dann ließ er den Arm wieder sinken und sagte: »Die ist mordsschwer.«

»Na gut«, sagte Karla. »Auf einen Tee.«

Leo Klaffki machte alles, alles richtig an diesem Abend. Schon beim Anblick des ersten Schwarz-Weiß-Fotos im Flur ließ er die Tüte vor Entzücken fallen, rief »Hey, ist das nicht Jerry?« und rannte anschließend von Bild zu Bild, kommentierte die meisten mit »Ist das geil« oder fragte nach Ort und Datum der Aufnahmen. Karla antwortete schnell und offenbar amüsiert, keine Spur von Langeweile, dachte Fred und erkannte, dass musikalisches Fachwissen sogar einen Frührentner im Werder-Trikot zum interessanten Gesprächspartner machte. Mit seinen drei ausgedruckten Wikipedia-Seiten konnte er da nicht mithalten, und er würde sich hüten, auch nur ein einziges Wort zu diesem Thema beizutragen. Er trug die Einkaufstüte am Wohnzimmer vorbei, wo Karlas verlassener Wollkokon mitten im Raum neben einem Paar Kopfhörern lag, wandte sich Richtung Küche, und während er Klaffki hinter sich »Waren Sie etwa mal ein Deadhead?« fragen hörte und Karla geradezu stolz mit »Ja, seit den Siebzigern« antwortete und Klaffki daraufhin nur noch »Boah« sagen konnte, beschloss Fred, Wasser für den Tee aufzusetzen.

In der Küche und der übrigen Wohnung herrschte dieselbe tropische Temperatur wie bei seinem ersten Besuch. Fred begann zu schwitzen. Es fühlte sich richtig an. Es war seine erste Begleitung, und er leistete, wie er fand, vollen Einsatz. In Karlas Schränken nach Teebeuteln oder einer Kanne zu suchen, wagte er noch nicht, aber er war überzeugt, dass er in nicht allzu ferner Zeit solche Dinge mit größter Selbstverständlichkeit erledigen würde. Er ließ Wasser in den Kessel laufen und schaltete ihn ein, während Klaffki im Wohnzimmer Karlas sensationelle Spezialkopfhörer pries, die Fred eine Erklärung für ihre vorübergehende Schwerhörigkeit lieferten und Klaffki einen weiteren Beweis für ihren »geilen Geschmack«. Dann erschien Karla in der Küche, dahinter Klaffki, der beim Anblick des Grateful-Dead-Plakats in andächtiger Haltung vor dem Küchentisch verharrte, was Fred ein wenig übertrieben fand.

»Und Sie heißen echt García? Ich meine, García wie García?« Klaffkis Stimme vibrierte vor Ehrfurcht.

»Man spart viel Zeit, wenn man es weglässt«, sagte Karla.

Sie blieben in der Küche und tranken dort ihren Tee, und Klaffki schien wieder eingefallen zu sein, dass dies kein normaler Adventsbesuch bei einer gesunden Nachbarin war, denn er hörte mit seinen Hippie-Reminiszenzen auf und wirkte nachdenklich. Der Tee war eine Kräutermischung, die keinem zu schmecken schien. Karla zog mit unbewegter Miene Unmengen von Schokolade, Lebkuchen und Marzipan aus der Aldi-Tüte und stopfte anschließend alles wieder hinein. Dann wandte sie sich Fred zu. »Und Sie, Herr Wiener?«

»Ich bin sehr froh, dass ich Sie heute noch erreicht habe«, sagte Fred.

»Ja«, sagte Karla. »Eigentlich war das sehr nett, was Sie da gemacht haben. Ich glaube nur nicht, dass ich mich jedes Mal über solche Aktionen von Ihnen freuen werde.« Sie nahm einen Schluck Tee, hustete und stellte die Tasse wieder ab. »Heute zum Beispiel freue ich mich nur deswegen, weil diese höllischen Schmerzen nach achtundvierzig Stunden aufgehört haben und das Morphium besser eingestellt ist. Ich bin so zugedröhnt wie schon lange nicht mehr. Wie in den ganz alten Tagen, Herr Wiener. Und es hilft.«

Klaffki nickte enthusiastisch. Fred fühlte sich ausgeschlossen. »Aber das ist doch die Hauptsache, Frau Jenner«, sagte er und hoffte, dass niemand sein Defizit bemerkte. Betrunken kannte er zwar, zugedröhnt konnte er sich irgendwie zusammenphantasieren, achtundvierzig Stunden höllische Schmerzen hingegen nicht. »Dass es Ihnen hilft, meine ich. Was immer es ist.«

Karla antwortete nicht. Klaffki, dem trotz seiner leichten Bekleidung Schweißperlen auf der Stirn standen, machte wieder alles richtig, indem er sagte: »Also ich werd dann mal. Kottke rastet sonst aus. Danke für den Tee, Frau Nachbarin.«

»Sein Hund«, sagte Fred.

»Leo Klaffki, und der Hund heißt Kottke?«, sagte Karla. »Großartig.«

Sie nickte ihm anerkennend zu, und Klaffki grinste breit, als handle es sich um einen Insiderwitz, und Freds Gefühl des Ausgeschlossenseins wuchs. Als Klaffki aufstand, blieb er sitzen, um zu zeigen, dass die Dauer seiner Audienz bei Karla nicht von einer kläffenden Töle im Erdgeschoss bestimmt wurde. Zu seiner großen Erleichterung forderte Karla ihn nicht zum Gehen auf, sondern bat Klaffki nur, die Tüte wieder mitzunehmen, wenn er ging, und sie genau dort vor der Wohnungstür abzustellen, wo er sie vorgefunden hatte.

»Ich muss das jetzt nicht verstehen, oder?«, fragte Klaffki.

»Nein«, sagte Karla freundlich.

Sie blieb mit Fred am Küchentisch sitzen, nachdem Klaffki fort war. In der Wohnung über ihnen knarrten die Bodendielen.

»Wenn Sie mein Begleiter sein wollen, dann müssen Sie auch damit klarkommen, dass ich mich ab und zu zurückziehe und nicht erreichbar bin, Herr Wiener«, sagte Karla nach einer Weile.

»Und wie kann ich wissen, ob Sie gerade Ihre Ruhe brauchen oder ob es ein Notfall ist?«

»Herr Wiener.« Karla sah ihn an, als hätte er etwas Grundsätzliches nicht begriffen. »Ich werde sterben, ja? Ich will nicht gerettet werden.«

»Sie könnten unnötig Schmerzen leiden.«

»Ich weiß nicht, was nötig und was unnötig ist. Aber ich möchte nicht, dass Sie mit Ihrem Freund vor meiner Wohnungstür rumlungern, nur weil ich ein paarmal nicht ans Telefon gehe.«

Er fühlte sich ein wenig gekränkt, aber er sagte nur: »Verstehe.«

»Ich bin mir nicht sicher, ob Sie mich wirklich verstanden haben, Herr Wiener. Ich finde, Sie sind ein freundlicher Mann, und Sie haben verdient, dass man Sie freundlich behandelt, aber wenn mir nach Rückzug ist, möchte ich mir keine einzige Sekunde lang Gedanken darüber machen müssen, wie mein Verhalten wohl bei Ihnen ankommt.«

»In Ordnung, Frau Jenner.«

Diesmal schien sie ihm zu glauben, oder es war ihr gleichgültig, ob er es tatsächlich in Ordnung fand oder nicht. Ihm war wichtig, dass sie ihm glaubte. Er wollte ihr etwas sagen, das ihr Vertrauen in ihn bestärkte, aber ihm fiel nichts ein, also schwieg er und starrte auf seine Hände. Er schwitzte. Und er musste nach Hause.

»Und für das unglückliche Gesicht, das Sie jetzt machen, Herr Wiener, möchte ich auch nicht verantwortlich sein.«

Fred riss sich zusammen. »Mein Sohn wartet zuhause auf mich. Ich muss jetzt leider los.« Er stellte die Teetassen zusammen und trug sie zur Spüle, wo er sie abwusch und zum Trocknen stehen ließ. Sie ließ ihn machen. Er nahm seine Jacke.

»Bleibt es dabei, dass ich diese Woche noch einmal bei Ihnen vorbeischauen soll?«

»Ich rufe Sie an«, sagte Karla. »Vielleicht bekomme ich ja doch Lust, rauszugehen. Solange ich das noch kann.«

Sie brachte ihn zur Tür. Als sie sich verabschieden wollte, fingen beide gleichzeitig zu reden an.

»Sie zuerst«, sagte Fred.

»Wie alt ist Ihr Sohn, Herr Wiener?«

»Er wird nächstes Jahr vierzehn. Ich bin geschieden. Er lebt bei mir.«

Karla nickte. »Und jetzt Sie.«

»Warum haben Sie Ihre Chemotherapie abgebrochen? Darf ich das fragen?«

»Weil es mir dabei so schlecht ging, dass die Hoffnung auf ein paar Extrawochen Leben um diesen Preis einfach nur absurd war.«

Ihre Antwort ging ihm nach, als er schon längst wieder in seinem Auto saß und nach Hause fuhr. Sie wühlte ihn auf. Er haderte damit, er argumentierte dagegen. Er stand vor einer roten Ampel und nannte Karla feige. Er nannte sie arrogant und anmaßend. Er wollte sie belehren, bekehren und heilen, auch gegen ihren Willen.

Er hielt an einem Imbiss und bestellte zwei Burger mit Pommes zum Mitnehmen. Der Geruch im Auto besänftigte ihn. Erst als er seine eigene Wohnungstür aufschloss, fiel ihm ein, dass die Tüte vor Karlas Eingang fort gewesen war, als er ging.

Karla

gott

väter

homöopathie

ufos

vergebung

bestimmung

aufschub

jenseits

das nachlassen von
nebenwirkungen

Fred

DIE SUPERVISIONSTREFFEN der Ehrenamtlichen fanden an jedem zweiten Mittwoch im Monat in einem kleinen Sitzungsraum im Hospiz statt. Alle drei Teams waren auf maximal zehn Teilnehmer begrenzt, unter ihnen Anfänger wie Altgediente, und wegen des enormen Frauenüberschusses waren die wenigen Männer mit Bedacht aufgeteilt worden: In jeder Gruppe gab es mindestens einen, in keiner mehr als drei. Weil sie nur den einen Sitzungsraum hatten, mussten sie ihn nacheinander benutzen, also trafen sich die Ersten schon am Nachmittag dort, und die Letzten verließen ihn gegen neun Uhr am Abend. Die Teilnahme war freiwillig, aber ausdrücklich erwünscht. Wer wollte, konnte sich auch im Einzelgespräch mit der Hospizleitung seelischen Beistand für seine Arbeit oder Rat für ein akutes Problem holen, aber Fred hatte den Eindruck, dass die meisten den Austausch in einer Gruppe bevorzugten. Seit dem Ende seiner Ausbildung war er schon zweimal dort gewesen und hatte den Gesprächen der anderen zugehört, ohne selbst etwas beitragen zu können, aber das würde sich gleich ändern, denn heute konnte er zum ersten Mal von einem eigenen Fall berichten.

Er kam wie üblich zu früh. Im Sitzungsraum hatte bis vor wenigen Minuten noch eine andere Gruppe getagt und muffige Wärme hinterlassen, vermischt mit dem beißenden Wachsgeruch einer ausgelöschten Kerze. Fred ließ die Tür zum Flur angelehnt und öffnete das Fenster. Bei Meetings wie diesen brauchte er die Schmach des Versetztwerdens nicht zu fürchten, er genoss das Warten sogar. Jeder, der ankam, konnte sich darauf verlassen, ihn vorzufinden. Er setzte sich auf seinen Lieblingsplatz im Stuhlkreis und begann in Gedanken seinen Redebeitrag durchzugehen. Nach und nach trudelten die anderen ein, hängten ihre Mäntel an die Garderobe, umarmten sich, suchten sich einen Platz oder blieben plaudernd an der Tür stehen. Wenn sie Fred ansprachen und grüßten, nickte er ihnen freundlich zu und schloss gleich wieder die Augen, um sich zu konzentrieren.

Er würde als Erstes Karlas Tapferkeit beschreiben. Ihre Haltung, ihre Würde. Dann würde er davon erzählen, wie sie ihn mit ihrer schroffen Art immer wieder auf die Probe stellte und dass er sich bisher recht wacker geschlagen habe. Dass sie überhaupt nicht aussah wie eine, die bald sterben müsse, würde er sagen. Und dass er seit Neuestem in einem BSDK-Forum im Internet mitlese und sehr viel über Karlas Erkrankung gelernt habe. BSDK, würde er sagen, heiße Bauchspeicheldrüsenkrebs, das sei da die gängige Abkürzung. Die anderen würden wissen wollen, in welchem Stadium Karlas Krebs wäre, und er würde es ihnen erklären und auch, warum sie keine Chemotherapie mehr wollte. Er wusste, dass er ab einem bestimmten Punkt nach seinen Gefühlen gefragt werden würde, also überlegte er sich, wie er sich fühlte. Betroffen natürlich. Aber auch zuversichtlich, dass er seine Aufgabe erfüllen konnte. Manchmal etwas verwirrt. Ängstlich. (Er strich ängstlich, nicht, weil es ihm unangenehm war, sondern weil es einfach zu viele Fragen und vor allem Ratschläge nach sich ziehen würde.) Er würde von seinem Vorhaben berichten, Karla ein letztes, unvergessliches Weihnachtsfest zu schenken. Nein, er würde auf gar keinen Fall »unvergessliches« sagen, das wäre ja geschmacklos. Er würde auf die Magie von weihnachtlichen Ritualen verweisen, denen sich kaum jemand entziehen könne, ob gläubig oder nicht, denn was gibt es Wichtigeres außer Versöhnung und Frieden für einen, der stirbt? Die Geschichte mit ihm und Klaffki vor Karlas verschlossener Wohnungstür würde er unerwähnt lassen, sie erschien ihm nicht besonders ruhmreich. Ob die anderen ihm noch weitere Fragen stellen würden? Gut möglich. Mit großer Wahrscheinlichkeit würde diese überkritische Theologiestudentin etwas dazu sagen, Maria hieß sie, Maria, die jedem Ehrenamtlichen ein Helfersyndrom unterstellte, nur sich selbst nicht. Maria sagte gern Dinge wie: »Gib doch einfach mal zu, dass du das alles nur machst, damit es *dir* besser geht«, oder: »Wenn du das nicht aushältst, solltest du lieber für Obdachlose Butterbrote schmieren.« Im Kern hatte sie meistens recht, trotzdem fürchtete er ihre Kommentare. Obwohl sie ihn noch nie direkt angesprochen hatte, ging er davon aus, dass Maria Leute wie ihn verachtete.

»Können wir anfangen?« Das war Arnes Stimme neben ihm. »Dann herzlich willkommen zu unserem heutigen Treffen, meine Lieben.«

Maria fehlte im Kreis, wie er mit Erleichterung feststellte. Ansonsten waren sie vollzählig, sechs Frauen und drei Männer: Fred, Ole und Arne Jablonski, Sozialpsychologe und Leiter der Abendgruppe. Arne war Mitte bis Ende fünfzig, erinnerte mit seinem Haarkranz aus weißen Kringellocken an einen Clown und glich Fred in Statur und Bauchumfang so sehr, dass es Fred körperliches Unbehagen bereitete, während der Sitzungen auf Arnes kugelförmige Wampe wie in einen Spiegel starren zu müssen, weshalb er am liebsten neben ihm saß. Arne leitete die Supervisionsgruppe sicher und souverän, nur für seinen Redestein hatte Fred sich bisher nicht erwärmen können. Arne bestand darauf. Fred fand das Ritual etwas betulich und vor allem zeitraubend, aber den anderen Gruppenteilnehmern schien es zu gefallen, also sprachen sie in der Regel nur dann, wenn sie den Bergkristall in den Händen hielten, ein Trumm von mindestens einem Pfund Gewicht, wie Fred bei seinem ersten und bisher letzten Kontakt festgestellt hatte. Die Kanten drückten sich unangenehm in die Handflächen, die sperrige Form widersetzte sich jeder zärtlichen Streichelbewegung, aber trotzdem drehten, kneteten und quetschten die anderen den Kristall beim Reden mit den Händen, als wäre er Aladins Wunderlampe und könnte nur unter Druck seine besondere Magie freisetzen. Maria war die Einzige aus der Gruppe, die den Redestein boykottierte, wenigstens das hatten sie gemeinsam.

»Hat jemand ein wichtiges Thema mitgebracht, über das er oder sie sprechen möchte? Ja? Andrea?«

»Ich habe ein Thema. Meine aktuelle Begleitung. Ein alter Nazi.«

»In Ordnung. Noch jemand?«

Fred hob die Hand, aber Ole kam ihm zuvor.

»Ich würde auch gern was von meinem Fall berichten. Von Elena, ihr kennt sie ja.«

Elena war Anfang zwanzig und hatte akute Leukämie, erinnerte sich Fred. Schreckliche Geschichte. Ole, der wie Maria zu den Jüngeren unter den Ehrenamtlichen gehörte und dazu noch einer der wenigen Männer war, begleitete Elena schon seit etlichen Monaten, und tatsächlich war er derjenige gewesen, der Fred zu seinem »Was ich vor meinem Tod noch erledigen möchte«-Vorschlag an Karla inspiriert hatte. Ole nannte das anders, bei ihm hieß es *Bucket List*, und die schien er mit Elena abzuarbeiten, Traum für Traum. Sie machten zusammen Meditations- und Segelkurse und gingen ins Spielcasino, zu Luftgitarren-Wettbewerben oder auf Demos gegen rechts, lauter Punkte, die auch bei Fred auf der Liste nie erlebter Dinge gestanden hätten. Nicht jedoch auf Karlas, wie Fred plötzlich klar wurde. Ole sah blass und unglücklich aus.

»Gern, Ole. Wer von euch möchte beginnen? Nein, wartet noch, Fred hatte sich auch gemeldet.«

»Ist jetzt nicht *so* wichtig«, sagte Fred, der angesichts der brennenden Probleme von Andrea und Ole schon im Rückzug begriffen war. »Und eigentlich auch keine schwierige Situation. Ich hab nur gerade mit meiner ersten Begleitung angefangen –«

Die Tür wurde aufgerissen, Maria rauschte herein. »Verzeihung, dass ich zu spät komme. Miserables Timing«, sagte sie und riss sich die Mütze vom Kopf. Ein Ende ihres langen Wollschals peitschte Fred ins Gesicht, als sie mit Schwung einen weiteren Stuhl neben seinen in den Kreis stellte. »Würdet ihr noch ein bisschen für mich beiseite rutschen?«

Fred fühlte sich, als wäre er geohrfeigt worden. Erst Nazis und Leukämiemädchen und jetzt noch Maria. »Ich denke, mein Bericht kann auch bis zum nächsten Treffen warten«, sagte er, als sich die Unruhe endlich gelegt hatte.

»Wirklich, Fred? Unser nächstes Treffen ist erst wieder im Januar«, sagte Arne. »Wir werden es auf jeden Fall so einrichten, dass die letzten fünf Minuten unseres Abends dir gehören.«

Fred nickte nur. Ole hatte sich bereits den Redestein aus der Kreismitte geholt und hielt ihn mit beiden Händen fest.

»Der Countdown hat begonnen«, sagte er, ohne den Blick vom Stein zu lassen. »Elena ist aus ihrer eigenen Wohnung raus und wieder zurück zu ihren Eltern gezogen. Seit letzter Woche ist sie so schlapp, dass sie nicht mal mehr rauswill und nur noch auf dem Sofa rumliegen kann. Scheiße.« Er hob den Kopf und sah zu Arne. »Ich weiß, dass ich ihr Sterbebegleiter bin, aber bei ihr hab ich wirklich geglaubt, wir könnten das Ding noch drehen.«

»Du hast gedacht, mit deinen Hollywood-Inszenierungen könntest du sie vom Sterben abhalten?« Maria signalisierte ihre volle Präsenz, obwohl sie ihren meterlangen Schal nicht einmal zur Hälfte abgewickelt hatte. Fred rückte noch mehr zur Seite, um ihrem raumgreifenden Arm auszuweichen, der wie ein Rotorflügel seine Runden machte, unerbittlich.

»Maria, bitte nicht ohne Redestein sprechen«, sagte Arne.

»Bucket List«, sagte Maria. »Wenn ich das schon höre. Damit wollen sich Sterbebegleiter doch nur ein Denkmal setzen.«

»*Sie* hat das gewollt«, sagte Ole empört und klammerte sich noch fester an den Stein, als müsse er sich beherrschen, ihn nicht Maria vor die Füße zu werfen. »Dein Hollywood-Vergleich ist gar nicht so verkehrt, Maria, aber Hollywood war in Elenas Kopf, nicht in meinem. Ich bin der Meinung, dass sie jedes Recht darauf hat, noch mal Hauptdarstellerin in ihrem eigenen Film zu sein.«

Maria zuckte unbeeindruckt mit den Achseln und hängte den abgewickelten Schal über ihre Stuhllehne. Fred überlegte, was wohl passiert wäre, wenn die Hospizleitung nicht ihn, sondern Maria zu Karla geschickt hätte. Das Einzige, was er sich vorstellen konnte, war, dass sie sich grimmig und einvernehmlich anschwiegen,

Karla und Maria, bis Karla irgendwann am Ende tot umfiel. Oder Karla würde gewinnen, und Maria fiel um. Das, musste er zugeben, hatte was.

»Erzähl uns noch ein bisschen mehr davon, wie es dir geht, Ole«, sagte Arne. Arne brauchte keinen Redestein, um ordnend einzugreifen, wenn er es für nötig hielt.

»Ich fühle mich beschissen und absolut inkompetent. Wenn ich Elena besuche, möchte ich mich am liebsten neben sie aufs Sofa legen und heulen. Nicht besonders hilfreich, ich weiß.«

»Möchten die anderen Ole Feedback geben oder ihm sagen, was seine Geschichte in ihnen ausgelöst hat?«

Maria betrachtete ihre gespreizten Finger. Ole legte den Redestein zurück in die Mitte, und drei Frauen streckten gleichzeitig die Hände danach aus. Brigitte war die Schnellste. Brigitte war schon lange dabei und gehörte zu denen, die aussahen, als wären sie dafür geboren, spätestens im Rentenalter eine ehrenamtliche Aufgabe zu übernehmen: pragmatisch, bodenständig und engagiert. Frauen wie sie waren die Königinnen des Ehrenamts, und ohne sie hätte die ganze Hospizbewegung einpacken können. Sie besuchten die Sterbenden, sie übernahmen nächtliche Sitzwachen, sie tüteten Spendenaufrufe ein, sie verteilten Broschüren an Infoständen. Sie hielten die Spannung nicht aus, wenn niemand sich freiwillig für eine Aufgabe meldete, also meldeten sie sich. Sie hielten die Vorstellung nicht aus, dass es bei öffentlichen Veranstaltungen im Hospiz keinen Kuchen für die Gäste geben könnte, also backten sie welchen. Sie beeindruckten Fred, und sie schüchterten ihn ein mit dieser Gewissheit, die sie permanent ausstrahlten: dass ihr Tun sinnvoll war und dass es gebraucht wurde.

»Ole, du hast das bis jetzt so toll gemacht mit Elena«,

sagte Brigitte. »Es ist immer ganz besonders schwer, wenn so ein junger Mensch stirbt. Ich bewundere dich wirklich sehr, und ich bin sicher, dass dir diese letzte, schwere Runde ebenso gut gelingen wird.«

Brigittes Sitznachbarin, deren Namen Fred genauso oft vergaß wie die Namen der übrigen Frauen im Kreis, griff nach dem Kristall, kaum dass er wieder in der Mitte lag. »Ich sehe das genauso, Ole. Du musst dich nur auf die neue Situation einstellen, dann schaffst du das. Elena braucht dich jetzt.«

»Herrgott, warum soll er sich denn nicht einfach neben sie legen und heulen?«, fragte Maria. »Wär' doch mal was Echtes.«

»Maria, bitte«, sagte Arne.

Genervtes Ausatmen in der Gruppe und leises Gemurmel. Ole saß weit nach vorn gebeugt und starrte finster vor sich hin. Arne hatte die Hände vor dem Bauch gefaltet und schien nachzudenken. Eine der Frauen, die bisher noch nichts gesagt hatten, nahm zögernd den Redestein in die Hand. Sie räusperte sich und sah Maria an, und Fred ahnte, dass sie der nächste Satz einiges an Überwindung kosten würde. »Ich möchte, dass du aufhörst, immer dazwischenzureden, Maria. Wenn du was sagen willst, weißt du ja, was du tun musst.«

Marias Gesicht blieb völlig unbewegt, aber sie nickte. Klar weiß sie, was sie tun muss, wenn sie etwas sagen will, dachte Fred. Sie macht einfach den Mund auf und redet los, das ist alles. Dass jemand wie Maria Theologie studierte, warf ein völlig neues und irgendwie auch faszinierendes Licht auf das Christentum.

»Danke«, sagte Arne und sah sich um. »Möchte noch jemand etwas zu Ole sagen?«

Der Stein lag wieder in der Mitte. Arne wartete noch

einen Moment, dann beugte er sich nach vorn und hob ihn auf.

»Na dann«, sagte er. »Zunächst mal zu dir, Maria: Ich finde deine Beiträge gut und wichtig. Und wegen deiner albernen Weigerung, dich an unsere Regeln zu halten, hört man dir leider in unserem Kreis viel zu wenig zu. Und dir, Ole, möchte ich einfach nur sagen: Mach vor Elena kein Geheimnis daraus, wie beschissen und inkompetent du dich manchmal fühlst. Steh dazu, zeig ihr deine Hilflosigkeit, und dann finde wieder zurück zu deiner Aufgabe. Elena und du, ihr habt noch ein ganzes Stück Weg vor euch. Am Ende wird sie diejenige sein, die stirbt, und du wirst derjenige sein, der überlebt, also mach was draus.«

Niemand sagte etwas. Fred versuchte sich Wort für Wort einzuprägen, was Arne zu Ole gesagt hatte. Am liebsten hätte er es aufgeschrieben, aber in dieser Stille auf der Suche nach Papier und Stift in seiner Aktenmappe herumzukramen, wagte er nicht. Schließlich entspannten sich Oles Schultern, und er lehnte sich in seinem Stuhl zurück.

»Ja«, sagte er. »Ja, das hilft mir weiter.«

»Das freut mich sehr, Ole«, sagte Arne. »Braucht ihr eine Pause, oder können wir gleich mit dir weitermachen, Andrea?«

Sie brauchten keine Pause, also begann Andrea von Herrn Ewers zu erzählen, einem pensionierten Studienrat, der darauf bestand, sich mit »Doktor Ewers« anreden zu lassen, und überdies einen Haufen unbewältigter Vergangenheit mit sich herumtrug, die seine beginnende Demenz noch nicht hatte ausradieren können. Sie besuchte ihn seit vier Wochen im Pflegeheim, wo man beschlossen hatte, ihn angesichts seines rasant voranschreitenden körperlichen Verfalls gleich dort sterben zu lassen und nicht mehr ins Hospiz umzusiedeln. Wie sich bald herausstellte, hatte Doktor Ewers – Jahrgang 1925 – ein großes Bedürfnis, noch vor seinem Tod ein paar private Details aus seinem Leben preiszugeben, die vor allem mit der Rolle seiner Familie im Dritten Reich zu tun hatten. Vater Ewers war offenbar ein strammer Nazi gewesen – so hatte es sich Andrea aus Doktor Ewers' Aussagen zusammengereimt –, der seinem einzigen Sohn eine solide rechte Gesinnung mit auf den Weg gegeben hatte, die dieser nie ganz hatte ablegen können. Familienangehörige gab es nicht, nur ab und zu erschien eine ebenfalls hochbetagte Dame, bei der es sich angeblich um seine ehemalige Haushaltshilfe handelte (»Zugehfrau«, wie Doktor Ewers sie nannte). Von ihm komplett ignoriert, sagte sie nie etwas außer einer Begrüßung und einem Abschiedsgruß, dazwischen betrachtete sie ihn kummervoll und hinterließ jedes Mal zwei gebrauchte Ausgaben *Reader's Digest* auf seinem Nachttisch, die Doktor Ewers leider nicht mehr zu lesen imstande war.

»Er freut sich jedes Mal, wenn ich komme«, sagte Andrea. »Manchmal weiß er noch, wer ich bin, und manchmal hält er mich für eine Gemeindeschwester, die ihn vor dem Tod noch zum Christentum bekehren will. Er weiß, dass er bald stirbt. Er kokettiert ein bisschen mit seinem Atheismus, aber es drängt ihn zu sehr, mir oder der Gemeindeschwester von seiner Nazifamilie zu erzählen und ein bisschen Absolution zu bekommen. Manchmal nennt er mich auch Kati. Kati muss eine Jugendfreundin gewesen sein, mit der er zusammen am laufenden Band Nachbarn und Mitschüler denunziert hat. Bei Kati erinnert er sich gern wieder an die gute alte Zeit.«

Andrea zog eine Grimasse, die vermutlich zeigen

sollte, was sie von Kati hielt. »Eigentlich ist das alles zum Brüllen. Wie er da vor mir sitzt in seinem Bett und mal prahlt und mal um Anerkennung bettelt, der Herr Doktor Ewers. Wenn er ein anderes Lieblingsthema hätte, könnte ich den sogar mögen. Aber manchmal, wenn ich bei ihm sitze und ihm zuhöre, denke ich nur: Kannst du Arsch nicht einfach sterben und deinen ganzen Dreck ungesagt mit ins Grab nehmen?«

»Du weißt aber, warum er das nicht kann, oder?«, fragte Arne.

»Sicher weiß ich das. Aber ich bin leider nicht besonders gut im Abnehmen von Beichten, und schon gar nicht bei solchen Inhalten.«

»Ich«, sagte Maria, »ich würde gern die Begleitung von Herrn Ewers übernehmen. Ich kann das.«

Fred merkte, wie sich Arne in seinem Stuhl aufrichtete. Er wartete darauf, dass Arne etwas sagte, aber Arne sagte nichts.

»Hab ich irgendwas davon gesagt, dass ich die Begleitung abgeben will?«, fragte Andrea und schien ehrlich verblüfft.

»Was wolltest du uns denn dann mit deiner Geschichte sagen? Ich würde jedenfalls ungern sterben, wenn jemand neben mir sitzt, der denkt, ›Mann, halt die Klappe, du Arsch.‹«

»Du meinst, bloß weil einer stirbt und ich seine Begleitung übernommen habe, muss ich einverstanden sein mit dem, was er mir erzählt?«

»Findest du es sinnvoll, jemanden zu begleiten, den du für einen Arsch hältst?«

Andrea setzte zu einer Antwort an, aber bevor sie etwas sagen konnte, ging Arne in einem Ton, den Fred noch nie bei ihm gehört hatte, dazwischen. »Stopp.« Und dann, nach einer kurzen Pause, sagte er wieder mit seiner gewohnten Stimme: »Maria, ich habe in vielen Jahren Supervision noch nie jemanden rausgeworfen, aber ich stehe gerade kurz davor.«

»Weil ich diesen blöden Redestein nicht benutze?«

»Weil du diesen blöden Redestein nicht benutzt.«

Erneutes Gemurmel aus dem Kreis untermalte Arnes Antwort mit einer unwilligen Melodie. Sie fanden es alle nicht richtig, dass Maria den Redestein nicht benutzte. Sie fanden wahrscheinlich noch vieles mehr nicht richtig, was Maria betraf.

»Ist ja gut«, sagte Maria. Sie stand auf und griff nach ihrem Schal über der Stuhllehne. »Frohe Weihnachten allerseits. Ich lass euch dann mal. Verletzt euch nicht an spitzen Gegenständen.«

Niemand erwiderte ihren Gruß. Fred war überrascht, wie groß seine Enttäuschung darüber war, dass Maria so schnell aufgab, fast so groß wie sein Erstaunen, dass Arne sie offenbar nicht vom Gehen abhalten wollte. Er brauchte eine Weile, ehe er verstand, was Maria mit »spitzen Gegenständen« gemeint hatte. Er machte den Mund auf, räusperte sich, nahm erneut Anlauf.

»Frohe Weihnachten, Maria«, sagte Fred laut und wusste, dass ihn jetzt alle ansahen, alle außer Maria, die sich nicht einmal umdrehte, weil ihr Schal ihre ganze Aufmerksamkeit beanspruchte.

»Und hoffentlich bis zum nächsten Mal«, sagte Arne gerade noch rechtzeitig, bevor sich die Tür hinter ihr schloss.

»Das ist ja wohl das Letzte.« Es war eine der namenlosen Frauen, die darauf gewartet hatte, dass Arne seinen Blick von der Tür löste und wieder auf die Gruppe richtete. »Was nimmt die sich eigentlich hier raus?«

»Wir bleiben bitte bei unserer Regel: Nur wer den Redestein hat, darf sprechen«, sagte Arne. »Und du warst noch gar nicht fertig, oder, Andrea?«

»Doch, doch, ich war fertig«, sagte Andrea, die aussah, als würde sie immer noch unter Schock stehen. »Ich würd jetzt lieber was von euch dazu hören.«

»Dann sage ich dir gleich mal was dazu. Es ist nur ganz kurz.« Arne brach mit seinen Gewohnheiten, stellte Fred fest, sonst sprach er immer als Allerletzter, wenn sich niemand mehr zu Wort meldete. »Erstens: Du wirst diesen Doktor Ewers nicht mehr dazu bringen, dass er seine eigene Geschichte reflektiert, deshalb machst du auch alles richtig, wenn du einfach nur danebensitzt und ihn reden lässt. Zweitens: Denk so oft ›Arsch‹, wie du willst, aber sorg dafür, dass dich das nicht daran hindert, präsent und ganz für ihn da zu sein. Drittens: Das hier ist ehrenamtliche Arbeit. Niemand wird jemals von dir verlangen, Zeit mit jemandem zu verbringen, bei dem du nicht sein willst.«

Andrea hörte aufmerksam zu. »Alles klar«, sagte sie. »Danke.«

Brigitte nahm ihr den Kristall ab, noch bevor sie ihn in die Mitte zurücklegen konnte. Fred wusste, was jetzt kommen würde: *Andrea, nicht aufgeben, wir verstehen dich, das ist wirklich nicht immer leicht, und es ist völlig in Ordnung, wenn man mal an seine Grenzen kommt, du machst das ganz toll.* Machte sie ja auch, so gut sie eben konnte. Und Brigitte machte es ebenfalls toll, weil sie von jedem einzelnen ihrer aufbauenden Worte überzeugt schien, die sie zu Andrea sagte. Auch Fred glaubte an die segensreiche Wirkung von positiven Affirmationen, manchmal sogar inbrünstig, etwa wenn es darum ging, Philipp Mut zu machen, aber diesmal mochte er Brigittes Ansprache nicht folgen. Er fragte sich, was Karla zu Andreas Geschichte gesagt hätte. Ihm fiel nichts dazu ein. Er fragte sich, was Karla zu Maria gesagt hätte. Ihm fiel nichts dazu ein, außer dass sie ihr vielleicht empfohlen hätte, sich für ihre Redesteinrebellion mit Fred zu verbünden, was eine beängstigende Vorstellung war.

Arne schien dem, was Brigitte gesagt hatte, nichts mehr hinzufügen zu wollen. Fred fand, dass er abwesend und in sich gekehrt wirkte. Vielleicht ging es ja gegen seine Gruppenleiterehre, wenn jemand vorzeitig die Runde verließ. Er beobachtete Arne dabei, wie er beiläufig den Jackenärmel hochschob, um seine Armbanduhr sehen zu können, und dann übergangslos seine Schlussworte zu sprechen begann. Wie immer am Ende einer Sitzung fragte er, ob es noch seelisches Gepäck dazulassen gebe, bevor sie sich auf den Heimweg machten, aber diesmal ließ er seinen aufmunternden Blick einfach aus, den er sonst dabei in die Runde warf, sah auf die Spitze des Bergkristalls, der jetzt in seinem Schoß ruhte, und wünschte allen gesegnete Feiertage und ein gutes neues Jahr, bevor überhaupt jemand seine Frage beantworten konnte. Fred spürte, wie Ole ihn anstarrte. Er versuchte, Oles Absichten zu zerstreuen, indem er geschäftig in seiner Mappe zu kramen begann und mentale Botschaften verschickte. *Nein, Ole, nicht jetzt noch. Nicht heute. Es reicht.*

»Aber Fred sollte doch die letzten fünf Minuten bekommen«, sagte Ole, der Gute, der Gerechte.

»Ach Gott, stimmt ja. Ich bitte um Verzeihung. Moment mal!«, rief Arne, das Gemurmel der Aufbrechenden erstarb sofort, und Brigitte, die schon aufgestanden war, blieb hinter ihrem Stuhl stehen. »Also, Fred, was gibt's zu berichten?« Arne beugte sich nach vorn und hielt Fred den Redestein hin.

Fred klammerte sich mit beiden Händen an seine Mappe. »Nichts. Wirklich.« Er überlegte einen Moment. »Es hat ja gerade erst angefangen. Bis jetzt läuft alles prima. Es geht ihr noch ganz gut. Im nächsten Jahr kann ich euch bestimmt mehr erzählen.«

Arne ließ sichtbar erleichtert die Hand mit dem Kristall sinken. »Großartig, Fred. Also dann. Alles Gute und viel Kraft für deine erste Begleitung.«

Alle anderen wünschten Fred auch alles Gute und viel Kraft, und Fred bedankte sich, dann wünschten sie sich gegenseitig frohe Weihnachten und ein glückliches neues Jahr, und alle bedankten sich. Dann löste der Kreis sich auf.

Als Fred auf die Straße trat, sah er neben der Eingangstür Andrea stehen, die sich gerade eine Zigarette angesteckt hatte und energisch inhalierte. Ihre Blicke trafen sich.

»Dieses Miststück«, sagte Andrea. »Hast du etwa auch geglaubt, ich erzähl das, weil ich den Ewers loswerden will?«

Fred schüttelte den Kopf.

»Ich meine, es heißt doch Supervision. Man spricht von seinen Fällen und bekommt Feedback. Oder?«

Fred nickte.

Andrea blies den Rauch aus und warf die halb gerauchte Zigarette auf die Straße. »Riskierst du eigentlich auch ab und zu mal was?« Sie wartete nicht ab, ob er antworten würde, sondern ging grußlos davon. Fred sah ihr nach, bis sie im Eingang der U-Bahn-Station verschwunden war.

Morgen würde er Sabine anrufen. Oder die Telefonnummer auf Karlas Informationsblatt. Oder beide. Weihnachten stand vor der Tür.

Phil

SEIN VATER HATTE am Telefon so euphorisch geklungen, als wäre er gerade Gott persönlich begegnet, und Gott in seiner vorweihnachtlichen Großzügigkeit hätte ihm ein unwiderstehliches Angebot für seinen kleinwüchsigen Sohn mit auf den Weg gegeben. *Phil, Kumpel, halt dich fest, ich hab hier den perfekten Job für dich. Kommt doch wie gerufen, nicht?* (Aber nicht im Mindesten.) *Freie Zeiteinteilung, Kumpel, immer mal wieder ein paar Stunden nach der Schule.* (Bitte keine Hunde ausführen. BITTE.) *Soll ich dich in einer Stunde abholen, und wir besprechen zusammen alles Wichtige mit deiner neuen Arbeitgeberin?* (In einer Stunde wäre er nach seiner eigenen Zeitplanung mitten in der aktuellen Folge von *Game of Thrones*, die Max ihm besorgt hatte.)

»Was ist das für ein Job, Papa?«

»Also natürlich vorausgesetzt, du willst das überhaupt machen.«

»Papa, ich hab dich gefragt, was das für ein Job ist.«

»Archivieren … für ein Privatarchiv. Alles andere erfährst du nachher, okay? Du kannst dich dann ja nach dem Gespräch entscheiden. Bis gleich.«

»PAPA!«

Aufgelegt. Archivieren für ein Privatarchiv also. Wahrscheinlich war es Gottes Privatarchiv. Gott hatte Wind von seinem Wörterkrankenhaus bekommen und wollte ihm jetzt seine versiffte universelle Datenbank andrehen.

Phil hasste sich dafür, dass er sich so leicht hatte überrumpeln lassen. Er überlegte, welche Fluchtmöglichkeiten für ihn infrage kamen, erwog den Ausbruch einer widerwärtigen Hautkrankheit und hasste sich noch mehr, als er sofort Jacke und Mütze anzog und wie ein folgsamer kleiner Junge nach draußen lief, nachdem sein Vater exakt eine Stunde später unten geklingelt hatte. Er *war* ein folgsamer kleiner Junge, das war das Schlimmste, und nicht einmal die Tatsache, dass er Gedichte schreiben konnte, in denen verfickt, Hackfresse und Pissflitsche vorkamen, änderte etwas daran.

Es regnete eiskalte Nadelspitzen. Phil sprintete zum Auto, riss die Beifahrertür auf und warf sich in den Sitz, ohne das erwartungsvolle Lächeln seines Vaters zu erwidern. Der folgsame Junge war böse. Er schnallte sich an, und der Gurt legte sich wie immer über seinen Kehlkopf und würgte ihn, was einen Wachstumsschub seit der letzten Fahrt definitiv ausschloss. Er reckte den Hals und setzte sich so aufrecht wie möglich hin.

Sein Vater legte den Gang ein. »Schön, dass du mitkommst, Kumpel«, sagte er. »Du wirst es nicht bereuen.«

Phil antwortete nicht, sondern folgte den Scheibenwischern mit seinen Augen, wobei er versuchte, für jedes Wischblatt je ein Auge zu benutzen. Wenn er es lange und konsequent genug machte, würde er vielleicht in Hypnose fallen und plötzlich Wahrheiten aussprechen, von denen er nicht einmal selbst etwas gewusst hatte.

»Also pass auf. Es geht um ein Fotoarchiv. Du sollst analoge Negative einscannen und digitalisieren.«

»Das kann ich doch gar nicht.«

»Karla sagt, es sei nicht schwer zu lernen. Und außerdem wird sie dir alles zeigen.«

»Karla?«

»Weißt du noch? Das ist die Frau, die ich betreue.«

»Ich soll das bei ihr zuhause machen?«

»Nachmittags. Wenn du Zeit hast.«

»Und was ist, wenn sie stirbt, wenn ich gerade da bin?«

»Sie wird noch eine Weile leben. Bis dahin bist du längst mit deiner Arbeit fertig.«

»Aber wenn sie TROTZDEM währenddessen stirbt?« Er konnte nicht verhindern, dass seine Stimme hysterisch klang. Hysterisch war so ziemlich das Gegenteil von Hypnose.

»Bitte, Phil«, sagte Fred. »Das ist doch Blödsinn.«

Wenn hier irgendwas blödsinnig war, dann war es der neueste Einfall seines Vaters. Sie schwiegen bis zur nächsten roten Ampel, und als sie auf Grün wechselte, sagte Fred: »Hey«, und Phil sagte: »Schon gut.« Er zerrte seinen Gurt ein Stück vom Hals weg und legte den Kopf an das kühle Seitenfenster. Ein Fahrradkurier zog rechts an ihnen vorbei, er wandte Phil kurz sein Gesicht zu, eine Zehntelsekunde lang kreuzten sich ihre Blicke, dann trat der Kurier in die Pedale und schlängelte sich trotz Kälte und Regen mit gewagtem Tempo und unfassbarer Geschmeidigkeit durch den Feierabendverkehr, und Phil verfolgte die blinkende Diode an seinem Helm, bis sie nicht mehr von den anderen Lichtern auf der Straße zu unterscheiden war. Wenigstens hatte sein Vater ihn nicht einfach in irgendeinem Tischtennisverein angemeldet, wie es Max' Mutter mit Max getan hatte, um seine Sozialkompetenz zu fördern. Er beschloss, ihm zu vergeben.

»War sie früher mal Fotografin?«

»Kann sein. Ihre Wohnung hängt jedenfalls voller Bilder, die sie gemacht hat.« Die Erleichterung in Freds Stimme war nicht zu überhören. »Hör mal, Phil, ich wusste nicht, dass dich das so unter Druck setzen würde. Lern erst mal Karla kennen, sprich mit ihr und entscheide selbst, ob du dir das zutraust. Sie hat mich gefragt, ob ich jemanden wüsste, der ihr dabei zur Hand geht, und als ich dich vorschlug, fand sie die Idee gut. Sie schafft das nicht mehr allein. Und sie will die Sachen nicht außer Haus geben, warum auch immer.«

»Okay«, sagte Phil. »Ich guck mal.«

»Danke«, sagte Fred.

Sie fuhren durch eine Gegend, die Phil vage bekannt vorkam. Er war in dieser Stadt geboren, aber der Radius, der sein Leben und seine Bewegungen darin bestimmte, war bisher klein und überschaubar geblieben. Es sprach vieles dafür, dass er noch nie hier gewesen war und diese Fassaden nur von Zeitungsfotos oder aus dem Internet kannte, und falls doch, dann hatte er sie irgendwann einmal als passives Kind, das vom Vater von A nach B transportiert wurde, an sich vorbeiziehen sehen, so wie jetzt.

»Wohnt sie hier irgendwo?«

»Ja. Aber wir treffen uns in einem Café in ihrer Straße«, sagte Fred.

»Ich dachte, sie liegt im Sterben.«

»Sie hat nicht mehr viel Zeit. Aber noch geht es ihr gut genug, dass sie auch mal alleine raus kann. Das mit dem Café war ihr Vorschlag.« Ein kurzer Seitenblick zu Phil, dann: »Hier ist übrigens auch eine U-Bahn-Station in der Nähe.«

Alles klar. Projekt Radiuserweiterung. Projekt Mein-Kind-ist-schon-genauso-ein-Nerd-wie-ich-geworden-und-soll-endlich-mal-raus. Am besten was mit sozial und mit maximaler Verantwortung. Phil sah sich bereits an einem Tisch sitzen und ein idiotisches Familienfoto nach dem anderen in den Scanner einlegen, während im Nebenzimmer eine halb tote Frau im Bett lag. Wenn Max das toppen wollte, musste er sich echt was einfallen lassen, mit Tischtennis allein war da nicht viel zu holen.

Sein Vater hatte eine Lücke zwischen zwei parkenden Autos entdeckt und legte den Rückwärtsgang ein. Wenn er am Ende den Motor abgestellt hatte, wusste Phil, würde er auf seine Armbanduhr sehen, zufrieden nicken und irgendwas wie »Wir sind früh dran, Kumpel« sagen, und das bedeutete, dass sie mindestens noch zehn weitere Minuten im Auto verbringen würden. »Zeitpuffer« nannte er das. Was Phil betraf, lag das Wort Zeitpuffer im künstlichen Koma auf der Intensivstation.

»He, wir haben noch ein paar Minuten, Kumpel.«

Warten mit Vater. Ganze Gedichtzyklen hätte er zu diesem Thema verfassen können. Ein Großteil von Phils Kindheit war für gemeinsame Warterei wegen methodischen Zufrühkommens draufgegangen, und je älter er wurde, umso klarer wurde ihm, dass das vorbeugende Warten in Autos, an Bushaltestellen, vor Eingangstüren oder auf Bahnsteigen so ziemlich die hirnloseste aller Möglichkeiten war, seine Zeit zu verplempern. In manchen Situationen machte ihm das nichts aus, in anderen hatte er keine Wahl, und ab und zu schaffte er es, mit seiner inszenierten Trödelei Freds System auszuhebeln. Das Schlimmste, was ihnen dann passieren konnte, war, dass sie irgendwo pünktlich ankamen.

Das hier war eine der unvermeidlichen Situationen, und darüber hinaus noch eine, in der er nicht sonderlich scharf auf das war, was nach dem Warten kam. Er ließ den Sicherheitsgurt mit Höchstgeschwindigkeit zurückfahren, dass es nur so schepperte, als er oben in seiner Halterung ankam, rutschte im Sitz weiter nach unten und spürte sein ganzes ungefiltertes Unbehagen.

»Gibt es vielleicht noch was, das du über Karla wissen möchtest, bevor wir sie treffen, Phil?«

Ich möchte wissen, ob sie komisch aussieht oder komisch riecht, weil sie bald stirbt. Ob sie merken wird, dass ich Angst vor ihr habe.

»Weiß nicht«, sagte er. An einem Balkon auf der anderen Straßenseite entdeckte er eine blaue LED-Lichterkette, die wie irre zuckte, erlosch, dann erneut zu zucken begann. Es sah krank aus und billig und dumm. Es sah aus wie alles, was er an Weihnachten hasste.

»Sie hatte früher irgendwas mit dieser Rockband zu tun«, sagte sein Vater. »Die, zu der du mir die ganzen Informationen runtergeladen hast. The Grateful Dead.«

Phil richtete sich wieder auf, aber sagte nichts. Anfangs hatte er gedacht, Freds Interesse hätte nur dem seltsamen Namen gegolten (Grateful Dead, haha, *Top Act* für Konzertabende im Hospiz), aber nach wenigen Klicks auf die Musikvideos der Band hatte er diese Theorie wieder verworfen. Kein Mensch würde bei so was sterben wollen. Trotzdem hatte er sich einen Großteil der Informationen gemerkt, obwohl er nicht glaubte, dieses Wissen jemals irgendwo anbringen zu können. Max jedenfalls hatte nur die Augen verdreht, aber Max war musikalisch eine Niete, ähnlich wie sein Vater.

»Gut. Dann gehen wir jetzt los«, sagte Fred, nachdem er wohl die Hoffnung aufgegeben hatte, eine Antwort zu bekommen, und Phil zog seine Mütze tiefer ins Gesicht und öffnete die Autotür. Der eisige Regen hatte nachgelassen. Sie gingen am Balkon mit den zuckenden blauen Lichtern vorbei, und als Fred sagte, Karla würde in diesem Haus wohnen, und Phil entsetzt auf die Weihnachtsdekoration zeigte, lachte Fred und versicherte ihm,

Karlas Wohnung liege im vierten Stock, aber der Besitzer der Lichterkette sei auch ganz in Ordnung.

Das Café lag an der nächsten Kreuzung und hieß *Wohnzimmer* und war, soweit Phil das beurteilen konnte, überhaupt kein Café, sondern eine stinknormale Kneipe, in der um diese Uhrzeit wenig los war. Hinter dem Tresen stand eine junge Frau mit extrem kurzen, dunklen Haaren und spülte Gläser, und im Raum nebenan wurde Billard gespielt, Phil sah ein Stück vom Spieltisch und konnte das Klacken der Kugeln hören. Wahrscheinlich hieß der Laden nur deswegen *Wohnzimmer,* damit die Leute »Wir treffen uns heute Abend im Wohnzimmer« sagen und das witzig finden konnten. Nur ein einziger Tisch im Gastraum war besetzt.

»Das ist sie«, sagte sein Vater, viel zu laut und völlig überflüssig, da er direkt auf sie zusteuerte, aber Karla hatte den Kopf über eine Zeitung gesenkt und sah erst auf, als sie direkt vor ihr am Tisch standen, Fred sich räusperte und »Guten Abend, Frau Jenner« sagte und Phil in die Seite stieß.

»Hallo«, sagte Phil. Ganz unten in seiner rechten Hosentasche war er auf eine runzlige Kastanie gestoßen, von der eine erstaunliche Kraft ausging, wenn man sie nur fest genug zusammendrückte. Die Kraft wanderte hoch bis in sein Gehirn und gab ihm Zuversicht: *Kein Grund, sich zu fürchten.*

»Pünktlich wie immer, der Herr Wiener. Nehmen Sie Platz«, sagte Karla und faltete die Zeitung zusammen. »Und du bist der Sohn. Ich habe deinen Namen vergessen.«

»Phil.«

»Hallo, Phil. Ich bin Karla Jenner.« Sie reichte ihm ihre Hand, und Phil blieb nichts anderes übrig, als die magische Kastanie kurz loszulassen und einen Schwächeanfall zu riskieren. Er zog sofort seine Hand zurück und steckte sie in die Tasche, und an ihren hochgezogenen Augenbrauen sah er, dass sie ihn jetzt wahrscheinlich für einen perversen Hosentaschenfreak hielt. Er setzte sich ihr gegenüber an den Tisch. Die junge Frau kam hinter dem Tresen hervor, um ihre Bestellungen aufzunehmen. Sie grüßte seinen Vater, als würde sie ihn kennen, was an sich nicht weiter spannend gewesen wäre, hätte sein Vater nicht so maßlos irritiert ausgesehen.

»Wir haben uns vor ein paar Wochen getroffen«, sagte die Frau. »Bei Frau Jenner im Treppenhaus.«

»Ach ja«, sagte sein Vater und wurde rot, was die Sache noch interessanter machte. Karla wirkte belustigt. Phil beobachtete unter dem Schutz seines heruntergezogenen Mützenrands, wie sie ihre Sachen einsammelte, die auf dem Tisch verstreut lagen (Zeitung, Lesebrille, Notizbuch, Stift), und in einer riesigen Umhängetasche verstaute, die ihn an die Tasche von Mary Poppins erinnerte. Karla sah aus wie eine ganz normale ältere Frau. Sie sah krank aus, aber normal krank. Vielleicht war es ja eine Fehldiagnose, und sie musste gar nicht sterben. Sie war sehr dünn und ziemlich blass, aber das galt für eine Menge anderer Leute auch, ihn eingeschlossen.

Die Frau mit den kurzen Haaren brachte die Getränke. Karla bedankte sich und nannte sie Rona, und Rona lächelte Phil an, als sie ihm seinen Orangensaft hinstellte, und Phil musste die Kastanie so sehr quetschen, dass seine Finger schmerzten.

»Also dann, Phil«, sagte Karla. »Ich gehe mal davon aus, dass dein Vater dir schon das Wichtigste erzählt hat.«

Meinte sie jetzt das mit dem Archivieren oder meinte sie ihre Krankheit? Er sah zu seinem Vater, und der nickte ihm ermutigend zu, aber das half ihm nicht weiter. Er sagte »Ja« und hoffte inständig, dass damit schon mal das Thema Tod abgehakt war.

»Gut«, sagte Karla. »Dann kommen wir direkt zur Sache. Es ist keine besonders aufregende Arbeit. Das Wichtigste erledigen der Scanner und die Computersoftware. Du wirst eigentlich nichts weiter machen müssen, als Negativstreifen einzulegen und wieder rauszunehmen. Es sind noch knapp fünfzehnhundert Negative übrig, die digitalisiert werden müssen.«

»Fünfzehnhundert Negative scannen«, sagte sein Vater begeistert. »Wie lange braucht man denn für so was?«

Karla setzte zu einer Antwort an, hielt inne und sagte nach einer kurzen Pause: »Etwa vier Minuten pro Bild, Herr Wiener, inklusive Vorschauscans und Einlegen der Filmstreifen. Rechnen Sie sich's aus.«

Phil rechnete es sich aus. Hundert Stunden kamen ihm gigantisch viel vor. Andererseits: Wenn man es schaffte, rund um die Uhr zu scannen, wären es nur vier Tage. Nicht, dass er das vorhatte, aber der Vergleich stimmte ihn optimistischer. Er wusste, wie ein Scanner aussah, und er hatte in der Foto-AG schon mal einen Kleinbildfilmstreifen in der Hand gehabt. Er war in der Tat für diesen öden Job qualifiziert, aber warum er ihn auf einmal wollte, konnte er sich selbst nicht erklären. Vielleicht, weil Karla Leute wie Rona kannte. Vielleicht, weil sie mit ihm ohne jede Spur von dieser freundlichen Herablassung redete, die ihm so vertraut war. Vielleicht war es auch die verdammte Kastanie.

»Wenn der Scanner die Negative einliest, hast du ungefähr eine halbe Stunde Leerlauf, bis du wieder neue Filmstreifen einlegen musst, Phil«, sagte Karla. »Du kannst während deiner Arbeitszeit sogar Hausaufgaben machen, wenn du das willst. Oder irgendwas anderes. Lesen. Du wirst die meiste Zeit ungestört sein.«

Phil traute sich nicht, sie nach einem Internetzugang zu fragen, aber das ließ sich ohnehin besser vor Ort klären, wenn sein Vater nicht dabei war. Ihm wurde bewusst, dass er bisher außer *Hallo, Phil* und *Ja* nichts zu Karla gesagt hatte, und er versuchte, sich eine interessante Frage einfallen zu lassen. *Was ist denn auf den Fotos drauf? Aus welcher Zeit stammen sie?* Wahrscheinlich zu aufdringlich. Lieber eine gute Fachfrage. *Handelt es sich um Farb- oder Schwarz-Weiß-Filme?*

Sein Vater kam ihm zuvor. »Das ist doch ein großartiges Angebot, Phil. Wie für dich gemacht. Los, schlag zu.«

»Lieber Herr Wiener«, sagte Karla und wirkte leicht gereizt. »Ich weiß, dass Ihr Sohn noch keine vierzehn ist, aber ob er diese Arbeit machen will oder nicht, sollte er schon selbst entscheiden.« Sie wandte sich wieder an Phil. »Und wir haben noch nicht mal über Geld geredet. Ich zahle dir zwanzig Cent pro Negativ. Ein professionelles Labor würde ungefähr das Doppelte dafür verlangen, aber ich mache das nicht, um Geld zu sparen. Sagen wir einfach, es ist mein Wunsch, die Kontrolle zu behalten.«

Das lief alles in allem auf eine unermesslich hohe Summe hinaus, aber darüber würde er sich später Gedanken machen. Phil hob den Kopf und sah Karla zum ersten Mal direkt an, und er hielt ihrem Blick stand, auch wenn er ihn verlegen machte. Er suchte nach seiner Angst und fand sie weit hinter seiner Neugier und etwas anderem, das mit Bewunderung zu tun hatte. Dann rutschte ihm die Kastanie aus der Hand und ploppte auf den Boden, und er sagte sein viertes Wort an diesem Abend, Phil Wiener, der einsilbige König der Poeten.

»Okay.«

»Sehr gut«, sagte Karla. »Sag mir, wann du anfangen kannst, und alles Weitere bereden wir dann. Ich möchte jetzt gehen. Wenn die Wirkung vom Morphium nachlässt, mag ich keine Menschen um mich haben.«

»Wir bringen Sie natürlich nach Hause«, sagte Fred. Er winkte Rona und bestand darauf, die gesamte Rechnung zu bezahlen, was zu einem relativ uninteressanten Hin und Her zwischen ihm und Karla führte, das Phil nicht weiter verfolgte. Rona brachte Karlas Mantel und half ihr hinein, während sein Vater danebenstand und ihre Mary-Poppins-Tasche so vorsichtig hielt, als ahnte er schon, dass sie ihm sofort wieder entrissen würde. Rona sagte »Tschüss« und zwinkerte Phil zu. Die Kastanie blieb liegen, wo sie war.

Die wenigen Meter bis zu Karlas Haustür legten sie schweigend zurück. Den Vorschlag seines Vaters, sie bis nach oben zu ihrer Wohnung zu begleiten, lehnte Karla mit einer unwirschen Handbewegung ab, während sie mit der anderen Hand in ihrer Tasche nach dem Schlüssel suchte. Sie drehte sich zu Phil um und sagte »Ich würde gern auf diese verdammte Lichterkette schießen, wenn ich könnte«, was Phil das Herz erwärmte und ihm doch noch zu einem vollständigen Satz verhalf.

»Ich kann nächsten Montag kommen, am Spätnachmittag.«

Karla nickte und sagte »Abgemacht«, und bevor die Tür hinter ihr zufiel, sagte sie noch »Nacht, die Wieners«, aber dass sein Vater ihr hinterherrief, er hätte da noch eine Frage wegen Weihnachten, hörte sie nicht mehr, oder sie tat nur so.

Das Auto sprang erst beim dritten Versuch an. Es war eiskalt, aber die Heizung kam ziemlich schnell auf Hochtouren, und dass Fred während der gesamten Heimfahrt nichts weiter sagte als »Mensch, was bin ich stolz auf dich, Kumpel« und Weihnachten, Mütter und den Tod außen vor ließ, war schon ein kleines Glück für sich.

Karla

otto verschont

gudrun vertraut

meiner kunst nicht vertraut

zweimal abgetrieben

mit dem fotografieren aufgehört

joaquín verlassen

chemo wider besseres wissen

weitere idiotische fehlentscheidungen
vielleicht

sterbebegleiter engagiert

kinderarbeitgeberin geworden

Gudrun

DIE VORHÄNGE MUSSTEN zugezogen sein, sonst ging es nicht. Die Fenster dahinter: unbedingt verschlossen. Die Vorstellung, dass ihre eigene Singstimme nach außen drang und von den Nachbarn als die ihrige identifiziert werden konnte, ließ sie schaudern vor Scham. Aber sie sang doch so gern dabei. Dass ihre Vorhänge tatsächlich lichtundurchlässig waren, wie der Hersteller behauptete, hatte sie selbst überprüft, indem sie ihren *Ficus Benjamini* innen vors Fenster stellte und mit dem Licht einer Hundert-Watt-Birne flutete, während sie selbst draußen im Garten stand und tatsächlich nichts weiter als einen vagen, konturlosen Schatten erkannte. Weil ihr nichts eingefallen war, womit sie Bewegung hätte simulieren können, musste sie sich auf dieses Ergebnis verlassen. Sicherheit war wichtig. Nur wenn sie sich sicher fühlte, konnte sie tanzen.

Sie war bereit. Sie drückte den Startknopf und legte die Fernbedienung beiseite, hielt Kopf und Arme demütig gesenkt, um rechtzeitig das Glissando auf dem Piano empfangen zu können, den Weckruf, der ihr Herz klopfen und sie langsam das Gesicht erheben ließ, hin zum Licht, hin zum Erhabenen. Jetzt das Synthesizer-Intro als kleines Vorspiel, gekrönt von ein paar gehämmerten Klavierakkorden, und dann endlich das zweistimmig geträllerte, nein, gejubelte »Iiii-iiiou can dance«, ihr Einsatz, und Gudrun sprang auf, die Arme weit ausgebreitet, drehte sie sich um ihre eigene Achse, einmal, zweimal, dreimal, denn ja, sie konnte tanzen, sie war die Königin. Und sie konnte singen, schließlich war es die beste Zeit ihres Lebens, »See that girl«, sang sie und meinte sich damit, schaut euch dieses Mädchen an, wie es tanzt und singt, jung und süß und gerade mal siebzehn. Sie warf den Kopf in den Nacken, machte eine weit ausholende Geste mit der Hand, die sie beinahe das Gleichgewicht kostete, ein paar Trippelschritte zum Ausgleich, und dann Innehalten, Warten, Warten auf den Refrain, der sie in seiner überirdischen Schönheit alles vergessen ließ: ihren plumpen Körper, ihre unharmonischen Bewegungen, ihr Alter, ihre Angst davor, gesehen zu werden.

Es war Gudruns Lied. Karla hätte es gehasst, aber Karla war schon lange verschwunden, als Gudrun es zu ihrem Lied erkor. Otto hätte es auch gehasst, wenn er es hätte hören können, aber Ende der Siebzigerjahre saß Otto schon fast taub und blind und dement in seinem Zimmer im Pflegeheim und weigerte sich, seine älteste Tochter zu empfangen, keinen wollte er mehr sehen, und Karla war fort und würde nicht mehr für ihn tanzen, nie wieder.

»And when you get the chance«, sang Gudrun mit Inbrunst und schon ein wenig außer Atem. Sie hatte die Augen halb geschlossen, spürte den Teppichflor unter ihren bloßen Füßen, wippte vor und zurück und machte sich fertig für das Finale, oh yeah, und dann trudelte sie ein letztes Mal durch ihr Wohnzimmer, mit Ende sechzig genauso kurzatmig und ungelenk wie damals in ihren Zwanzigern, aber immer noch euphorisch und eins mit dem Wesen, das sie seit so vielen Jahren während dieser dreieinhalb Minuten zu sein glaubte. »Diggin' the dancing queen«, wiederholte sie, bereit für den einsetzenden Applaus, dann irritiert von dem ungewohnten Klang, der sich unter die letzten Pianoakkorde mischte, bis sie begriff, dass es der Klingelton ihres Mobiltelefons war.

Als sie es endlich ganz unten in ihrer Handtasche fand, hatte der Anrufer wieder aufgelegt. Sie starrte auf die unbekannte Nummer auf dem Display, und ihr erster Gedanke war, dass es sich um jemanden handeln musste, der sie gesehen oder gehört hatte und sich jetzt beschweren wollte. Unsinn. Kein Mensch aus ihrer Nachbarschaft kannte ihre Handynummer. Zeit für den nächsten Gedanken, der seit über vierzig Jahren ihr ewiger nächster Gedanke war: Karla. Und sie verwarf ihn wieder, wie sie es seit über vierzig Jahren tat, und sie schalt sich eine Närrin, denn es war eine deutsche Nummer gewesen. Karla lebte irgendwo im Ausland, wahrscheinlich in Spanien, und hatte ein tolles oder ein beschissenes Leben, aber es war keines, über das sie sich mit ihrer Schwester austauschen wollte. Gudrun war es über die Jahre immer wieder gelungen, Kontaktpersonen oder Adressen ausfindig zu machen, hinter denen sich Karla möglicherweise verbarg, und hatte ihr jedes Mal eine aktuelle Nummer hinterlassen, damit Karla sie erreichen konnte, aber es war nie eine Antwort gekommen, weder von Karla selbst noch von irgendeiner Person, die sie irrtümlich anstelle von Karla verfolgt hatte.

Dann vielleicht ein Meinungsforschungsinstitut. Ein Bekannter, der den Anbieter gewechselt hatte. Verwählt. Was auch immer. Sie stellte die Anlage aus und nahm das Handy mit in die Küche.

Ein früherer Kollege hatte ihr prophezeit, dass sie sich innerhalb der ersten zwei Jahre nach ihrer Pensionierung einen Hund oder eine Katze zulegen würde; geschiedene, kinderlose Grundschullehrerinnen wie sie, sagte er, neigten dabei eindeutig zu Katzen. Sie hatte gelächelt und genickt, ohne ihm zu sagen, dass sie auf Tierhaare allergisch reagierte. Die Vorstellung, ein Haustier würde ihr um die Beine streichen, wenn sie wie jetzt am Herd stand und sich das übrig gebliebene Ratatouille vom Mittagessen aufwärmte, war ihr auch ohne Allergie zuwider. Sie setzte sich mit ihrem Teller an den Küchentisch und zog mit der linken Hand die Reiseunterlagen aus dem Umschlag, der endlich mit der Post gekommen war, während sie mit der rechten Zucchini- und Paprikastücke auf ihre Gabel spießte. Es war sicher das fünfte Mal heute, dass sie die Flugtickets, ihre Kabinenreservierung und – sicher ist sicher – auch die Daten der Kreuzfahrt kontrollierte, und es bereitete ihr immer wieder die gleiche Freude. Wie oft schon hatte sie sich die prächtigen Bilder auf dem Prospekt angesehen, wie lange schon zählte sie die Wochen bis zum Reisebeginn! Noch fünf, noch vier, noch drei, noch zwei. Nicht mehr lange, und sie würde in Tagen rechnen können.

Weihnachten und Neujahr im Orient! Erleben Sie zwölf festliche Tage an Bord auf der Route von Abu Dhabi über Bahrain, Muscat, Dubai und zurück nach Abu Dhabi, die Sie mit einem umfangreichen Wellness- und Unterhaltungsprogramm sowie zahlreichen Ausflugsangeboten verwöhnen. Mächtige Palmenhaine erwarten Sie im Landesinneren von Oman vor der eindrucksvollen Gebirgskulisse des Jebel-Nakhl-Massivs. Auf unserer Safari in die Wüste Al Khatim können Sie gigantische Sanddünen im gleißenden Sonnenlicht bewundern, die Ihnen ein ganz neues Bild von weißer Weihnacht vermitteln. Und unsere Silves-

tergala an Bord wird Ihnen einen ebenso glamourösen wie unvergesslichen Jahreswechsel bescheren.

Ach, Palmenhaine, Sanddünen! Sonnenbaden und Relaxen am Pool, Massagen im Spa, Naschen am Buffet und vielleicht noch das eine oder andere nette Gespräch dazu! Gudrun fuhr mit dem Zeigefinger die Schiffsroute auf dem Prospekt nach: Persischer Golf, Straße von Hormuz, Golf von Oman. Früher hatte sie Menschen, die Kreuzfahrten buchten, ein bisschen belächelt und ihre Kollegen nach den Ferien lieber mit allerlei Wissenswertem aus ihren Studienreisen beeindruckt, die Meinolf so liebte und die sie erst gemeinsam mit ihm und nach der Scheidung allein unternahm. Es hatte Jahre, nein, Jahrzehnte gebraucht, bis sie sich eingestand, dass ihr weder das antike Rom noch irische Megalithgräber irgendetwas bedeuteten, ganz zu schweigen von ihren Mitreisenden, die sich in ihrem beflissenen Bildungseifer so sehr glichen, dass sie sich weder ihre Namen noch ihre Gesichter merken konnte. Die Zeit der Pyramiden und Ausgrabungen war endgültig vorbei, genauso wie die Zeit, in der sie meinte, anderen Menschen eine makellose intellektuelle Freizeitgestaltung nachweisen zu müssen.

Es war ihre zweite Kreuzfahrt. Die erste war ein viertägiger Kurztrip im westlichen Mittelmeer gewesen, ein minimales Risiko, um herauszufinden, ob ihr diese Art des Reisens überhaupt lag. Es war ein voller Erfolg gewesen. Sie liebte es. Sie hatte Spaß. Vielleicht – aber nur vielleicht! – würde sie sich diesmal sogar auf eine Tanzveranstaltung wagen, wenn eine nette Band spielte. Tanzen würde sie selbstverständlich nicht, aber warum nicht ein bisschen davon träumen? Sie sah sich unter den taumelnden Lichtreflexen einer Discokugel, sie trug ihr smaragdgrünes Kleid, von dem alle sagten, es stünde ihr so gut, und gleich würde die Musik einsetzen, ein Abba-Medley natürlich –

Der Vibrationsalarm des Telefons erschreckte sie mehr als der Klingelton. Sie ließ die Gabel fallen, Tomatensoße spritzte auf die Vereinigten Arabischen Emirate, ihre Kabinenreservierung und ihre beigefarbene Seidenbluse, und sie versuchte hektisch, mit ihrer Serviette die Flüssigkeit aufzunehmen, bevor sie in den Stoff eindringen konnte. Es hatte wenig Sinn, sie wusste es. Sie lief zur Spüle und drehte das Wasser auf, öffnete zuerst die oberen zwei Knöpfe und zog sich dann kurzerhand die Bluse über den Kopf. Es waren immer die allerersten Sekunden, die zählten. Als das lauwarme Wasser über die Seide rann und sich die Flecken vor ihren Augen von Rostbraun in ein zartes Rosa verwandelten und schließlich kaum noch vom übrigen Stoff zu unterscheiden waren, atmete sie auf.

Es war der Anrufer von vorhin gewesen, sie hatte die Nummer wiedererkannt. Wer auch immer es war, sie hasste ihn.

Sie suchte nach der Essigflasche, Essig würde alle noch verbliebenen Pigmente herauslösen. Danach in Feinwaschmittel einweichen. Als sie den Verschluss der Flasche aufdrehte, hörte sie den Eingangston einer Kurznachricht. Egal. Sie zwang sich, den Reinigungsprozess ohne Unterbrechung fortzusetzen. Erst als ihre Bluse in einer Schüssel mit handwarmer Seifenlauge versunken war, erlaubte sie sich einen Blick auf das Display. Es war eine Mitteilung von ihrer Mailbox: Eine Nachricht war für sie hinterlassen worden.

Sie zögerte. Sie wusste nicht, woher der seltsame Gedanke kam, dass es womöglich besser für sie und ihren Seelenfrieden wäre, diese Nachricht niemals abzuhören.

Ihre Vernunft drängte sie, die Sache endlich hinter sich zu bringen, damit sich der geheimnisvolle Anrufer wieder in etwas ganz Banales verwandeln konnte: eine ehemalige Schülerin, ein alter Kollege. Sie fröstelte in ihrem Unterhemd, obwohl in der Küche gut geheizt war. Sie sah auf die befleckten Vereinigten Arabischen Emirate, und dann drückte sie die Kurzwahl zu ihrer Mailbox.

Sie hörte die Nachricht zweimal hintereinander. Sie schenkte sich ein halbes Glas Weißwein ein und hörte die Nachricht ein drittes Mal. Dann trug sie ihren Teller und das Glas zur Spüle, warf die Essensreste in den Müll und wischte den Tisch ab. Sie beschloss, dass die Bluse über Nacht in der Seifenlauge gut aufgehoben war, schob das Blatt mit der Kabinenreservierung trotz der hässlichen Spritzer zu den anderen Unterlagen in den Umschlag zurück und löschte das Licht.

Fred

SEIN HERZ RASTE NOCH, als er längst aufgelegt hatte, dagegen waren selbst die Betablocker machtlos. Gut, es gab einiges, was er im Nachhinein gern geändert hätte, aber insgesamt war das gar nicht schlecht gewesen für einen, der sich grundsätzlich schwer damit tat, Nachrichten zu hinterlassen. Unvorbereitet sprach er möglichst nie auf Mailboxen; auf solche, denen er nicht einmal ihren Besitzer sicher zuordnen konnte, erst recht nicht. Feuser hieß sie, Gudrun Feuser. Jenner wäre natürlich besser gewesen, und ihre Ansagestimme hatte keinerlei Ähnlichkeit mit der Stimme von Karla gehabt, aber war da nicht etwas Vertrautes in der Art, wie sie die letzten Silben betonte? Und wenn sie nicht die Schwester war, dann war sie's eben nicht, was machte das schon. Zumindest hatte er es geschafft, weder »sterben« noch »Hospiz« zu sagen, nicht einmal »krank«, dafür zweimal »wichtig«, denn es war schließlich wichtig, dass sie ihn zurückrief. Jetzt fiel ihm ein, dass er sie hätte bitten sollen, ihn auch dann anzurufen, wenn er einen falschen Anschluss erwischt hatte, damit er nicht umsonst wartete. Wenn schon. Sie war die richtige Adresse, das hatte er im Gefühl. Er war zufrieden mit sich.

Etwas weniger zufrieden war er mit der Indiskretion, die er unmittelbar vor diesem Anruf begangen hatte. Andererseits. Es gab immer ein Andererseits. Und er hatte gar nicht anders gekonnt, als bei seiner Heimkehr dieses neue Päckchen zu finden, das genauso lieblos und nachlässig ins Flurregal gestopft worden war wie alle seine Vorgänger, die immer noch dort lagen. Er hatte es in die Hand genommen, es wog fast nichts, Sabines Handschrift so unverwechselbar mit ihren runden, gemalten Buchstaben, und dann war es über ihn gekommen wie eine Art Raserei, die ihm völlig fremd war, die ihn immer wieder an den braunen Klebestreifen zerren ließ, bis sie sich vom Karton lösten. Er wickelte Runde um Runde ab, und das Klebeband wollte nicht enden und haftete an seinem Ärmel, als er das nächste Päckchen aufriss, nachdem er einen Blick ins erste geworfen hatte, nur um dort den gleichen Inhalt zu finden: maisgelbe Verpackungschips, mit Sicherheit Bio und voll kompostierbar, wenn nicht sogar essbar, darunter eine selbstabgefüllte und liebevoll etikettierte Flasche mit einem »Wachstumsserum nach Dr. Gilbert T. Freeman«, das laut Anweisung zweimal täglich einzunehmen sei. Er hatte sich die Mühe gespart, nachzusehen, ob in den anderen Päckchen noch weitere Flaschen lagen. Weil er sowieso schon zu weit gegangen war, hatte er nach einer der beiliegenden Postkarten gegriffen, auf deren Vorderseite ein illuminiertes Wesen abgebildet war, dessen Brustkorb gleißender Spiralnebel entströmte. »Engel der Heilung« stand darüber, flügel- und geschlechtslos war er, und natürlich hatte er die Karte umgedreht und gelesen, welcher Vater hätte das nicht getan?

Lippchen, mein Schatz, nimmst du das Medikament auch regelmäßig ein, wie ich dir gesagt habe? Das MUSST du nämlich tun, wenn es wirken soll. Doktor Freeman ist ein wunderbarer Heiler, und das Serum ist recht teuer. Aber es wird dir helfen, glaub mir!

Und wenn wir das nächste Mal telefonieren, bekommst du wieder gute Energie übertragen. Melde dich bald, mein Lippchen. Fergus lässt grüßen!

Nichts davon hatte er geahnt, nicht einmal, dass sie ihn immer noch »Lippchen« nannte und in Babysprache mit ihm korrespondierte. Natürlich waren Sabines Missionseifer und ihre Neigung zu esoterischem Humbug nichts Neues für ihn, aber dass sie so weit ging, ihren eigenen Sohn mit Energieübertragungen und Wachstumsmitteln zu demütigen, weil sie ihn zu klein fand, machte ihn fassungslos. Er musste etwas unternehmen. Noch wichtiger: Er musste mit Phil reden, aber Phil darauf anzusprechen hieße ja, ihn erneut zu beschämen. Eine vertrackte Situation, für die er in keinem seiner Ratgeber konkrete Unterstützung erwarten konnte.

Ruhe bewahren. Erst einmal das Unaufschiebbare, das Gute, das ohne seine Mitwirkung nicht gelingen konnte. Er hatte sich den Anruf bei Karlas Schwester für heute Abend fest vorgenommen und entschlossen ihre Nummer gewählt, nachdem er die Flaschen wieder in ihre Verpackung zurückgelegt und die geöffneten Päckchen hinter die unausgepackten ins Regalfach gequetscht hatte, Mitwisser, der er jetzt war. Dass er beim ersten Versuch nicht wagte, ihr eine Nachricht zu hinterlassen, hatte ihm eine kurze Verschnaufpause eingebracht, die er dafür nutzte, im Internet nach Dr. Freeman und gleich darauf, klüger geworden, nach Gilbert T. Freeman zu suchen, aber es waren immer noch 38 Millionen Treffer gewesen, die angezeigt wurden, fast alle auf Englisch und damit für ihn so gut wie unlesbar. Er wusste nur zu gut, warum er solche Aufgaben immer an Phil delegierte. Fast wäre er versucht gewesen, den nächsten Anruf bei Karlas Schwester auf einen späteren Zeitpunkt zu verlegen, vielleicht morgen oder übermorgen, aber dann hatte sein Wunsch gesiegt, diesem Tag wenigstens eine einzige sinnvolle Tat hinzuzufügen, und er hatte es so lange klingeln lassen, bis die Mailbox ansprang und er seinen Text improvisieren konnte, und das war gut gewesen, richtig gut.

Er sah auf die Uhr. In einer knappen halben Stunde würde Phil von seinem ersten Besuch bei Karla zurückkommen, und der Gedanke, dass sein Sohn diese Herausforderung angenommen hatte, erfüllte ihn mit Stolz. Er legte Karlas Krankenblatt mit der Telefonnummer wieder zurück zu seinen Unterlagen und fragte sich, ob seine Kraft für einen weiteren Anruf reichte. Nein, auf gar keinen Fall würde sie das. Mit Sabine zu reden hieß, nicht zu Wort zu kommen und einem endlosen Fluss von Belehrungen und Bekehrungsversuchen ausgesetzt zu sein, unterlegt mit einer Prise milder Verachtung. Er wusste, dass sie ihn für einen unsensiblen und unverbesserlichen Versager hielt. Wahrscheinlich hatte sie das von Anfang an getan, so wie er von Anfang an alles dafür getan hatte, es nicht zu bemerken.

Früher, als sie noch verheiratet waren, hatte Sabine gern jedem, der es hören wollte, erzählt, dass Fred ihre alte Schülerliebe sei. Das mit der Schule stimmte, das mit der Liebe wahrscheinlich nicht. Die Wahrheit war: Sie hatten irgendwann damit begonnen, auf Schulpartys herumzuknutschen, weil es sonst niemanden zum Knutschen gegeben hätte, und sie waren zusammengeblieben, weil es sonst niemanden zum Zusammenbleiben gab. So einfach war das. Nachdem beide das Gymnasium nach der Mittleren Reife verlassen hatten, Fred, weil er eine Ausbildung im öffentlichen Dienst machen wollte, Sabine, weil sie das Abitur ohnehin niemals geschafft hätte, wurde aus ihrer Schülerliebe eine Teenagerbeziehung mit schlechtem Sex zu schlechter Musik, beides mit wenig Aussicht auf Veränderung.

Was war der Grund für ihre erste Trennung gewesen, Stagnation, Streit, gähnende Langeweile, sein grenzenloses Desinteresse an jedweder Form von Spiritualität? Er wusste es heute ebenso wenig wie damals, die alten Zeiten ohne Sabine kamen ihm auch in der Rückschau genauso kontur- und ereignislos vor wie die mit ihr. Er traf sie erst nach Jahren in einem Bioladen wieder, wo sie die Backwaren betreute und manchmal an der Kasse saß. Er kaufte nie in Bioläden ein, es war ein groteskes Versehen, aber Sabine sah es als Zeichen der himmlischen Vorsehung: Was zu dir zurückkommt, nachdem du es verloren glaubtest, gehört für immer dir.

Sie hatten immer noch schlechten Sex, aber sie heirateten trotzdem, weil es niemanden gab, mit dem sie besseren Sex hätten haben können. Vielleicht heirateten sie auch, weil beide innerhalb von wenigen Jahren ihre Eltern verloren hatten und sich nach Verbindlichkeit und Nestwärme sehnten. An eigene Kinder dachten sie nie. Sie warfen sich gegenseitig und jeweils zu Recht einen erschreckenden Mangel an beruflichem Ehrgeiz und Kreativität vor, und das Einzige, was sie wirklich miteinander teilten, war ihr Interesse an Büchern, die vom Ausloten der menschlichen Seele handelten, wobei sich Fred eher auf Kriminalromane und Sabine auf Themen wie Karma, Wiedergeburt und Lichtarbeit konzentrierte.

Das Unfassbare geschah, nachdem Sabine mit Anfang dreißig und nach fünfzehn Jahren Bioladen zum ersten Mal so etwas wie einen inneren Ruf vernahm und eine Ausbildung zur Heilpraktikerin begann. Sie entdeckte ihre Schwangerschaft am Morgen des Tages, an dem sie zum vierten Mal durch die mündliche Prüfung fiel, und beides gab ihrem Leben eine völlig neue Richtung und ihrer Ehe noch ein paar Jahre Aufschub. Fred, der mit jedem Kilogramm, das er zunahm, das Ende näher kommen sah, verharrte weiter in der stummen Hilflosigkeit, die schon seit Jahren sein Zuhause war, und bemühte sich vergebens, in Sabines Augen als guter Vater zu bestehen. Philipp war ein außergewöhnlich ruhiges und gefasstes Baby, das sich stundenlang mit dem Betrachten seiner Hände oder eines Mobiles beschäftigen konnte, ohne nach Nahrung oder seiner Mutter zu verlangen, was Sabine als Kränkung empfand. Sobald er die ersten Buchstaben selbstständig wiedererkennen konnte, zog er sich gänzlich in sein eigenes Philipp-Universum zurück, das weder Kinderhort noch Vorschule ernsthaft zu durchdringen vermochten, und Sabine saß wieder an der Bioladenkasse und belegte einen Tarotkurs, einen Pendelkurs und einen Kurs in Klangschalenmassage. Sie schickte unentwegt Wünsche ans Universum, aber was für Wünsche das waren, sagte sie nicht. Fred nahm an, dass auf jedem der kleinen Zettel, die sie theatralisch verbrannte, HOLT MICH HIER RAUS stand. Sie sprachen nie darüber.

Als Philipp in die zweite Klasse versetzt worden war und endlich begonnen hatte, auch mit Gleichaltrigen zu kommunizieren, war das Universum zu einer Antwort bereit. Es schickte Sabine zu einer Esoterikmesse und stellte Fergus in den Eingangsbereich der Besucherhalle, wo er für sein Bio-Rindfleisch aus eigener Zucht warb. Fergus sagte »Highland Cattle« zu seinen Rindern und »Ssäbien« zu Sabine, und Sabine sagte zu Fred, dass sie jetzt endlich wüsste, was wahre Liebe sei.

Es lag nahe, dass Philipp nicht nur der Schule wegen bei Fred bleiben würde, viel näher, als Sabine jemals zugegeben hätte. Philipp hatte panische Angst vor Kühen, Pferden, Hunden und jeder Art von Nagetieren und torpedierte alle Gespräche über ein zukünftiges Landleben mit verstocktem Schweigen. Als Fergus, dessen Vorfreude auf ein Zusammensein zu dritt ohnehin recht verhalten war, davon zu reden begann, dass er vielleicht in ein paar Jahren seine Zucht verkaufen und mit Ssäbien zurück nach Schottland gehen wollte, begann Fred, statt Krimis Fachbücher über Kindererziehung und Familiendynamik zu lesen, machte einen Kochkurs, den er nach drei Stunden wieder abbrach, und liebte seinen Sohn, wie er ihn immer schon geliebt hatte: mit ratloser Zärtlichkeit.

Sabine vermisste er nicht, was ihn anfangs bestürzte. Wenn er überhaupt etwas vermisste, dann war es etwas, das ihm schon in der Zeit mit ihr gefehlt hatte und für das er keine Worte fand. Sex fehlte ihm natürlich auch, sogar schlechter Sex fehlte ihm, aber darum ging es nicht. Es hatte mit Sinn zu tun. Nicht die Art von Sinn, die er in seiner Aufgabe sah, Philipp großzuziehen: Auch wenn er sich die meiste Zeit völlig inkompetent fühlte, war er gern Philipps Vater. Vielleicht hatte der Sinn, nach dem er suchte, gar nichts mit der Liebe zu einer Frau zu tun. Er wusste es nicht und suchte weiter.

Fergus' Idee von einer Rückkehr nach Schottland war nie wieder erwähnt worden. Philipp ließ sich in den ersten Jahren nicht anmerken, ob er gern oder ungern einmal im Monat übers Wochenende und gelegentlich auch in den Ferien zu Sabine und Fergus fuhr. Die Schilderungen nach seiner Rückkehr waren jedes Mal knapp, anfangs völlig nichtssagend (»Ich habe am Wochenende fünf Bücher durchgelesen«), später etwas expliziter (»Wir waren auf der Weide. Ich hab keine Angst mehr vor den Rindern, aber das heißt nicht, dass ich sie süß finde. Fergus sagt, wenn ich vierzehn bin, muss ich mitkommen, wenn die Bullen geschlachtet werden. Mama hat gesagt, ich muss nicht. Fergus ist ein Arschloch«). Fred drängte nie, hakte nicht nach, um mehr zu erfahren, was Philipp bei seiner Mutter erlebte. Vorbildlich erfüllte er seine Rolle als fairer, kooperativer Expartner, sagte nur »Ach komm«, wenn Philipp Fergus wieder mal als Arschloch bezeichnete, und bestand darauf, dass Philipp die vereinbarten Besuche bei seiner Mutter und deren neuem Ehemann einhielt, obwohl ihm längst aufgefallen war, wie unglücklich Philipp sich auf den Weg ins lange Wochenende machte und wie still er wieder zurückkam. Das rächte sich jetzt, wie ihm plötzlich dämmerte. Er hatte, während er seine eigene Suche nach Sinn weiter vorangetrieben und ihn schließlich in der Begleitung Sterbender gefunden hatte, vor lauter Konfliktscheu seinem Sohn nicht genügend Rückendeckung geboten.

Die italienische Nudelpfanne stand schon fertig ausgepackt, um ihre Runden in der Mikrowelle zu drehen, als er hörte, wie Phil die Wohnungstür aufschloss. Fred rief: »Ich bin hier!«, und wenige Minuten später kam Phil auf Socken in die Küche geschlurft, mit Haaren, die in alle Richtungen von seinem Kopf abstanden, und mit mehr als nur einem Hauch von Zufriedenheit im Gesicht.

»Essen ist gleich fertig«, sagte Fred. »Los, Kumpel, erzähl, wie war's?«

»Gut«, sagte Phil und setzte sich an den Tisch, aber man sah ihm an, dass er zu weiteren Auskünften bereit war, wenn man ihm nur die richtigen Fragen stellte.

»Bist du mit der Technik klargekommen?«

»Sie hat mir alles gezeigt. Es ist total einfach. Man sitzt eigentlich die ganze Zeit nur rum. Wenn ich die Filmstreifen einlege, muss ich Handschuhe anziehen.«

»Und du kannst dir dabei die Bilder ansehen?«

»Es sind Ne-ga-ti-ve, Papa«, sagte Phil. »Die Software macht alles allein, Korrekturen und so. Ich muss nur aufpassen, dass die Scans von einem Film immer zusammen in einem Ordner gesichert werden. Aber das dauert ewig, bis so ein ganzer Film durch ist.«

»Ach so«, sagte Fred. Er nahm die italienische Nudelpfanne aus der Mikrowelle und verteilte den Inhalt auf ihre Teller. »Und ihr habt euch gut verstanden, du und Karla?«

Phil begann, seine Portion in ihre Bestandteile zu zerlegen. Die Erbsen wanderten nach rechts oben, danach folgten im Uhrzeigersinn Mais, Paprika, Champignons und Hackfleisch, in der Mitte blieb ein Nest aus klumpigen Nudeln liegen. Fred wusste, dass es keinen Sinn hatte, seine Frage zu wiederholen, und ebenso wenig Sinn hatte es, Phil zu bitten, mit der Spielerei aufzuhören. Phil würde ihm antworten, und er würde am Ende die Hälfte der Nudeln und die meisten Erbsen liegen lassen und alles Übrige aufessen, ob warm oder kalt, interessierte ihn nicht.

»Sie hat gesagt, sie freut sich, wenn ich das nächste Mal komme. Kann sie eigentlich zuhause bleiben oder muss sie ins Krankenhaus, wenn es ihr schlechter geht?«

»Wenn es sich irgendwie vermeiden lässt, nicht. Ihr Arzt wird sie regelmäßig besuchen, und ein Pflegedienst kommt und versorgt sie in ihrer Wohnung. Und vielleicht ändert sie ja noch ihre Meinung und geht in ein Hospiz.«

»Weil sie dann nicht so allein ist?«

»Weil sie dann nicht so allein ist.«

»Ich glaube, sie findet es in Ordnung, ganz allein zu sein.«

»Wie kommst du darauf?«

Phil zuckte mit den Achseln. »Weiß ich nicht. So ein Gefühl.«

Fred sah zu, wie Phil sich von der Mitte aus gegen den Uhrzeigersinn durch sein Essen arbeitete und wider Erwarten doch schon beim Mais aufgab. Der Junge war gesund. Sein allgemeines Desinteresse an Nahrung hatte den großen Vorteil, dass er signifikant weniger Zucker zu sich nahm als die meisten seiner Altersgenossen. Er mochte der Kleinste in seiner Klasse sein, aber er war zäh und gelenkig. Fred sah keinen Anlass, besorgt in die Zukunft zu schauen und Phils Handwurzelknochen röntgen zu lassen, um seine spätere Körpergröße zu ermitteln, nicht einmal aus Neugier. Zwar konnte er sich nicht daran erinnern, jemals mit ihm über dieses Thema gesprochen zu haben, aber er ging davon aus, dass Phil es ähnlich sah wie er: Seine Körpergröße war kein Drama, sie nervte nur manchmal. Und sie war vorübergehend. Wusste der Teufel, was Sabine zu solchen Maßnahmen trieb, Fred wollte es jedenfalls nicht wissen. Er wollte nur, dass sie damit aufhörte.

Phil schob seinen Teller zur Seite und sagte »Ich kann nicht mehr« und machte Anstalten, aufzustehen, und Fred atmete tief durch und sagte »Moment noch, bitte«, und dann sah er Phil an und fragte: »Sag mal, Phil, was hältst du davon, wenn wir hier bei uns eine kleine Feier am ersten Weihnachtstag machen und Karla dazu einladen?«

Phil erstarrte mitten in seiner Bewegung. »Ich bin doch gar nicht da. Ich muss doch Weihnachten zu Mama.«

Allein diese Formulierung. »Du musst überhaupt nirgendwohin. Willst du hierbleiben? Dann sag's einfach.«

»Echt jetzt? Sie wird sauer sein. Sehr sauer.«

»Lass mich das machen. Ich regle das mit ihr.«

Phil sagte nichts, aber auf seinem Gesicht lag eine Mischung aus Zweifel und Entzücken. Um ihm eine Freude zu machen, führte Fred sein abendliches Tablettenritual mit besonderer Präzision durch, warf die Pille in die Luft, schnappte nach ihr, trank einen großen Schluck Wasser und warf dabei den Kopf in den Nacken wie ein störrischer Gaul. Früher hatte Phil das wahnsinnig komisch gefunden. Wie jedes Mal blieb die Tablette irgendwo in Freds Speiseröhre kleben, es war eine idiotische Art, ein Medikament einzunehmen, aber Fred tat es für Phil. Er trank das Glas leer, ging zum Wasserhahn und füllte es wieder.

»Und wie findest du das mit der Einladung? Glaubst du, Karla gefällt die Idee?«

»Keine Ahnung«, sagte Phil. »Ich glaube nicht, dass sie Weihnachten besonders toll findet.«

»Aber es wird ihr letztes Weihnachten sein. Und wahrscheinlich kann sie bald überhaupt nicht mehr raus aus ihrer Wohnung.«

»Und das sind dann nur wir und Karla?«

»Vielleicht lade ich noch jemanden dazu ein. Einen von ihren netten Nachbarn, mal sehen.«

»Dann ist das die Überraschung für sie, von der du neulich geredet hast.«

»Genau«, sagte Fred. Mehr, fand er, brauchte Phil nicht zu wissen, zumal alle weiteren Optionen noch völlig offen waren. Vielleicht hatte Karlas Schwester Weihnachten keine Zeit, vielleicht war sie selbst nicht gesund. Vielleicht war sie verreist. Die Möglichkeit, dass sie gar nicht kommen wollte, schloss er aus. Es war höchste Zeit, seinen Plan endlich umzusetzen.

»Na ja«, sagte Phil. »Solange es kein Haggis gibt.«

Sie erledigten den Abwasch in entspannter Eintracht. Phil, ungewohnt mitteilsam, versuchte Fred das Geräusch zu beschreiben, das der Schlitten des Scanners beim Einlesen der Bildvorlagen machte, und Fred fiel es leicht, beim Anblick von Phils begeistertem Gesicht die Aufrufe seines Gewissens zu ignorieren, die Sache mit Sabines Päckchen anzusprechen. Er würde es später machen oder gar nicht. Es gab Wichtigeres zu tun. So vieles, was er in letzter Zeit begonnen hatte, hatte sich hinterher als sinnvoll und hilfreich herausgestellt.

Nachdem Phil in seinem Zimmer verschwunden war, öffnete Fred eine Flasche Bier und stellte sich ans Wohnzimmerfenster, ohne das Licht einzuschalten. Die Wohnung lag im ersten Stock, Karla würde keine großen Probleme mit dem Treppensteigen haben. Falls Klaffki ein Auto hatte, würde er ihn bitten, Karla hierherzufahren, was natürlich hieß, dass er auch Klaffki einladen musste. Vielleicht würde er Karla auch selbst abholen. Und einen Baum würde er besorgen, jetzt, wo Phil zum ersten Mal seit Jahren wieder Weihnachten bei ihm verbrachte. Ein bisschen Stimmung sollte schon sein, wenn sich alle hier trafen.

Er war kein Versager. Er brachte die Dinge auf den Weg.

Die rot leuchtenden Digitalziffern des DVD-Players zeigten 20:10 Uhr an. Er nahm einen Schluck aus der Flasche. Eigentlich war es ein guter Moment, um Sabine anzurufen, ein hervorragender sogar.

Karla

but i've got promises to keep

and miles to go before i sleep

and miles to go before i sleep

Phil

NEIN, NICHT WIE EIN KOPIERER. Ein bisschen wie ein ferngesteuertes Auto.

Oder wie ein Roboter, aber einer aus einem alten Roboterfilm, in dem sie noch extra quietschen mussten, damit die Leute merkten, dass es auch wirklich Roboter waren.

Also so ungefähr: *miep – ööp – miep – ööp – wääääääh.* Ganz lange *wääääääh.* Schließlich am Ende *meeek.* Und dann alles wieder von vorn, nächstes Bild.

Es war sein dritter Besuch bei Karla, und es sah ganz danach aus, als würde er wie beim letzten Mal die meiste Zeit allein an ihrem Küchentisch unter dem Plakat mit dem Totenkopf und der Rose verbringen. Das war sein Arbeitsplatz. Die Küche sei der einzige Ort, an dem sie sich nicht gegenseitig auf den Wecker gehen würden, hatte sie gesagt, und außer einer ruhigen, sachlichen Einführung in die Kunst des Scannens, bei der sie jede seiner zaghaften Fragen beantwortete, als hätte sie es mit einem Vollprofi zu tun, hatten sie kaum miteinander geredet. Sie machte ihm die Tür auf, wenn er kam, und wenn er nach Hause musste und an der Wohnzimmertür stand, um sich zu verabschieden, lag sie auf der Couch und hörte Musik mit Kopfhörern. Seine Befürchtung, als Erstes von ihr nach seiner Schule, seinen Freunden, seinen Hobbys gefragt zu werden, hatte sich nicht bewahrheitet. Sie hatte kein eigenes WLAN, aber sie wusste das Passwort für das verschlüsselte Netzwerk ihres Nachbarn. Sie war cool. In der Küche und in der ganzen Wohnung war es unfassbar heiß. Es störte ihn nicht.

Manchmal hielt er einen Negativstreifen ans Licht und versuchte mit bloßem Auge zu erkennen, was auf dem Bild war. Karla hatte alles so eingestellt, dass die Software die Belichtung eigenständig optimierte und er mit der Bildbearbeitung nichts zu tun hatte. Auf der Festplatte ihres Computers gab es bereits unzählige Ordner mit Bildern, die sie selbst eingescannt hatte, bevor Phil die Arbeit übernahm, und wenn er wollte, konnte er eine gespeicherte Fotodatei öffnen und sich das Positiv ansehen, indem er auf »Invertieren« klickte. Es waren meistens Bilder wie die, die überall an ihren Wänden hingen: Konzertaufnahmen, Musikerportraits, schwitzende, jubelnde und kiffende Fans, Babys, die von Müttern inmitten einer ekstatischen Menschenmenge gestillt wurden, küssende Paare, Kinder, die seltsam erwachsen aussahen. Einmal glaubte er Karla auf einem Foto zu erkennen, sie saß mit überkreuzten Beinen auf dem Boden, die Augen geschlossen, hinter sich einen gigantischen Turm aus übereinandergestapelten Lautsprecherboxen, aber eigentlich konnte es gar nicht Karla sein, es sei denn, sie hatte ihre Kamera jemand anderem überlassen.

Und dann diese Musik. Er war mehr als bereit gewesen, sie wahnsinnig gut zu finden, nicht nur wegen ihrer offensichtlichen Popularität, sondern auch, weil er Stunde um Stunde Fotos digitalisierte, auf denen vermutlich genau diese Band zu sehen war. Mit jedem Wikipedia-Eintrag, den er über The Grateful Dead las, wuchs seine Ehrfurcht. Tatsache war jedoch, dass er jedes Stück, das er sich im Internet anhörte, trotz seines guten Willens scheiße fand. Oder besser, er kapierte nicht, was Millionen von Menschen an dieser Musik gemocht hatten und immer noch mochten, aber vielleicht würde das noch kommen, wenn er älter war, also beschloss er, dass Karlas Geschmack ein großartiger sein musste und er nur zu jung. Von der atemberaubenden Idee, dass sie ihren Doppelnamen wegen Jerry García trug, dem verstorbenen, gottgleichen Bandleader, hatte er sich nach kurzer und erfolgloser Recherche wieder trennen müssen; nichts wies darauf hin, dass García jemals mit einer Deutschen verheiratet gewesen war. Zum Glück war er klug genug gewesen, seinen Verdacht für sich zu behalten, er hätte sich sonst maßlos blamiert.

Die Arbeit selbst war einfach und überschaubar. Ein *wääääääh* dauerte ungefähr zweieinhalb Minuten. Jedes *meeek* hieß, dass er den Filmstreifenhalter ein Stück weiterschieben musste, bis er einrastete. Nach dem sechsten *meeek* waren alle Negative auf dem Streifen digitalisiert, und Phil zog den Halter heraus und ersetzte ihn durch einen neuen, den er vorher bestückt hatte. Es stimmte, er hatte irrsinnig viel Zeit, in der er nichts tun musste, aber diese Zeit war in lauter dreiminütige Intervalle zerhackt. Lesen funktionierte, das hatte er bereits erfolgreich ausprobiert. Heute hatte er zum ersten Mal Hausaufgaben mitgenommen; leichtes Zeug, für das man wenig Konzentration brauchte. Pro Negativ drei neue Englischvokabeln lernen und die drei vom Negativ davor noch wissen. Multiple Choice auf dem Deutsch-Arbeitsbogen: *Warum ist »Nachts ist es kalt« kein Text? A: Weil die Verknüpfung falsch ist, B: Weil der Satz unsinnig ist, C: Weil ein Satz kein Text ist.* Noch nicht mal ein halbes *wääääääh* für diesen Schrott. Manchmal machte er absichtlich Fehler bei seinen Deutsch-Hausaufgaben, weil sie seinen

Geist beleidigten. *Welches Satzpaar steht in einer logischen Beziehung? A: Peter schubste Jan. Jan fiel hin. B: Erst schubst Peter Jan. Dann schubst Jan Peter.* Er kreuzte B an und gähnte.

Hinter sich hörte er Karla, sie klopfte an, obwohl die Tür zur Küche halb offen stand.

»Hallo, Phil«, sagte sie. »Ich muss dich mal kurz stören. Du bist doch gerade online, oder?«

Er konnte nicht anders, er musste als Erstes nachsehen, ob sie barfuß war. Sie war es jedes Mal. Er kannte sonst niemanden, der so was machte.

»Ja«, sagte Phil und wollte aufspringen, schließlich war es ihr Computer, an dem er saß, aber Karla winkte ab. Sie lehnte sich an die Kühlschranktür und sagte: »Einer der Hauptgründe, warum du hier sitzt, ist der: Weil ich's nicht mehr kann. Ich möchte, dass du was für mich im Internet suchst. Geht das?«

»Klar, gerne«, sagte Phil.

»Es geht um ein Gedicht. Ich erinnere mich nur noch an zwei Zeilen, die hab ich hier aufgeschrieben. Ich kannte mal den ganzen Text, und ich wusste auch, von wem es war, aber das ist ewig her.« Sie legte ein aufgeschlagenes Notizbuch neben ihn. »Es ist auf Englisch. Kannst du meine Schrift lesen?«

Er konnte ihre Schrift lesen, und er sah sofort den Fehler in der ersten Zeile. Jeder aus seinem Internetforum kannte dieses Gedicht, und selbst ein Idiot wie Fergus hatte den Band *Collected Poems of Robert Frost* in seinem Bücherregal stehen gehabt, jedenfalls so lange, bis Phil das Buch heimlich einsteckte. Sein Schulenglisch reichte längst nicht aus, um alle Gedichte von Frost zu verstehen, aber dieses hier war einfach. Alle liebten es, besonders die letzte Strophe.

»Das Gedicht ist von Robert Frost«, sagte er, und er versuchte es völlig normal zu sagen und auf keinen Fall bemüht lässig, aber er hörte sich wahrscheinlich trotzdem an wie ein übereifriger Besserwisser.

Karla sah ihn lange an, ohne eine Miene zu verziehen, und dann sagte sie: »Richtig. Jetzt, wo du's sagst. Und was habe ich hier für ein Genie an meinem Scanner sitzen? So was steht doch erst in der Oberstufe auf dem Lehrplan, oder?«

Schwierige Situation. Er war bisher nur ein einziges Mal der Versuchung erlegen, im wirklichen Leben zu zeigen, was er in Sachen Lyrik draufhatte, und dieser Schwäche verdankte er einen weiteren seiner vielen beschissenen Namen, nämlich »das Dichterle«, wie ihn sein ungeniert schwäbelnder Deutschlehrer Dr. Pfotenhauer seither nannte. Aber im Zweifelsfall konnte Karla ihn nicht lange mit ihrem Wissen quälen, sie war ja bald tot. Er konnte nicht fassen, dass er das gerade gedacht hatte.

»Es heißt aber ›But I HAVE promises to keep‹ und nicht ›I've got‹«, sagte er, als wäre das eine angemessene Antwort auf ihre Frage.

»Ich werde es umgehend korrigieren«, sagte Karla.

Er hatte eine Idee. »Wollen Sie das Buch mit dem Gedicht haben? Ich kann es Ihnen leihen.« Als er ihr verblüfftes Gesicht sah, sagte er schnell, bevor sie ihn endgültig für einen Irren hielt: »Es ist aber das einzige Buch mit englischen Gedichten, das ich habe. Es ist geklaut.«

»Das klingt fast schon wieder beruhigend«, sagte Karla. Sie nahm ihr Notizbuch und ging zur Tür. »Vielen Dank, Phil. Ich würde mir dein geklautes Buch sehr gerne ausleihen.«

Er hörte, dass sie ins Bad ging und die Tür abschloss. Wer einmal in ihrem Bad gewesen war, wusste sofort, dass sie sterbenskrank sein musste, weil es dort aussah und roch wie in einer Apotheke. Bei seinem ersten Besuch hatte Phil einzelne Medikamente in die Hand genommen und ihre Namen leise vorgelesen, *Domperidon, Fetanyl, Kreon, Tilidin,* tirili, tirila, lauter wohlklingende Wörter aus Silben, denen man nichts Böses nachsagen konnte, die fröhlich und zuversichtlich daherkamen und trotzdem einen leichten Brechreiz weit hinten am Gaumen verursachten. Karla verbrachte viel Zeit im Bad, wie er von der Küche aus mitbekam, aber meistens waren es nicht ihre Schritte, die er hörte, sondern nur das Verriegeln und Entriegeln der Tür.

Diesmal blieb sie so lange dort, dass es für zwei weitere Filmstreifen und seine Matheaufgaben reichte. Er überprüfte, ob alle neuen Dateien in den richtigen Ordnern abgelegt waren, und machte ein Back-up, bevor er den Rechner zuklappte. Er schaltete den Scanner aus und zog seine Handschuhe an, um die letzten beiden Negativstreifen aus den Halterungen herauszunehmen und wieder zurück in ihre Pergaminhülle zu schieben. Jeder Pergaminbogen enthielt einen kompletten Film und war mit Jahreszahlen und Ortsnamen beschriftet, dieser hier hieß *Barcelona 1986*. Ungefähr sechzig solcher Bögen passten in einen grauen Aktenordner. Sie standen in einer langen Reihe unter Karlas Küchentisch, manchmal stieß er mit dem Fuß dagegen, und sie fielen um wie Dominosteine.

Als er hörte, dass Karla das Bad wieder verließ, nahm er seine Tasche und stand auf. Sie begegneten sich im Flur.

»Ich muss jetzt los«, sagte Phil. »Wenn Sie wollen, könnte ich morgen Nachmittag wiederkommen.«

Sie schüttelte den Kopf. »Morgen nicht. Morgen werde ich den halben Tag in einer Arztpraxis verbringen. Und abends will dein Vater nach mir sehen.«

»Okay. Dann wieder Montag.« Er wusste, dass sein Vater vorhatte, ihr morgen seinen sensationellen Weihnachtsplan zu präsentieren.

»Phil«, sagte Karla. »Ich bin jetzt doch neugierig geworden. Wie kommt es, dass ein Teenager sich so gut mit Lyrik auskennt? Das mit Robert Frost war doch kein Zufallstreffer.«

Es schmeichelte ihm, dass sie ihn als Teenager bezeichnete, aber ihre Frage konnte er trotzdem nicht beantworten: Er wusste nicht, wie es gekommen war. Es war da gewesen, seit er denken konnte. Wenn Wörter sich reimten, fühlte er sich einfach gut. Er hob die Schultern und ließ sie wieder fallen.

»Alles klar, falsche Frage«, sagte Karla.

»Nee, ist schon in Ordnung«, sagte Phil. »Ich kann's nur nicht erklären.«

»Gut. Hast du deine Jacke? Ich bring dich noch zur Tür. Ich weiß, du kennst den Weg selber, aber solange ich mich bewege, sind die Schmerzen nicht ganz so mörderisch.«

Sie sagte es mit völlig normaler Stimme, als gehörte der Teil mit den Schmerzen ganz selbstverständlich zu ihrem Satz, und Phil wusste, dass sie keinen Kommentar von ihm und auch kein Nachfragen erwartete. Seit dem einen Mal in der Kneipe hatte Karla das Thema nie wieder angesprochen, wozu auch, es war ja die ganze Zeit da, es wohnte in ihrer Wohnung, in jeder Medikamentenpackung, in jedem der weit aufgedrehten Heizkörper, es wohnte sogar in der Art, wie sie unter der Wolldecke auf ihrer Couch lag: Nichts war hier in Ordnung, nichts war hier normal.

Trotzdem war er gern hier. Er mochte ihre Küche, er mochte die Geräusche des Scanners, er mochte ihre

Fotos, und er mochte sie. Er war geübt darin, sich mit dem Unausgesprochenen zu arrangieren, deshalb hätte er auch niemals gewagt, sie zu fragen, wie es ihr ging. Umso mehr erschien ihm Karlas Bemerkung wie ein persönlicher Vertrauensbeweis, und der wiederum, fand er, verlangte nach einer Gegenleistung von seiner Seite.

»Ich schreibe. Also, meistens schreibe ich Gedichte«, sagte er, als sie schon fast an der Wohnungstür waren.

»Du schreibst Gedichte? Toll«, sagte Karla. »Ich finde, das passt gut zu dir.«

»Wieso?«

»Weil du ein Künstler bist. Ich sehe so was.«

Er hätte gern genauer gewusst, woran sie das sah, aber er wollte nicht aufdringlich sein, vor allem jetzt, wo ihm klar war, dass sie Schmerzen hatte. Vielleicht fand er die Antwort heute Abend im Badezimmerspiegel. Künstler gefiel ihm. Er überlegte, ob er Karla irgendwann von seinem Wörterkrankenhaus erzählen sollte, aber dann fiel ihm ein, dass sie Geschichten über Intensivstationen, Notaufnahmen und Wortchirurgie wahrscheinlich weniger interessierten.

»Auf Wiedersehen«, sagte er.

»Bis Montag, Phil. Komm gut nach Hause.«

Er hatte Lust zu rennen, also rannte er die Treppen hinunter, schwang sich an jedem Treppenabsatz mit der Hand am Geländer um die Kurve und landete mit einem eleganten Fünf-Stufen-Sprung vor der Wohnungstür im Hochparterre, hinter der sich ein Hund in den Wahnsinn bellte. Das musste Kottke sein, von dem sein Vater ihm erzählt hatte, Klaffkis Hund, und Klaffki hatte angeblich schon begeistert zugesagt, Karla am ersten Weihnachtstag mit dem Auto zu ihnen nach Hause zu fahren, vorausgesetzt, sie machte da überhaupt mit. Phil glaubte noch nicht recht daran.

Als er die Haustür aufriss, fehlte nicht viel, und er wäre in sie hineingerannt. Sie stand mit erhobenem Arm da, als wollte sie gerade klingeln oder hätte es schon getan, und als sie sein erschrockenes Gesicht sah, fing sie an zu lachen. Er hätte die Tür loslassen und nach draußen laufen oder ihr die Tür aufhalten und sie hineinlassen können, aber stattdessen blieb er mitten im Eingang stehen und glotzte sie stumm an. Sie trug hohe Lederstiefel und hatte blonde Haare, die lang und glatt über ihre Schultern fielen und übernatürlich glänzten, als wären es Puppenhaare, und auch ihr dunkelrot geschminkter Mund glänzte übernatürlich, aber es war kein Puppenmund, sondern ein umwerfend schöner und dazu noch vage bekannter, mit dem sie »Hi, du« zu ihm sagte und dann, als ihm keine Antwort einfiel, einfach weiterlachte. Aus der Gegensprechanlage sagte eine Männerstimme »Hallo?«, und sie antwortete »Ich bin's«, der Öffner summte verhalten und nutzlos im Türrahmen, und weil er sich immer noch nicht bewegte, schlängelte sie sich mit ihrer Aldi-Tüte seitlich an ihm vorbei und verschwand im Treppenhaus.

Draußen auf der Straße richtete Phil Zeige- und Mittelfinger seiner rechten Hand auf die flackernde Lichterkette an Klaffkis Balkon und sagte »Boom!«, das war er Karla schuldig, und dann, nur wenige Schritte weiter, begriff er, wer die Frau gewesen war, die er gerade an der Haustür getroffen hatte. Er lief einen kleinen Umweg, nur um durch eines der Fenster ins *Wohnzimmer* starren zu können, aber natürlich stand nicht sie, sondern jemand anders hinter dem Tresen, wie auch, wo sie sich doch gerade verkleidet hatte und Hausbesuche machte. »Mann,

Alter, das ist eine NUTTE!«, würde Max sagen, als hätte Phil das nicht schon längst von allein kapiert. In seinem Leben kamen neuerdings Prostitution, Rock'n'Roll und der Tod vor. Er musste Weihnachten nicht zu Sabine und Fergus fahren. Irgendwie ging es gerade aufwärts für ihn.

Später am Abend zeigte ihm der Badezimmerspiegel nichts, was auf einen Künstler hinwies. Er versuchte, so auszusehen, wie er ungefähr zum Zeitpunkt von Karlas Bemerkung ausgesehen hatte, und als das nichts brachte, stellte er den Gesichtsausdruck nach, den er Rona vorhin präsentiert hatte, indem er erst eine imaginäre Tür aufriss und dann schockiert in den Spiegel starrte. Er wiederholte das Ganze mehrere Male und hielt es danach für ausgeschlossen, dass Rona ihn bei dieser Begegnung für einen Künstler gehalten hatte.

Rona, Rona, Arizona. Barcelona. Es dürfte schwer werden, wenn nicht sogar unmöglich, einen Reim auf sie zu finden, der nicht schon längst auf irgendeiner Landkarte verzeichnet war, aber er würde es trotzdem versuchen.

Karla und Fred

»HERR WIENER?«

»Frau Jenner! Ich bin gerade auf dem Weg zu Ihnen. In zehn Minuten bin ich da.«

»Es tut mir leid, aber ich muss Ihnen leider absagen. Es geht mir nicht gut. Ich melde mich wieder, ja?«

»Warten Sie, Frau Jenner. Bitte warten Sie noch einen Moment. Ich fahre rechts ran. Da vorn kann ich halten. Dann können wir in Ruhe weiterreden.«

»Ich möchte aber nicht in Ruhe weiterreden, Herr Wiener. Fahren Sie nicht rechts ran, fahren Sie einfach wieder nach Hause. Unternehmen Sie was mit Ihrem Sohn. Und seien Sie mir nicht böse, dass ich Ihnen erst in letzter Minute Bescheid gesagt habe. Es wird sicher noch öfter passieren.«

»Kein Problem, Frau Jenner, aber bitte bleiben Sie noch dran. Bitte. Einen Augenblick noch, ja? So. Jetzt kann ich reden. Wie geht es Ihnen? Wie ist Ihre Untersuchung heute gelaufen?«

»Die Werte sind katastrophal, Herr Wiener, aber das ist nicht weiter überraschend.«

»Was wurde gemacht? CT, MRT und Marker?«

»Sie sind ja bestens informiert. Ja, alle drei. Die Marker haben sich seit dem letzten Mal fast verzehnfacht. Damit musste man rechnen.«

»Der Tumor ist gewachsen.«

»Ganz eindeutig, ja. Woher haben Sie Ihr Fachwissen?«

»Ich versuche zu verstehen, was mit Ihnen passiert. Ich lerne dazu.«

»Lernen Sie lieber ein Musikinstrument, Herr Wiener, das ist sinnvoller.«

»Und Ihre Schmerzen? Darf ich das fragen?«

»Nein, dürfen Sie nicht. Aber ich erzähle Ihnen jetzt etwas Komisches. Sie freuen sich doch, wenn mir etwas Komisches passiert, oder? Also, mein Palliativarzt hat mir heute vorgeschlagen, ich sollte zusätzlich zu meinen Schmerzmitteln etwas Neues ausprobieren. Etwas, das nicht nur die Schmerzen dämpft, sondern auch gegen Übelkeit und Erbrechen wirkt und dazu noch appetitanregend und stimmungsaufhellend sein soll. Ein Wundermittel, sozusagen.«

»Das klingt doch großartig.«

»Es ist sogar so großartig, dass es in der Apotheke eigens für mich zusammengemixt wird, sobald ich mein Spezialrezept vorlege. Spezialrezept, weil: Achtung, Betäubungsmittelgesetz. Frau García, sagt mein Arzt, das hat der Gesetzgeber leider so festgelegt, aber glauben Sie mir, THC ist entgegen der landläufigen Meinung eine sehr gute Sache, ganz besonders bei Fällen wie Ihrem. Ich musste sehr lachen.«

»THC?«

»Cannabis, Herr Wiener. Ich habe es mehr als dreißig Jahre lang geraucht und vor zehn Jahren damit aufgehört, und jetzt empfiehlt mir mein Arzt, ich solle es unter dem Namen ›Dronabinol‹ für 400 Euro im Monat in der Apotheke kaufen, um mir den Lebensabend zu versüßen. Ich finde das komisch, Sie nicht?«

»Ich weiß nicht.«

»Herr Wiener, ich wette, Ihr Freund Klaffki könnte mir meine Monatsration für einen Bruchteil dieses Preises organisieren. In weniger als einer Stunde.«

»Ich kenne mich da nicht aus, Frau Jenner.«

»Man sollte es Ihnen zum Probieren geben, Herr Wiener. Also tschüss dann. Bis bald.«

»Nein, warten Sie. Legen Sie bitte noch nicht auf. Wie geht es jetzt weiter? Haben Sie mit Ihrem Arzt darüber gesprochen?«

»Mein Arzt weigert sich, mir den genauen Todeszeitpunkt zu nennen. Meinen Sie, ich sollte da mehr Druck machen?«

»Natürlich nicht. Entschuldigen Sie.«

»Zwei, drei Monate noch. Vielleicht sogar fünf. Und wie sieht's bei Ihnen so aus?«

»Bitte entschuldigen Sie.«

»Wenn ich wieder THC konsumiere, werde ich bestimmt freundlicher zu Ihnen sein, Herr Wiener.«

»Das müssen Sie nicht. Frau Jenner, könnten Sie sich vorstellen, am ersten Weihnachtstag auf ein Stündchen zu uns nach Hause zu kommen? Für ein ganz kleines persönliches weihnachtliches Treffen?«

»Frau Jenner?«

»Frau Jenner, sagen Sie doch bitte was.«

»Wenn das so schlimm für Sie ist, ziehe ich meine Einladung natürlich sofort zurück, Frau Jenner.«

»Frau Jenner, ich stehe hier in einer Einfahrt, da will jemand rein, ich muss Sie mal kurz beiseitelegen.«

»So, das war's. Sind Sie noch da, Frau Jenner?«

»Ja doch.«

»Oh. Ich dachte schon.«

»Ist das wirklich Ihr Ernst?«

»Sicher.«

»Dann haben Sie wahrscheinlich schon alles durchorganisiert.«

»Leo Klaffki hat angeboten, Sie zu fahren.«

»Aber ich behalte mir vor, auf der Stelle umzukehren, falls Sie einen Weihnachtsbaum haben. Werden Sie einen Weihnachtsbaum haben?«

»Das ist zu befürchten, Frau Jenner. Ich dachte, Phil würde sich darüber freuen.«

»Sie haben einen tollen Sohn, Herr Wiener. Ich überlege mir das mit dem Weihnachtsbaum noch mal.«

»Heißt das, Sie sagen Ja?«

»Ja. Und Sie müssen damit leben, dass ich mich jederzeit wieder umentscheiden könnte.«

»Selbstverständlich.«

»Ich weiß ja jetzt schon nicht mehr, warum ich zugesagt habe. Weil das Fentanylspray so gut wirkt, vielleicht. Haben Sie bei Ihrer Krebsfortbildung auch gelernt, was Durchbruchschmerzen sind?«

»Nein. Es klingt nicht gut.«

»Es sind Tumorschmerzen, die blitzartig auftreten. Sie treiben einen in den Wahnsinn, weil sie den Schmerz, der eh schon da ist und den man versucht, in den Griff zu bekommen, noch schlimmer machen. Manchmal passiert so was mehrmals am Tag.«

»Und jetzt haben Sie etwas gefunden, das Ihnen hilft.«

»Es hilft, ja. Und es macht ein bisschen blöd im Kopf. Es bringt mich dazu, seit zwanzig Minuten mit Ihnen zu telefonieren. Fahren Sie jetzt endlich nach Hause, Herr Wiener.«

»Mache ich gleich. Ich bin froh, dass es Ihnen jetzt ein bisschen besser geht, Frau Jenner.«

»Lassen Sie mich in Ruhe, ich heul sonst. Und sagen Sie mir rechtzeitig vorher Bescheid, wenn Weihnachten ist.«

»Nächste Woche, Frau Jenner. Ich fahre jetzt los. Falls was ist, können Sie mich jederzeit anrufen.«

»Ich hoffe, ich kann mir das merken, Herr Wiener. Gute Nacht.«

Gudrun

SIE BRAUCHTE DREI TAGE und sieben Anläufe. Sie erschuf unzählige Szenarien, die sie im Geist durchlief und am Ende wieder verwarf, weil sie ihr unrealistisch erschienen oder unlogisch. Sie schlief schlecht und träumte wirres Zeug, und wenn sie nachts um drei mit einer Tasse lauwarmer Milch in ihrer Küche saß, war sie überzeugt, dass sie am nächsten Morgen den Text von ihrer Mailbox und die Nummer aus dem Anruferverzeichnis löschen würde. Sie tat es nicht. Stattdessen suchte sie im Internet nach seinem Namen, den er ihr laut und deutlich hinterlassen hatte, und hörte seine Nachricht immer wieder ab, um verborgene Hinweise zu finden, die ihr den Anlass seines Anrufs verrieten.

Fred Wiener besaß also ihre Telefonnummer, schien jedoch nicht genau zu wissen, ob sie Karlas Schwester war oder nicht, was nur heißen konnte, dass er ihre Nummer nicht von Karla selbst bekommen hatte. Aber woher dann? Seine Stimme hatte sich schüchtern und irgendwie privat angehört, allein seine unbeholfene Art, mit der er ankündigte, sich über einen Rückruf zu freuen, schloss eine behördliche Anfrage aus. Auch Anwälte oder Ärzte redeten nicht so. Er musste jemand sein, der sich für Karlas Familiengeschichte interessierte: ein Freund, ein Biograph, nein, ein Journalist, Journalisten kriegten schließlich jede Telefonnummer heraus, und vielleicht war Karla ja unter einem anderen

Namen berühmt geworden, ohne dass sie es mitbekommen hatte.

Das stärkste Gefühl in ihr war Angst. Sie hatte immer gewusst, dass Karla nicht gefunden werden wollte, jedenfalls nicht von ihr. Ihre Suche war ein reines Gedankenspiel, versetzt mit kleinen, halbherzigen Aktionen, die mehr der Pflichterfüllung dienten, und sie dachte ihr Spiel nie weiter als bis zum Moment eines möglichen Wiedersehens. Nicht ein einziges Mal in über vierzig Jahren hatte sie sich einen Dialog mit Karla ausgemalt, obwohl sie genau wusste, worüber sie reden würden und dass sie es tun mussten. Und jetzt, wo es aussah, als wäre sie Karla näher, als sie es in den vergangenen vier Jahrzehnten je gewesen war, saß sie da und fürchtete sich.

Sie hatte immer wieder versucht sich vorzustellen, wie Karla wohl lebte. In den Siebziger- und Achtzigerjahren waren es Phantasien aus dem Hippie- und Drogenmilieu gewesen, in dem sie Karla wähnte, inspiriert durch Fernsehsendungen und die Lektüre von Stern- und SPIEGEL-Artikeln. Später dann, als ihre Welt immer quadratischer und berechenbarer wurde und der Schulalltag ebenso grau wie ihre Ehe mit Meinolf, fing Gudrun an, Karla ein glamouröses Leben anzudichten. Karla als Künstlerin, Karla als Jetsetterin, Karla als Geliebte eines Ölmagnaten. Sie ließ Karla alles Mögliche sein, aber nie in irgendeiner Weise beschädigt durch das, was damals geschehen war: Ihre Version der erwachsenen Karla war die einer gesunden, glücklichen und erfolgreichen Frau. Erst mit ihrem eigenen Altwerden trübten sich auch die leuchtenden Farben ihrer Lebensentwürfe für Karla, und die Schuld zog bei Gudrun ein und duldete kein Schönreden mehr, höchstens noch Schweigen.

Am dritten Tag nach Fred Wieners Anruf gestand sie sich ein, dass es den Seelenfrieden, um den sie sich gebracht fühlte, nie gegeben hatte, nahm das Telefon in die Hand und drückte auf »Antworten«. Auf dem Esstisch lag ein Papier, das sie vorbereitet hatte; die weiten Abstände zwischen den Zeilen waren ebenso beabsichtigt wie die parallele Ausrichtung des Kugelschreibers neben dem Blatt.

Woher meine Nummer
Wo wohnt sie
Warum meldet sie sich nicht selbst
Was will sie
Info F. Wiener

Sie ließ es dreimal klingeln, viermal, dann nahm Fred Wiener ab. Seine Stimme war freundlich. Er sprach vorsichtig, wirkte etwas angespannt, aber überzeugt wie einer, der einem Plan folgte, an den er unbeirrt glaubte. Nach seinen ersten Sätzen begann sie, auf ihrem Zettel herumzukritzeln, sie stellte ihm Fragen, und er machte jedes Mal eine kleine Pause, bevor er ihr antwortete.

Sie hätte nicht sagen können, ob sie ihn sympathisch fand oder nicht. Was er sagte, machte ihre Angst nur noch größer. Was er sagte, ließ sie darüber nachdenken, ob ihre Reiserücktrittsversicherung in solchen Fällen einsprang. Was er sagte, hatte sie erwartet, jedenfalls kam es ihr plötzlich vor, als hätte sie es längst gewusst: Karla war todkrank. Karla würde bald sterben.

Später redete nur noch sie, und ihre Notizen wurden spärlicher. Sie sagte ihm, dass er alles richtig gemacht hatte, dass sie froh über seine Kontaktaufnahme war, dass sie seinen Plan großartig fand. Sie sagte mehrmals, dass sie nichts unversucht lassen würde, um zu kommen, und als sie merkte, dass ihre Entschlossenheit ihn zu überfordern begann, beglückwünschte sie ihn zu seiner unbestechlichen Intuition und seinem beherzten Vorgehen. Er sagte, er könne ihr weder Karlas Adresse noch ihre Telefonnummer geben, aber das wollte sie gar nicht. Eine Begegnung auf neutralem Boden war einigermaßen kontrollierbar, Karla anzurufen und die Demütigung zu riskieren, dass sie sofort auflegte, würde Gudrun niemals wagen, niemals, aber das sagte sie ihm nicht.

Als sie das Gespräch beendeten, wusste Gudrun, dass sie sich etwa dreihundert Kilometer von Karla entfernt befand. Auf ihrem Zettel hatte sie unter »Warum meldet sie sich nicht selbst« nichts und unter »Was will sie« ein einziges Wort notiert, *MAMA* in Großbuchstaben, und Fred Wieners Adresse war korrekt unter »Info F. Wiener« aufgeführt. Was unter »Woher meine Nummer« stand, konnte sie selbst kaum noch entziffern. Sie las *Im Todesfall zu,* und sie las *wahrscheinl letzte Gelegenheit.* Sie las *e-amtl Sterbegel* und wusste nicht, was sie mit dieser Abkürzung gemeint hatte, bis es ihr wieder einfiel und sie erst gereizt und dann immer verzweifelter ihren Kugelschreiber direkt hinter dem Wort ganz tief ins Papier zu drücken begann, einmal, zweimal, fünfmal.

Karla

ottos mops hat alles vorbereitet

diese albernen kleider

dieses entsetzliche lied

schuhe aus augen zu

tanzen und tanzen und tanzen und

ottos mops glotzt

otto heult und

otto kommt aber

otto kommt nicht ran

Phil

ES WAR EINE GUTE WOCHE für ihn gewesen. Am Samstag hatte er erfahren, dass sein »Wintergedicht für Sabine« im Onlineforum in der Rubrik »This Is Not A Love Song« zum Gedicht des Monats gewählt worden war, und bis auf einen anonymen Gastbeitrag, in dem jemand erbittert gegen Fäkalwörter in der Lyrik protestierte, war *e. a.poem* allenthalben für sein elegantes Versmaß und den direkten, unmissverständlichen Ausdruck seiner Gefühle gelobt worden. Sogar eine Privatnachricht hatte ihm sein Gedicht eingebracht, in der ihm ein Mädchen namens *Lisa_Loves_Lyrik* Trost und Ablenkung nach seiner Trennung von Sabine versprach, wenn er sich nur bald bei ihr meldete. Ihr Profil verriet, dass sie zweiundzwanzig Jahre alt war und bis jetzt nur einen einzigen Text ins Forum eingestellt hatte, einen Fünfzeiler über ihre Katze, in dem es ihr gelungen war, gleich zweimal das Wort »purzeln« unterzubringen. Auch wenn es undenkbar war, ihre Anfrage zu beantworten, ohne zu riskieren, dass seine Tarnung aufflog, hatte ihn die Vorstellung entzückt, dass *Lisa_Loves_Lyrik* aussah wie Rona und vor Liebe fast wahnsinnig wurde, sobald sie seine Gedichte las.

Beflügelt von diesem Erfolg, hatte er es am Sonntag endlich geschafft, seine Mutter anzurufen, die seine Absage mit unerwarteter Gefasstheit entgegennahm, vermutlich, weil sein Vater bereits einiges an Vorarbeit geleistet hatte. Falls sie ihm wieder ungefragt heilenden

Energiescheiß durchs Telefon geschickt hatte, zeigte er jedenfalls eine angenehme Wirkung: Das Gefühl, das ihn seit diesem Anruf begleitete, war eins von unbeschreiblicher Leichtigkeit. Die Päckchen aus dem Flurregal hatten sich auf rätselhafte Weise entmaterialisiert, und Phil verspürte nicht den leisesten Impuls, nach ihrem Verbleib zu forschen. Nicht einmal Max, der ihn an den letzten beiden Schultagen vor den Ferien permanent nervte mit seiner Forderung nach einer lückenlosen Berichterstattung von Karlas Sterbeprozess, hatte dieser Leichtigkeit ernsthaft etwas anhaben können. Max hatte so lange Plastikbälle ins Halleneck gedroschen, bis seine Mutter ihn wieder vom Tischtennisclub abmeldete, und war jetzt auf der Suche nach Inspiration. Wenn Phil nicht genau gewusst hätte, dass er sich prinzipiell weigerte, nach der Schule sein Zimmer zu verlassen, hätte er fürchten müssen, dass Max bei ihrer Weihnachtsfeier aufkreuzte, um Karla persönlich zu begutachten.

Dass Karla die Einladung seines Vaters tatsächlich angenommen hatte, erstaunte ihn immer noch. Bei seinem letzten Besuch am Montag war sie ihm entspannter vorgekommen als sonst, geradezu heiter, was allerdings auch an der komischen Plastiktüte gelegen haben konnte, die er neben ihrer Wohnungstür gefunden hatte und die sie so zum Lachen brachte, dass sie sich am Türrahmen festhalten musste. Trotzdem hatte sie sich gleich in ihr Zimmer zurückgezogen und war erst wieder aufgetaucht, als Phil drei Stunden später anklopfte, um sich zu verabschieden und ihr zu sagen, dass er nach den Feiertagen gern wiederkommen und weitermachen würde, was sie ganz großartig fand. Er sagte ihr nicht, dass er heute die Wartezeit an ihrem Küchentisch damit überbrückt hatte, sich auszurechnen, wie lange er bei seinem aktuellen Tempo brauchen würde, bis alle Negative eingescannt waren. Juli, dachte er, als er die Treppe nach unten lief, Juli hieß vielleicht gar nicht »wird niemals fertig«, sondern war ein Omen. Karla würde im Juli noch leben, sagte das Omen, und wenn man ein bisschen an Omen glaubte, kam auch die Leichtigkeit wieder zurück und das Vertrauen, dass die vielen *mieps* und *wäääääähs* nicht völlig umsonst waren, dass er tatsächlich irgendwann den letzten Negativstreifen zurück in seine Hülle schieben und dass Karla ihm sogar dabei zusehen würde. Juli also, mindestens.

Und Weihnachten, jetzt. Je näher die Feiertage rückten, umso mehr Lebensmittel schleppte sein Vater an, die kein Mensch jemals essen würde, aber sein Enthusiasmus war so überwältigend, dass Phil sich sogar zu dem Versprechen hinreißen ließ, vom original Kirsch-Mohn-Marzipanstollen zu probieren, obwohl ihn schon das Wort in Panik versetzte. Am Morgen des Vierundzwanzigsten zogen sie los, um gemeinsam eine »Männersache« zu erledigen, was eine unfassbar alberne Bezeichnung war, wenn man seinen Weihnachtsbaum und praktischerweise gleich noch den Ständer dazu in einem Baumarkt kaufte. Auf der Verkaufsfläche neben dem Eingang war noch ein gutes Dutzend Bäume ausgestellt, deren Wuchshöhe sie genauso übertrieben fanden wie ihren Preis, bis der Händler aus einer Ecke ein »echtes Schätzchen« hervorzog, nur zwanzig Euro, praktisch geschenkt, und es so schnell in einem Schlauch aus Kunststoff verschwinden ließ, dass sie sich hinterher nicht mehr an seine Form erinnern konnten, aber immerhin, die Größe stimmte. An der Baumarktkasse fiel seinem Vater ein, dass sie weder Kerzen noch Weihnachtsschmuck besaßen, und als sie einen Mitarbeiter danach fragten, zeigte er auf leere Container und Regale und sagte: »Es ist Heiligabend, meine Herren.« Phil entdeckte am Boden eines Wühlkorbs mehrere angestoßene Kartons mit Glaskugeln, alle in demselben stumpfen Braun, und sie nahmen zwei Packungen mit, obwohl in jeder Packung mindestens eine Kugel kaputt war. Kerzen waren restlos ausverkauft, und als Fred sich nach Lichterketten erkundigen wollte, sagte Phil, er würde lieber im Dunkeln sitzen, als auf eine Lichterkette am Baum zu glotzen, und sein Vater gab nach, obwohl man ihm anmerkte, dass er nichts gegen ein bisschen Geblinke gehabt hätte. Der Baumständer war teurer als der Baum, aber die Kugeln konnten sie umsonst mitnehmen.

Zuhause beim Aufstellen erwies sich ihr Schätzchen als ein wahres Prachtexemplar an Symmetrie und Proportion, und sie fanden, dass dies genau der Weihnachtsbaum war, den sie verdient hatten. Als sie ihn mit den braunen Kugeln behängten, wirkte er gedemütigt. Sie standen eine Weile ratlos davor und beschlossen dann, die Kugeln wieder abzunehmen und den Baum so zu lassen, wie er war, bis ihnen etwas Besseres einfiel. Phil sagte, dass er nach all den Jahren mit kleinen karierten Schleifen im Weihnachtsbaum und Anhängern, die mit der schottischen Flagge bedruckt waren, sogar ganz ohne Dekoration auskäme.

»Wie toll dieser Baum riecht«, sagte sein Vater, und er sagte es von da an jedes Mal, wenn er das Wohnzimmer betrat. Er sagte es auch, als sie um sieben Uhr abends das Fest offiziell eröffneten und sich etwas verlegen ihre Geschenke überreichten: für Phil neben dem obligatorischen Büchergutschein die kleine Digitalkamera, die er sich gewünscht hatte, für Fred, der schon feuchte Augen vor Rührung hatte, bevor er den Knoten vom Geschenkband aufbekam, einen dunkelroten Schal mit aufgenähtem *Star Trek*-Logo, den Phil einem Mitschüler für einen unverschämten Preis abgekauft hatte und den sein Vater für den Rest des Abends nicht mehr ablegte. Sie sahen sich einen alten amerikanischen Spielfilm im Fernsehen an und aßen Kartoffelsalat mit und ohne Würstchen, und irgendwann sagte Fred zu Phil: »Das ist der beste Weihnachtsabend, an den ich mich erinnern kann«, und Phil wurde bewusst, dass er sich nie dafür interessiert hatte, wie sein Vater eigentlich den Heiligabend verbrachte, während er bei Sabine und Fergus war, und schämte sich ein bisschen. Später experimentierten sie mit unterschiedlichen Lichtquellen und ließen den Baum wilde Schatten an die Zimmerdecke werfen, die Phil mit seiner neuen Kamera fotografierte, und bevor sie zu Bett gingen, legte Fred vorsichtig seinen roten Schal um die Zweige und sagte ein letztes Mal, wie toll dieser Baum rieche.

Die erste Hälfte des nächsten Tages verbrachte Phil lesend im Bett. Manchmal drangen Geräusche aus der Küche, Geschirrklappern, die Nachrichten im Radio, einmal hörte er seinen Vater telefonieren, er sagte: »Halb fünf wäre der ideale Zeitpunkt«, der Rest war unverständlich. Kurz danach heulte irgendwo der Staubsauger auf und verstummte gleich wieder. Als er gegen zwei Uhr sein Zimmer verließ, warf ihn die Hitze im Flur beinahe um. In der Küche war es noch wärmer, sein Vater saß mit offenem Hemd und tellergroßen Schweißflecken unter den Armen am Tisch und legte auf einem Holzbrett fingerdicke, schwarz-weiß-rot marmorierte Scheiben aus, die am Rand so dick mit Puderzucker bestäubt waren, dass er seinen Kopf jedes Mal zur Seite drehen musste, wenn er ausatmete. Original Kirsch-Mohn-Marzipanstollen, nicht nur das Wort war tödlich, auch seine Emissionen. Ab damit ins Krankenhaus.

»Wie findest du das?«, fragte sein Vater und zeigte auf das Arrangement. »Ich dachte, für Karla stelle ich noch eine Schale mit Diabetikerkeksen dazu, das reicht doch erst mal, was meinst du?«

Phil war der falsche Mann für solche Themen, außerdem hatte er Karla noch nie irgendetwas essen sehen.

»Keine Ahnung, Papa«, sagte er.

»Ich hätte vorher fragen sollen, was Karla verträgt und was nicht. Vielleicht sind Diabetikerkekse gar nicht das Richtige. Glaubst du, sie mag so was?«

»Sie steht eigentlich mehr auf Astronautennahrung«, sagte Phil.

»Bitte was?«

»War 'n Witz, Papa.«

Die Panik in der Stimme seines Vaters machte Phil Sorgen, mehr noch, dass er ausgerechnet ihn als Ernährungsberater heranzog. Er hatte noch nie verstehen können, warum Menschen immer essen mussten, wenn sie sich trafen.

»Aber sie kommt doch bestimmt nicht wegen der Kekse her«, sagte er.

»Da hast du auch wieder recht«, sagte Fred und wischte mit dem Finger überschüssigen Puderzucker vom Brett. »Und nun zur Getränkefrage. Tee, nehme ich mal an, aber was für einen? Pfefferminz? Hibiskus? Schmeckt doch alles irgendwie scheußlich.«

Es war allerhöchste Zeit, dass er aus der Küche rauskam. »Ich geh mich mal anziehen, Papa.«

»Kamille«, sagte sein Vater und rief ihm hinterher: »Um drei, Phil! Um drei Uhr kommen sie! Sei bitte rechtzeitig fertig!«

Sie kamen nicht um drei, sondern um halb vier, als Fred schon zweimal vergeblich Karlas Handy angerufen und seine Nervosität ein Ausmaß erreicht hatte, dass Phil lieber in seinem Zimmer wartete und bei der Gelegenheit nachsah, ob ihm noch weitere begeisterte Fans geschrieben hatten, was leider nicht der Fall war. Leo Klaffki, der mit seinem Fusselbärtchen und dem schütteren Haar exakt so aussah, wie Phil ihn sich vorgestellt hatte, entschuldigte sich wortreich für die Verspätung, an der einzig und allein Kottke die Schuld trüge, und raunte nach einem Seitenblick auf Phil seinem Vater etwas zu, wovon Phil nur »schnell noch einen durchgezogen« verstand. Karla wirkte in der fremden Umgebung noch kleiner und durchscheinender als sonst, schien jedoch bestens aufgelegt und erlaubte seinem Vater, ihr aus dem Mantel zu helfen. Sie war aufrichtig gerührt, als Klaffki »Mann, hier isses ja genauso heiß wie bei Ihnen zuhause, Frau Jenner« sagte, und sein Vater bestätigte, dass die Raumtemperatur ihr zu Ehren ein klein wenig erhöht worden war. Ihre Schuhe behielt sie trotzdem an.

»Hier entlang, bitte«, sagte Fred und hielt ihnen die Tür auf.

Der Duft des Weihnachtsbaums im überheizten Wohnzimmer war noch überwältigender als am Abend zuvor. Klaffki sah irritiert vom Baum zu seinem Vater und dann zu Karla, als warte er auf eine Erklärung, und als niemand etwas sagte, ging er näher heran und griff nach einem Zweig, zwirbelte ihn zwischen den Fingern, roch an ihm und ließ ihn wieder los.

»Rotfichte«, sagte er dann. »Riecht gut, nadelt wie Sau, brennt wie Zunder.«

»Umso klüger, gar nicht erst was dranzuhängen«, sagte Karla. Sie griff in ihre Mary-Poppins-Tasche und zog ein Päckchen heraus. »Hier, Phil. Für den talentiertesten Mitarbeiter, den ich je hatte.«

Ein dickes Buch mit festem Einband, das war schon mal gut. Er riss das Papier auf und las den Titel *Dichtung und Wahnsinn: Alles über Poetry-Slam*. Das war nicht nur gut, das war einfach genial ausgewählt. Er kannte Mitschnitte von Poetry-Slams aus dem Internet und hätte rasend gern auch so was gemacht, allerdings nie im Leben auf einer Bühne und schon gar nicht unter einssechzig.

»Okay?«, fragte Karla.

»Sehr okay«, sagte Phil. »Vielen Dank, das ist toll.«

»Wenn die Herrschaften dann bitte Platz nehmen würden«, sagte sein Vater und dirigierte Karla und Phil zum Sofa. Klaffki ließ sich auf einen Sessel fallen und rief: »Ich darf doch bei diesen sommerlichen Temperaturen?«, zog seinen Pullover mit einem Ruck über den Kopf und legte ein schwarzes Werder-Fan-Shirt mit Stadionmotiv frei und darunter eine Handbreit behaarten Bauch. »Pardon«, sagte er und zerrte mit beiden Händen das Hemd nach unten, »hat vorhin noch gepasst wie angegossen«, und Phil hatte den Eindruck, dass Karlas Hustenanfall neben ihm vorgetäuscht war und mehr nach Lachen klang. Sein Vater begann, mit allergrößter Behutsamkeit einzelne Scheiben vom original Feinstaub-Todesstollen auf Kuchenteller zu legen und sie mit strahlendem Gastgeberlächeln weiterzureichen. Klaffki nahm seinen überschwänglich dankend an, Karla winkte ab, was nicht weiter überraschend war, und Phil entschied sich für Verrat und hielt Freds enttäuschtem Blick stand, als er sagte, er würde lieber noch ein bisschen warten.

Immerhin konnte sein Vater mit seiner Teeauswahl bei Karla punkten. Sie trank fast die ganze Kanne leer und zerbröselte dazu zwei Diabetikerkekse auf ihrem Teller, während sein Vater den ungeschmückten Zustand des Weihnachtsbaums erklärte und sogar die braunen Kugeln herumzeigte, was nicht halb so peinlich war, wie Phil anfangs befürchtet hatte. Karla sagte, wenn es nach ihr ginge, sollten alle Weihnachtsbäume so aussehen wie dieser, und Klaffki wandte ein, ein bisschen Lichterkette hätte noch keinem geschadet, woraufhin Karla und Phil gleichzeitig »doch« sagten, was Phil ungemein freute. Sein Vater und Klaffki schafften in Rekordzeit jeweils vier Scheiben vom Todesstollen, obwohl sie fast die ganze Zeit redeten, zuerst sein Vater und dann Klaffki. Alles, was Klaffki erzählte, hing irgendwie mit seiner Zeit als Wirt im Vereinsheim eines drittklassigen Fußballclubs zusammen und war teilweise sogar ziemlich witzig, aber trotzdem begann Phil nach einer Weile, diskret in seinem Buch über Poetry-Slam zu blättern und darüber nachzudenken, ob er *Lisa_Loves_Lyrik* als Antwort wenigstens ein kleines, positives Gedicht zurückschicken sollte. Auch sein Vater wirkte zunehmend unkonzentriert, er rutschte auf seinem Sessel herum, nahm sich noch ein fünftes Stück vom Stollen, das er nur zur Hälfte aß, und sah immer wieder verstohlen auf seine Armbanduhr. Karla hingegen hörte aufmerksam zu oder tat zumindest so.

»Aber Werder Bremen ist meine einzig wahre Liebe«, sagte Klaffki und tippte auf seine Brust. »Für immer Weserstadion, wenn Sie verstehen, was ich meine. Bin schon oft da gewesen. Hab noch sechs andere Trikots.« Er machte eine kleine Pause, als wartete er auf Nachfragen, und als niemand etwas sagte, beugte er sich zu Karla hinüber. »Und was haben Sie so im Leben getrieben, wenn ich das mal fragen darf, Frau Jenner, außer tolle Fotos zu machen und ein Deadhead zu sein?«

»Sie dürfen, Herr Klaffki«, sagte Karla. »Silberschmuck, Ledertaschen, Immobilien, in genau dieser Reihenfolge.«

»Sie haben Immobilien vertickt? Richtig Kohle gemacht und so?«

»Ja, richtig Kohle«, sagte Karla und stand auf. »Dürfte ich kurz mal Ihr Bad benutzen, Herr Wiener?«

»Sie redet wohl nicht gern von früher, was?«, sagte Klaffki, nachdem Karla das Wohnzimmer verlassen hatte.

»Nein«, sagte sein Vater und sah wieder auf seine Uhr.

»Aber ich kann sie doch auch nicht fragen, was sie im nächsten Jahr so vorhat«, sagte Klaffki unglücklich. »Oder?«

Als Karla wiederkam, ging sie nicht zu ihrem Platz zurück, sondern blieb neben der Wohnzimmertür stehen. »Meine Herren«, sagte sie. »Das war ein sehr unterhaltsamer Nachmittag, und ich bereue nicht, dass ich gekommen bin. Aber demnächst würde ich mich gern wieder auf den Heimweg machen. Wenn es meinem Chauffeur recht ist.«

»Stets zu Diensten«, sagte Klaffki und erhob sich. »Jetzt gleich?«

»Ach, bitte bleiben Sie noch einen ganz kleinen Moment«, sagte sein Vater, und er sagte es so beschwörend, dass Klaffki sich sofort wieder hinsetzte. »Es ist nämlich so … Frau Jenner, ich habe noch jemand zu unserer kleinen Feier eingeladen, und es wäre schön, wenn Sie sich wenigstens kurz noch sehen würden.«

Rona, dachte Phil, es musste Rona sein, wer sonst? Er wunderte sich, dass sein Vater so ein Geheimnis daraus machte, aber egal: Rona als Überraschungsgast bei ihnen im Wohnzimmer, und dieses Weihnachten wäre durch nichts mehr zu toppen, auf immer und ewig. Karla zog fragend die Augenbrauen hoch, setzte sich aber wieder zu Phil aufs Sofa, und Phil erinnerte sich daran, dass sie ihm gesagt hatte, wie sehr sie das Sitzen anstrenge.

»Es kann nicht mehr lange dauern«, sagte sein Vater. »Wirklich. Möchte vielleicht noch jemand was trinken?«

Karla schüttelte den Kopf, lehnte sich zurück und schloss die Augen. Phil fragte sich, ob sein Vater wusste, dass Rona manchmal eine Perücke trug und wahrscheinlich eine Prostituierte war, und wenn sein Vater es wusste, woher eigentlich, aber es fühlte sich irgendwie ungemütlich an, dieser Frage weiter nachzugehen, also ließ er es. Niemand sagte ein Wort.

»Na wenn das so ist, geh ich mal raus vor die Tür, eine rauchen«, sagte Klaffki nach ein paar Minuten und schnappte sich seinen Pullover. Phil hörte, wie er durch den Flur schlurfte und die Wohnungstür öffnete, dann hörte er ihn »Hoppla« sagen und eine Frauenstimme antworten, und als Klaffki »Herr Wiener, Ihr Besuch wartet hier draußen!« rief, war sein Vater schon längst mit strahlenden Augen aufgesprungen und losgerannt. Phil sah zu Karla und erschrak, weil Karla sich neben ihm aufgerichtet hatte wie eine Kobra oder irgendein anderes Tier, das eine bedrohliche Witterung aufnimmt, alarmiert und zum Angriff bereit. »Aber das ist doch Rona«, sagte er, um sie zu beruhigen, und dann, als sie nicht reagierte, etwas unsicherer: »Ganz bestimmt ist sie das«, aber sie starrte weiter auf das leere Rechteck der offenen Wohnzimmertür, bis sein Vater dort wie in einem gerahmten Bild erschien, mit rotem triumphierendem Gesicht, als würde er als Nächstes »Ta-daa!« rufen.

»Kommen Sie, kommen Sie herein«, rief er über seine Schulter und trat zur Seite.

Es war nicht Rona, die hereinkam. Es war eine kleine, dicke grauhaarige Frau in einem beigefarbenen Wollmantel, die ein bisschen aussah wie die englische Königin. Ihre Augen waren seltsam weit aufgerissen. Sie hatten die gleiche Farbe wie Karlas Augen. Die Frau versuchte zu lächeln, aber ihr Kinn zitterte so sehr, dass daraus eine weinerliche Grimasse wurde.

»Karla«, sagte sie und blieb mitten im Zimmer stehen, die Arme halb ausgestreckt, als wollte sie Karla zum Tanz auffordern.

Karla stand auf. Sie nahm sich Zeit. Sie nahm sich so viel Zeit, dass Phil dachte, er habe noch nie in seinem Leben einen Menschen dermaßen langsam aufstehen sehen. Auch die Art, wie sie nach ihrer Umhängetasche griff, wirkte fast beiläufig, als wäre das ein ganz normaler Abgang, aber dann sah er, wie fest sie die Tasche an ihren Körper gepresst hielt, mit einer Hand, die aus nichts als aus bläulichen Venenschlangen zwischen Sehnen und schneeweißen Knöcheln bestand. Sie streckte ihren Rücken durch, und dann ging sie einfach an der Frau vorbei, den Blick nicht auf sie, sondern starr auf seinen Vater gerichtet, bis sie ganz nahe vor ihm stehen blieb, und einen aberwitzigen Moment lang dachte Phil, sie würde ihn ohrfeigen. Sie tat es nicht. Sie sah ihn an und sagte kein Wort. Dann wandte sie sich ab und ging.

»Frau Jenner«, sagte sein Vater und lief ihr hinterher.

Phil blieb mit der fremden Frau allein im Wohnzimmer zurück. Er suchte verzweifelt nach etwas, das er sagen konnte, aber das Einzige, was ihm einfiel, war »Ich bin Phil Wiener, und wer verdammt noch mal sind Sie?«, und das ging nicht, denn er war das Kind hier und konnte solche Fragen nicht stellen, auch wenn er gerade das Gefühl hatte, von lauter Irren umgeben zu sein. Die Frau sah ihn an, als würde sie erst jetzt bemerken, dass noch jemand auf dem Sofa saß. Sie machte einen kleinen, zögerlichen Schritt auf ihn zu und schwankte ein bisschen dabei, und Phil sprang auf und fragte »Möchten Sie sich hinsetzen?«, als wäre sie ein Fahrgast und sein Sitzplatz der einzige freie im Raum, und die Frau sagte »Ja, danke« und setzte sich tatsächlich hin, den Mantel immer noch zugeknöpft in der Bullenhitze, und Phil fand, es war eigentlich ein guter Moment, um sich komplett in Luft aufzulösen oder an einem sicheren Ort abzuwarten, bis er volljährig war.

Draußen im Flur hörte er Klaffki »Denn mal tschüss, ne!« rufen, dann fiel die Wohnungstür ins Schloss. Sein Vater kam zurück. Er hielt den Kopf gesenkt, als müsse er sein Gesicht verbergen, und seine Stimme hörte sich entsetzlich an, weil sie keinen Klang mehr hatte, sie war tot und flach wie eine elektronische Ansage.

»Würdest du uns bitte allein lassen, Phil«, sagte sein Vater. Nichts lieber als das, aber nicht ohne Karlas Buch. Phil musste die fremde Frau bitten, ein Stück zur Seite zu rücken, weil das Buch zwischen die Sofapolster gerutscht war, und als er ging, hatte er das sichere Gefühl, dass Weihnachten und Leichtigkeit hiermit gelaufen waren, und das mit Karla wahrscheinlich auch.

Fred

ER HATTE KEINE AHNUNG, was er mit ihr anfangen sollte. Wenn sie doch wenigstens etwas gesagt hätte. Seine anfängliche Dankbarkeit für das Ausbleiben von Vorwürfen oder emotionalen Zusammenbrüchen wich zunehmender Beklemmung, je länger sie stumm auf dem Sofa saß und nichts weiter tat, als auf einen fernen Punkt hinter dem Weihnachtsbaum zu starren. Sie hatte jedes seiner Angebote abgelehnt, wollte nichts essen, nichts trinken, und ihren Mantel ablegen wollte sie auch nicht. Und es war alles seine Schuld. Er hatte sie gerufen, und nun war sie da.

Er stand auf, um die Heizung niedriger zu drehen, und streifte dabei den Baum. Als er ihn wieder gerade rücken wollte, bemerkte er das Geriesel. Klaffki hatte recht, Rotfichte nadelte wie Sau. Der ganze Boden lag schon voll. Wahrscheinlich machte die Hitze alles noch schlimmer. Sein Hemd war völlig durchgeschwitzt und klebte am Rücken. Er setzte sich wieder hin.

Jetzt nur nichts überstürzen. Oft genug stellte sich etwas, das auf den ersten Blick wie ein Fehler aussah, im Nachhinein als goldrichtig heraus. Alles war nur eine Frage der Geduld, man musste Karla noch ein bisschen Zeit lassen, sie war einfach überfordert gewesen von der Situation. Er hätte das vorher bedenken sollen. Er hätte wissen müssen, dass Karlas Reaktionen unberechenbar waren. Vielleicht war ihr der Rahmen nicht privat genug gewesen. Vielleicht lag es auch an der nachlassenden

Wirkung ihrer Medikamente, er hatte schließlich oft genug miterlebt, wie bissig und abweisend sie dann werden konnte. Noch ein, zwei Tage, und sie würde ihn von sich aus nach ihrer Schwester fragen, jetzt, wo sie sich nach Jahren zum ersten Mal gegenübergestanden hatten. So was ließ keinen ungerührt. Wie lange hatten sich die beiden Frauen eigentlich nicht gesehen, und was war wohl der Anlass für ihr Zerwürfnis gewesen? Er hatte nie gewagt, danach zu fragen. Vielleicht hätte er das tun sollen, um besser vorbereitet zu sein.

Wahrscheinlich bedauerte Karla ihren überstürzten Aufbruch längst. Er sollte bei ihr anrufen. Natürlich nicht gleich. Zu ihr zu fahren wäre ohnehin besser. Vielleicht morgen. Er würde sich dafür entschuldigen, sie so überrumpelt zu haben, und dann würde er Karla fragen, ob er ihre Telefonnummer an Gudrun weitergeben dürfe. Allein daran konnte Karla schon erkennen, wie diskret er die Sache bisher gehandhabt hatte.

»Könnte ich jetzt doch ein Glas Wasser haben, bitte?«

Gudrun Feuser war aus ihrer Erstarrung erwacht. Er nahm gleich ein paar Teller und den restlichen Stollen in die Küche mit, dankbar, dass er endlich irgendetwas tun konnte. Er brachte ihr das Wasser. Sie stürzte es hinunter und stellte das leere Glas mit solcher Entschlossenheit auf den Tisch zurück, dass der Deckel der Teekanne klirrte.

»Ich werde jetzt wieder fahren«, sagte sie. »Wenn alles gut geht, bin ich vor Mitternacht zuhause.«

»Es tut mir so leid. Ich hätte niemals damit gerechnet, dass Karla – dass Ihre Schwester so reagieren würde.«

»Wirklich nicht? Ich schon. Aber es war mir den Versuch wert. Es muss Ihnen meinetwegen nicht leidtun, Herr Wiener.«

»Ich werde mit ihr reden. Wir können das klären.« Ein

unguter Gedanke stieg in ihm auf. »Sie haben aber nicht deswegen Ihre komplette Reise abgesagt?«

Sie lachte, aber es klang nicht froh. »Nein, so verrückt war ich dann doch nicht. Es ging ganz unkompliziert. Ich fliege übermorgen nach Bahrain und kann von dort aus an Bord gehen.«

Wenigstens hatte er nicht auch noch ihren Urlaub auf dem Gewissen. »Sehr gut. Ich sage Ihnen, wenn es etwas Neues gibt. Sie werden sehen, dass Ihre Fahrt hierher nicht umsonst gewesen ist. In zwei Wochen, wenn Sie aus den Ferien zurück sind, sieht alles wieder ganz anders aus. Es hat vielleicht auch an den Medikamenten gelegen. Manchmal sagt sie dann Dinge, die sie sonst nie so gesagt hätte. Also, wenn sie etwas sagt. Manchmal sagt sie dann auch nichts, so wie heute.«

Er wusste, er sollte endlich aufhören zu reden, aber er konnte es nicht. Noch auf dem Weg zur Wohnungstür beteuerte er immer wieder, wie zuversichtlich er war, dass alles noch gut werden würde. Bei seinem letzten Redeschwall fiel sie ihm ins Wort.

»Herr Wiener, ich habe großen Respekt vor Ihrer Arbeit, und Ihr Optimismus ist wirklich bemerkenswert, aber glauben Sie im Ernst, dass Sie das mit Karla wieder in Ordnung bringen können?«

»Aber sicher doch«, sagte er und glaubte es im Ernst.

»Ich wünsche es Ihnen beiden sehr«, sagte sie. »Und mir selbst auch. Aber wenn Sie meine Meinung hören wollen: Vergessen Sie's. Ich kenne diesen Blick von Karla nur zu gut. Wen sie so ansieht, den lässt sie fallen. Sie ist noch ganz die Alte. Sie hat sich in den letzten vierzig Jahren kein bisschen verändert.«

Nachdem Gudrun Feuser gegangen war, riss er alle Fenster auf. Er brachte das übrige Geschirr zurück in die

Küche und ließ warmes Wasser ins Spülbecken laufen. Obwohl noch ein Drittel vom Stollen übrig war, warf er ihn zusammen mit den Diabetikerkeksen in den Müll. Vierzig Jahre, um Himmels willen. Nicht zwei, nicht fünf, nicht zehn: vierzig verdammte Jahre, und er hatte versucht, sie mit einer albernen Weihnachtsfeier zu überbrücken.

Er musste dafür sorgen, dass Phil heute noch irgendwas zu essen bekam. Und eine Erklärung war er ihm auch schuldig. Ein Stapel Teller glitt ihm aus der Hand und fiel scheppernd ins Spülbecken, das Wasser spritzte hoch, schwappte über den Rand und durchnässte ihm Hemd und Hose. Er musste die Brille absetzen und sie mit dem Geschirrtuch trocken tupfen. Zum Glück war nichts kaputtgegangen. Er wiederholte es wie eine Beschwörungsformel, nichts war kaputtgegangen, nichts. Alles würde sich wieder einrenken. Es waren die guten Absichten, die am Ende zählten. Teller wurden fallen gelassen, aber nicht er, er nicht.

Als er fertig war, nahm er die angebrochene Packung Kartoffelsalat vom Abend davor und einen Apfel mit. Er klopfte an Phils Zimmertür.

»Komm rein, Papa.«

Die Aufforderung kam prompt und nicht nach der üblichen Pause, die Phil sonst brauchte, um brisantes Material aus dem Blickfeld seines Vaters verschwinden zu lassen. Fred atmete tief durch, griff nach der Klinke und steckte den Kopf durch die Tür. »Was zu essen, Kumpel?«

Phil saß im Pyjama auf seinem Bett und legte ein aufgeschlagenes Buch zur Seite, ohne Fred aus den Augen zu lassen, die Stirn gerunzelt, eine Strenge im Blick, die ihn irritierte, weil sie ihn an Sabine erinnerte. In seinem Schoß lag Hermann, der Hase, den er schon seit Monaten nicht mehr bei Phil gesehen hatte, abgewetzt und schmutzig, aber wahrscheinlich besser über die Gefühle seines Sohnes informiert als er.

»Wir hätten da einmal Kartoffelsalat mit Apfel im Angebot –«

»Wer war diese Frau, Papa?«

Keine Chance, den Jungen ein bisschen aufzumuntern oder abzulenken. Er stellte das Essen auf Phils Nachttisch und zog sich einen Stuhl neben das Bett.

»Das war Karlas Schwester. Ich hatte sie zu uns eingeladen«, sagte er.

»Hassen die sich? Warum lädst du Karlas Schwester ein, wenn die sich hassen?«

»Ich dachte, es wäre eine gute Idee, wenn sie sich noch einmal treffen und wieder vertragen können, bevor es zu spät ist.«

»Aber warum hast du Karla nichts davon gesagt?«

»Es sollte eine Überraschung werden. Sie haben sich seit –«, er stockte und fand, das musste jetzt nicht sein, »seit einer Ewigkeit nicht mehr gesehen.«

»Ich glaube, das war eine Scheißidee, Papa«, sagte Phil.

»Ja«, sagte Fred. »Kann sein, dass sie doch nicht so gut war.«

Er sah seinem Sohn dabei zu, wie er eine für seine Verhältnisse enorme Portion Kartoffelsalat und danach noch den Apfel aß, und er hatte das sichere Gefühl, dass Phil noch ganz andere Dinge über ihn dachte, die er nicht aussprach, weil sie nicht besonders schmeichelhaft waren. Selbst Hermanns aufgenähtes Hasenlächeln, das ihm immer liebenswürdiger erschienen war, je mehr es im Lauf der Zeit seine Konturen verlor, hatte heute etwas Verächtliches. Vierzig Jahre. Nicht nachgefragt. Einfach losgelegt. Er war ein Vollidiot.

»Und was wirst du jetzt machen?«, fragte Phil.

»Was ich jetzt machen werde?«, wiederholte Fred, um Zeit zu gewinnen. »Ich werde Karla natürlich alles erklären. Glaub mir, das kriegen wir schon hin.«

»Mann, Papa, sie war so was von gepisst«, sagte Phil.

»Sie wird sich wieder beruhigen«, sagte Fred.

Sein Telefon klingelte. Er zog es aus der Hosentasche und erschrak, als er die Nummer sah. Zu früh, viel zu früh. Sich nach so kurzer Zeit versöhnlich zu geben passte nicht zu Karla. Er war nicht vorbereitet. Einen Moment lang erwog er, den Anruf einfach wegzudrücken, aber das hätte nur weitere Lügen nach sich gezogen, also wandte er sich mit einem Lächeln, von dem er hoffte, dass es siegessicher wirkte, Phil zu.

»Und was sag ich? Da ist sie ja schon. Lass uns morgen weiterreden, ja?«

Er gab Phil einen hastigen Gutenachtkuss. Beim fünften Klingeln stand er bereits draußen auf dem Flur und nahm den Anruf mit dröhnendem Puls und einer finsteren Vorahnung an.

»Frau Jenner, wie schön, dass Sie sich so schnell wieder melden.«

Ihr Gespräch dauerte nicht einmal eine Minute. Es endete, als Fred den Sessel neben dem Weihnachtsbaum erreicht hatte und gerade im Begriff war, sich hinzusetzen. Er kam nicht mehr zu Wort. Sie legte einfach auf. Das Wohnzimmer war dunkel und kalt, durch die geöffneten Fenster blies der Wind und blähte die Vorhänge wie Segel, und Fred meinte zu hören, wie sich die Nadeln der Rotfichte von ihren Zweigen lösten und zu Boden fielen, eine nach der anderen. Er wusste, dass das Unsinn war. Er wusste außerdem, dass er Karla nicht wieder anrufen würde, nicht heute, nicht morgen und bestimmt auch nicht im nächsten Jahr.

Phil

NOCH WAR ER weit davon entfernt, sich Ferien bei Sabine und Fergus zurückzuwünschen, aber das hier lief auch nicht gerade gut. Seit der gescheiterten Wiedervereinigung der Schwestern und Karlas Anruf am Abend hing sein Vater wie ein graues Gespenst auf dem Sofa herum, und bei seinem Anblick erübrigte sich jede Nachfrage: Was auch immer er mit Karla hatte klären wollen, es musste mächtig danebengegangen sein. Das Einzige, was Fred jetzt noch zu trösten schien, war, Tierfilme anzusehen, was er vom zweiten Weihnachtstag an fast ununterbrochen tat. Er hatte noch Urlaub bis Neujahr, und er schien wild entschlossen, ihn mit den Tieren des Regenwalds, der Antarktis, der Serengeti oder der Sahara zu verbringen. Anfangs leistete Phil ihm noch Gesellschaft, aber nach drei Folgen Erdmännchen in Namibia und einer völlig abstrusen Geschichte über ein weinendes Kamel begann er sich nach den Waltons zurückzusehnen, was er nie für möglich gehalten hätte. Er ging in sein Zimmer und beschloss, ein Gedicht zu verfassen, das »Schwieriges Schreiben am Ende der Kindheit« heißen sollte, aber außer dem Titel fiel ihm nichts Nennenswertes ein. Keine Nachricht von *Lisa_Loves_Lyrik* oder einem anderen neuen Fan, dafür eine Mitteilung des Administrators, dass das Forum wegen einer Software-Umstellung ab dem 1. Januar für mindestens eine, wenn nicht gar zwei Wochen offline sein würde, mit anderen

Worten: bis sich keine Sau mehr an ihn und sein Gedicht des Monats erinnern würde.

Am 28. Dezember gegen Mittag steckte er seine neue Kamera ein, nahm Jacke und Mütze und ging ins Wohnzimmer zu seinem Vater. Es war ganz einfach. Er sagte »Ich geh jetzt«, und sein Vater antwortete, ohne den Blick vom Bildschirm abzuwenden, »Das ist der Wahnsinn, hast du schon mal was von einem Vogel namens Waldrapp gehört?«, und dann sah er Phil an und sagte »Aber um sieben bist du wieder hier, okay?«, und Phil wusste, dass Fred genau wusste, wohin er wollte, und dass der alte Schweigepakt immer noch tadellos funktionierte.

Als er auf der Straße stand, ging es ihm auf der Stelle besser. Der Himmel war aluminiumgrau, die Luft roch nach Schnee, und die U-Bahn war voller schlecht gelaunter Menschen, die aussahen, als wollten sie ihre geschmacklosen Weihnachtsgeschenke so schnell wie möglich gegen irgendeinen anderen Blödsinn umtauschen. Er stieg eine Station früher aus und begann zu fotografieren, was ihm interessant erschien: Hausfassaden, Graffiti, Mülltonnen, die Überreste einer vorzeitig abgefeuerten Silvesterrakete, zwei Nebelkrähen, eine Katze und die Eingangstür vom *Wohnzimmer*, an der ein Zettel mit der Aufschrift »Heute ab 18 Uhr geöffnet« hing.

Der Schuss auf Klaffkis Lichterkette war längst zum festen Ritual geworden und tat ihm heute besonders gut. Scheiß drauf, was die Erwachsenen um ihn herum sonst so trieben. Er war hier, weil er bis zum Juli noch über tausend Kleinbildnegative einscannen musste, das war sein Job, und den wollte er machen. Er war sicher, dass Karla ihm gegenüber kein Wort über seinen Vater oder über den Weihnachtsabend verlieren würde, genauso wie er wusste, dass sie kommentarlos auf den Summer drücken und ihn einlassen würde, wenn sie seinen Namen hörte.

Ihre Wohnungstür war angelehnt, als er oben ankam. Er traf sie im Flur, sie sah erschöpft aus und irgendwie noch ein paar Pfund leichter als beim letzten Mal, aber sie lächelte ihn an und sagte »Ich hab nicht mit dir gerechnet, Phil, aber ich freu mich, dass du gekommen bist«, und er sagte »Ich würde das gern weitermachen«, mehr nicht, das war genug. Er hängte seine Jacke an die Garderobe, und Karla blieb neben der Wohnzimmertür stehen und sah ihm zu.

»Phil«, sagte sie. »Ich möchte mich wieder hinlegen. Ich bin so verdammt müde neuerdings, ich könnte den ganzen Tag schlafen. Würdest du mir den Gefallen tun und aufmachen, wenn es klingelt? Rona wollte nach mir sehen. Sag ihr, dass alles in Ordnung ist. Und sag ihr auch, was auch immer sie heute in ihrer Tüte angeschleppt hat, ich werde es *nicht* essen.«

»Klar, mach ich«, sagte er und sah zu Boden, weil sein Gesicht plötzlich glühte wie verrückt. Karla okay und Rona ante portas. Mehr Glück ging nicht.

»Und wenn du fertig bist und ich noch nicht wieder aufgetaucht bin, dann geh einfach. Hast du eigentlich ein Handy?«

»Ja«, sagte er. »Ich schreib Ihnen die Nummer auf.«

»Wunderbar. Dann bis später, Phil. Oder bis zum nächsten Mal. Wann immer du Zeit hast. Schreib's einfach auf den Zettel dazu.«

»Wenn das okay für Sie ist, kann ich jetzt jeden Nachmittag kommen. Also, solange Ferien sind.«

Sie sah ihn an und überlegte eine Weile. Dann sagte sie: »Ja, das ist gut, glaube ich.«

Als er die Küche betrat, sah er sofort, dass jemand dort gearbeitet hatte. Karlas Rechner war aufgeklappt, der Halter mit den eingelegten Negativen steckte noch im Scanner, was er empörend fand. Der dazugehörige Ordner lag geöffnet daneben, er enthielt Bilder aus den späten Neunzigerjahren, ein weiterer Grund zur Empörung, weil die Neunziger noch längst nicht dran waren. Phil überprüfte die Festplatte und stellte fest, dass lediglich zwei neue Bilder digitalisiert und anschließend unter einem falschen Namen abgespeichert worden waren. Er zog seine Handschuhe an und nahm die Filmstreifen aus dem Rahmen, steckte sie in ihre Hülle zurück und legte zwei neue Streifen ein. *Ibiza 1988*. So ging das. Während das erste Negativ eingelesen wurde, rannte er ins Bad und sah sich im Spiegel an. Er fand, dass er heute ungewöhnlich groß wirkte. Zurück in der Küche, schob er den Rahmen weiter zum nächsten Bild und ging wieder ins Bad. Er wirkte immer noch groß. Wenn er die Haare auf dem Oberkopf zu einer Tolle zusammenschob, sogar noch größer. Er probierte noch einige passende Gesichtsausdrücke dazu aus, dann verließ er das Badezimmer und zwang sich, in der Küche sitzen zu bleiben und sich auf seine Arbeit zu konzentrieren.

Der schrille Ton der Türklingel erschreckte ihn, obwohl er seit über einer Stunde und fünf Filmstreifen sehnsüchtig darauf gewartet hatte. Auf Zehenspitzen schlich er an Karlas Zimmer vorbei, was nach dem Krach eigentlich blödsinnig war, und drückte den Türöffner so fest und so lange, dass seine Fingerkuppe weiß wurde und außer Rona noch eine komplette Fußballmannschaft ins Treppenhaus hätte einlaufen können. Der Aufzug blieb still. Frauen wie Rona nahmen die Treppe. Frauen wie sie waren nicht annähernd außer

Atem, wenn sie im vierten Stock ankamen, selbst wenn sie außer ihrer Handtasche einen Riesenbeutel unter dem Arm und eine Tüte in der Hand trugen, die ziemlich schwer zu sein schien.

»Hi«, sagte Rona und schien erst überrascht und dann aufrichtig begeistert zu sein, ihn an der Tür zu sehen. »Du bist doch der Junge, der für Karla das Fotoarchiv macht, oder?«

Gut, hätte sie ihn »Mann« genannt, dann hätte er sich verarscht gefühlt, aber der »Junge« war bitter, trotz Ronas unerwarteter Freude bei seinem Anblick. Typ, sie hätte Typ sagen können, »der Typ, der für Karla das Fotoarchiv macht«, denn genau das war er. Er sah zum ersten Mal, dass Ronas Kopf mit den kurzen Haaren die Form einer makellosen Kugel hatte.

»Ich bin Phil«, sagte er. »Frau Jenner lässt ausrichten, dass alles okay ist und dass –«

»Ich komm schnell mal rein«, sagte Rona. »Ich muss pinkeln und wollte mich hier für die Arbeit fertig machen. Erklär mir das alles drinnen, ja?«

Eine klare Ansage. Er trat einen Schritt zurück, um Platz für sie zu machen, und konnte sein Glück kaum fassen. Sie marschierte auf direktem Weg ins Bad, und er versuchte in der Zwischenzeit, seinen Arbeitsplatz etwas professioneller zu gestalten, indem er ein paar Bögen mit Negativen auf dem Tisch verteilte und seine Handschuhe lässig über dem Scanner drapierte.

»So«, sagte Rona, als sie zurückkam, stellte ihre Taschen auf den Boden und nahm sich einen Küchenstuhl. »Das sieht ja richtig nach Arbeit aus hier. Sorry übrigens, dass ich das Zeug gestern nicht weggeräumt habe. Karla hat versucht, mich in deinen Job einzuarbeiten. Keine Chance, ich bin viel zu ungeduldig für so was. Sie hat gesagt, dass du vielleicht nicht mehr kommen kannst. Stress in der Schule?«

»Halb so wild«, sagte Phil. »Ich schaff das. Kein Problem.«

»Mann, bin ich froh, dass ich aus der Nummer wieder raus bin. Liegt Heldentum bei euch in der Familie? Deinen Vater hab ich auch schon ein paarmal gesehen. Sterbebegleiter. Das ist so cool, dass es Leute gibt, die so was machen. Was ist mit Karla, will sie ihre Ruhe haben?«

Phil nickte. »Ich soll Ihnen sagen, dass –«

»Hör sofort auf, mich zu siezen. Sag Rona zu mir.«

»Ja. Okay.« Das mit dem Du musste er erst mal verkraften, bis dahin war es sicher am klügsten, eine direkte Anrede so lange wie möglich zu vermeiden. »Also, Karla sagt, dass sie genug zum Essen dahat.«

Rona lachte und zeigte auf die Plastiktüte. »Meint sie das hier? Stimmt, ich hab es anfangs ein bisschen übertrieben, vor allem mit den Süßigkeiten, aber irgendwann werde ich schon was finden, das ihr schmeckt. Hey, das sind fünf Flaschen Aloe-Vera-Saft, die ich heute hochgeschleppt habe. Die bleiben jetzt hier.«

Phil nickte wieder. Rona griff nach einem Blatt mit Negativen, zog einen Streifen aus der Hülle und hielt ihn gegen das Licht der Küchenlampe.

»Hui. Da sieht man sogar verkehrt rum, was für einen Spaß die hatten. Hat Karla dir mal was erzählt aus ihren alten wilden Zeiten?«

Phil schüttelte den Kopf. Körpersprache, ein todsicherer Tipp für Idioten, die nicht kommunizieren konnten.

»Frag sie mal. Sie tut immer so, als wäre das alles kein Thema mehr, aber sie redet eigentlich gern darüber. Wenn jemand echt was wissen will. Es sind tolle Geschichten.«

Sie schob den Filmstreifen wieder zurück. »Ich halte dich vom Arbeiten ab, was?«

»Nee, ist schon okay.«

»Ich muss auch gleich hoch.« Rona zeigte mit dem Kinn in Richtung Zimmerdecke. »Pass auf, ich mach mich mal nebenan fertig. Schminken kann ich mich auch bei dir in der Küche. Dann können wir noch ein bisschen weiterquatschen.«

Sie brauchte nicht lange zum Umziehen. Er versuchte so zu tun, als wären Mädchen in Ledershorts und hohen Stiefeln und halb durchsichtigen Oberteilen nichts, was man am liebsten auf unbestimmte Zeit stumm anbeten würde. Sie packte ihre Tasche mit dem Schminkzeug auf den Tisch, und es gelang ihm, das ausgelegte Fotomaterial beiseitezuräumen, ohne dabei etwas kaputt zu machen oder fallen zu lassen.

»Danke«, sagte Rona. »Wie alt bist du eigentlich?«

Lüge oder Wahrheit? Lüge. »Vierzehn«, sagte Phil.

»Ich bin doppelt so alt wie du«, sagte Rona. Sie klappte einen kleinen Spiegel auf und begann sich die Wimpern zu tuschen.

Ihr Altersunterschied war nicht unbedingt ein Thema, das ihm am Herzen lag. Was er Rona am dringendsten hätte fragen wollen, war allerdings unaussprechlich. Er nahm Anlauf und schaffte das erste Du. »Wie lange kennst du Karla schon?«

»Ungefähr seit einem Jahr. Seit sie von Spanien hierhergezogen ist. Sie kam ab und zu ins *Wohnzimmer*, und ich fand sie von Anfang an beeindruckend. Ich dachte immer: So will ich mal sein, wenn ich alt bin, genau so wie die. Ein paarmal bin ich ihr auch hier im Haus begegnet. Aber richtig kennengelernt habe ich sie erst, als sie in der Kneipe zusammengeklappt ist.« Rona wandte ihm ihr Gesicht zu, das linke Auge von einem magischen schwarzen Wimpernkranz umgeben, und es wäre unhöflich gewesen, sie nicht anzustarren. »Sie wollte nicht, dass ich einen Notarzt rufe. Sie war richtig sauer. Ich hab sie nach Hause gebracht. Dann hat sie mir erzählt, dass sie Krebs hat und die Chemo nicht verträgt und dass sie die Schnauze voll von der ganzen Scheiße hat. Mann, ich hab hinterher draußen auf der Treppe gesessen und nur noch geheult.«

Rona nahm sich jetzt ihr rechtes Auge vor. »Aber befreundet kann man das nicht nennen, was wir sind. Karla ist unheimlich … privat. Seit dem einen Mal hat sie nie wieder über ihre Krankheit geredet. Ich frag ja sonst viel, weißt du. Aber bei ihr schaff ich nicht mehr als ›Brauchen Sie noch was?‹ oder ›Haben Sie diese Woche schon gegessen?‹.«

Rona streckte die Hand mit dem Spiegel aus und begutachtete ihre Wimpern aus der Distanz.

»Und ich bin nicht so der Typ Krankenschwester. Als Kind sind mir sämtliche Haustiere eingegangen, wie soll ich mich da um einen kranken Menschen kümmern? Essen besorgen kann ich, aber du siehst ja, was dabei rauskommt. Zwei- oder dreimal die Woche nachsehen, ob alles in Ordnung ist, kann ich auch. Aber ich hab mein Studium und ich hab den Kneipenjob und dann noch meine Sitzungen bei Olli, mehr geht nicht. Deswegen finde ich es ja auch so toll, dass es Leute wie deinen Vater gibt. Und solche wie dich. Ich hätte mich mit vierzehn nicht in die Küche einer todkranken Frau gesetzt und ihre Fotos eingescannt, egal, was man mir dafür gezahlt hätte.«

»Ich mach das gern«, sagte Phil.

»Eben«, sagte Rona. »Hut ab, mein Lieber.«

Er wäre vor Verlegenheit fast von der Stuhlkante gerutscht, aber Rona bemerkte es nicht, weil sie mit höchster Konzentration die Kontur ihrer Lippen mit einem Farbstift nachzeichnete. Anschließend nahm sie ein Röhrchen aus der Tasche, schraubte es auf und pinselte den Umriss ihres Munds mit leuchtend rotem Gel aus. Sie presste die Lippen kurz aufeinander und sah dann auf ihre Uhr.

»Muss reichen«, sagte sie, klappte den Spiegel zu und warf ihre Utensilien zurück in die Tasche. »Auf geht's. War wirklich nett, dich kennengelernt zu haben, Phil.«

»Deine Haare«, sagte Phil.

»So einen wie dich sollte man als Assistenten haben«, sagte Rona. »Ist mir neulich schon mal passiert. Stand oben vor Ollis Tür und hatte meine Frisur zuhause vergessen. Ich bin schnell wieder weg und hab ihn angerufen und einen neuen Termin ausgemacht. Der will nur platinblonde Göttinnen empfangen, der gute Olli.« Sie zog ihre blonde Perücke aus der Handtasche und setzte sie auf. »Gut so?«

»Hm.«

»Und sag Karla, sie soll wenigstens einen einzigen gottverdammten Schluck von dem Saft probieren. Wenn sie's nicht mag, kann sie die Tüte ja wieder vor die Tür stellen. Ich nehm sie dann mit.«

»Sag ich ihr«, sagte Phil.

Rona boxte ihn gegen den Oberarm, nicht zu fest, aber auch nicht zu sanft. »Tschüss, du coole Socke. Ich finde allein raus. Und krieg dich mal wieder ein. Es ist nicht das, was du denkst.«

Wenn es nicht das war, was er dachte, dann war es eine von Millionen Möglichkeiten, an die er nicht dachte. Er schaffte gerade noch zwei Durchgänge beim Scannen, bis es höchste Zeit war, wieder nach Hause zu fahren. Miserable Quote, bester Tag seit Langem. Sie hatte erst »Junge«, dann »mein Lieber« und am Ende »coole Socke« zu ihm gesagt. Er wusste nicht genau, wohin solche Entwicklungen führten.

Er ließ für Karla ein Stück Papier mit seiner Telefonnummer auf dem Küchentisch liegen. An der Tür drehte er noch einmal um und schrieb unter die Nummer *Saft unbedingt testen, sagt Rona,* und allein »Rona« zu schreiben war das reine Wortglück, und *Bis morgen, Ihr Phil* sah auch nicht schlecht aus. Im Flur blieb er einen Moment vor Karlas Tür stehen und lauschte, nichts war da, kein Ton, aber heute fiel es ihm nicht schwer, sich einzureden, dass alles in Ordnung war, auch wenn natürlich überhaupt nichts in Ordnung war, aber in Ordnung war in seinem Leben eigentlich noch nie viel gewesen.

Fred

ER HATTE NAHE beim Hospiz geparkt, wie immer zu früh, viel zu früh, hatte den Motor abgestellt und auf die bleiche Mondscheibe über den Baumkronen gestarrt, ohne an etwas Bestimmtes zu denken, jedenfalls konnte er sich hinterher an nichts Bestimmtes erinnern. Er war einfach sitzen geblieben, bis ihm die Kälte unter die Kleidung kroch und seine Fingerspitzen taub wurden, bis er blinzeln musste, um sich endlich vom Mond abwenden zu können, bis er begriff, dass er hier schon zu lange saß, viel zu lange, und nach seiner Uhr sah.

Es war neunzehn Uhr und zwei Minuten. Er sprang aus dem Auto, stürmte zum Haupteingang und prallte mit der Schulter gegen die automatische Tür, weil sie sich nicht schnell genug für ihn öffnete. Dass er zwei Treppenstufen auf einmal nahm, um in den ersten Stock zu kommen, verzieh ihm sein Herz nicht. Er mahnte sich, sein Tempo zu drosseln, neunzehn Uhr fünf, wahrscheinlich standen alle noch herum und redeten, kein Grund, hier sein Leben zu riskieren. Einen Augenblick lang hatte er die Vision von sich selbst, wie er im Treppenhaus vom Hospiz an einem Herzinfarkt starb, ein unwürdiges Bild, eine Geschichte, die nicht nur tragisch, sondern immer auch komisch klingen würde, wenn man sie erzählte. Er stieß die Tür zu Trakt B auf, an dessen Ende sich der Sitzungsraum befand.

Der Flur lag verlassen und still. Nur selten hatte er um diese Uhrzeit Pfleger oder Patienten getroffen, obwohl der süßlich-fade Geruch des Abendessens noch in der Luft hing und ein Rollwagen mit gebrauchtem Geschirr neben der Küche stand und darauf wartete, abgeräumt zu werden. Er zwang sich, langsam zu gehen, indem er die Namen der Bewohner auf den Türschildern las, an denen er vorbeikam, Frau Heise, Herr Bayrak, Herr Meißner, Frau Richarz, Frau Lohmeyer. Neben Frau Lohmeyers Tür stand eine brennende Kerze. Frau Lohmeyer war verstorben. Frau Heise, Herr Bayrak, Herr Meißner, Frau Richarz und alle anderen warteten noch.

Er bog um die Ecke und sah, dass die Tür zum Sitzungsraum geschlossen war. Neunzehn Uhr acht. Gut. Dann war es eben so. Er würde jetzt die Tür aufmachen und hineingehen. Sollte jemand von ihm wissen wollen, warum der sonst so zwanghaft pünktliche Fred Wiener fast zehn Minuten zu spät kam, würde er ihm eine Erklärung schuldig bleiben. Er wischte sich mit dem Ärmel den Schweiß von der Stirn, klopfte an und öffnete die Tür.

Sie saßen zu neunt im Kreis und beachteten ihn kaum. Sogar Maria war schon da, sie saß auf Freds Stammplatz neben Arne und hatte ein monströses Strickzeug auf dem Schoß, aus dem ein fingerdicker grellgrüner Wollfaden zu einem Knäuel von der Größe eines Fußballs führte. Fred sagte »Entschuldigung« und zwängte sich auf den einzigen freien Stuhl zwischen Ole und Brigitte, die ihm beide freundlich zunickten. Arne wartete geduldig, bis Fred seine Jacke ausgezogen und über die Stuhllehne gehängt hatte.

»Also dann noch einmal für dich, Fred«, sagte Arne. »Willkommen im Kreis. Ich habe gerade gesagt, dass ich das neue Jahr mit einem Experiment beginnen und auf unseren Redestein verzichten möchte. Wir werden diese und wahrscheinlich auch die nächste Sitzung ohne den Stein durchführen und anschließend gemeinsam entscheiden, in welcher Form wir weitermachen wollen.«

Maria zerrte ungeduldig an ihrem Faden, und das Knäuel rollte bis fast in die Kreismitte.

»Also, ich finde das gut ohne Redestein«, sagte Ole.

»Ich finde das blöd«, sagte Andrea.

Arne hob die Hände. »Bitte jetzt keine weiteren Befindlichkeiten zu diesem Thema. Schauen wir einfach, wie es funktioniert. Auch ohne Redestein gilt: Wer spricht, hat die volle Aufmerksamkeit aller anderen und wird nicht unterbrochen.« Er sah Fred an. »Ich möchte heute Abend mit dir beginnen, Fred. Die Hospizleitung hat mir mitgeteilt, dass Frau Jenner-García vorerst keinen Bedarf an einer Begleitung hat, weil es ihr im Moment besser geht. Das ist natürlich eine gute Nachricht. Aber gerade weil es dein erster Einsatz war, fände ich es sehr bereichernd für alle, wenn du deine Erfahrungen mit der Gruppe teilst.«

Fred hatte gewusst, dass dieser Augenblick kommen würde, und ausgerechnet heute wäre es ihm gerade recht gewesen, seine Handflächen gegen die scharfen Kanten eines Kristalls pressen zu können, bis es wehtat. Er sah sich um und war umgeben von Gesichtern voller Wohlwollen und Ermunterung, bis auf das von Maria, die voller Konzentration die neonfarbenen Schlingen auf ihrer Stricknadel zählte. Er schluckte und sagte: »Ja«, dann sagte er: »Also, Karla und ich«, und dann schossen ihm die Tränen in die Augen, und kurz bevor sich seine Sicht vollständig trübte und er schluchzend nach seiner Brille tastete und sie sich vom Gesicht riss, sah er noch, wie Maria mit erstaunt hochgezogenen Augenbrauen ihr Strickzeug beiseitelegte.

Er flennte wie ein Sechsjähriger. Er griff blind nach den Taschentüchern, die ihm hastig gereicht wurden, schnäuzte hinein und heulte weiter. Er schämte sich und konnte es trotzdem nicht aufhalten. Sein ganzer Körper zuckte und bebte, und als es endlich vorbei war und er seine Brille wieder aufsetzte und in die Runde blickte, hatte sich das Wohlwollen in den Gesichtern um ihn herum in pure Liebe verwandelt, sogar Maria lächelte ihn an, und das war zu viel, das hatte er nicht verdient.

»Es ist alles meine Schuld«, sagte er. »Ich hab's vermasselt.«

»Was ist passiert, Fred?«, fragte Arne, und es klang so sanft und einladend, als hätte er ihm jetzt schon alles vergeben, was auch immer er getan hatte, und genau das war es, wonach Fred sich am meisten sehnte. Brigitte brachte ihm ein Glas Wasser, Ole klopfte ihm tröstend auf die Schulter. Fred trank hastig aus und stellte das leere Glas auf den Boden.

»Sie ist einfach gegangen«, sagte er.

»Erzähl dem Kreis noch ein wenig über Frau Jenner-García, Fred«, sagte Arne.

»Sie ist sechzig und hat Pankreaskrebs. Keine Chance auf Heilung. Die Chemo hat sie abgebrochen, die Schmerzen kriegt sie noch einigermaßen in den Griff. Sie hat höchstens noch ein paar Monate zu leben, eher weniger. Sie lebt allein. Auf ihrem Patientenblatt stand die Nummer ihrer Schwester, die im Todesfall zu benachrichtigen ist. Ich wusste nur, dass sie schon lange keinen Kontakt mehr hatten. Ich habe ihre Schwester angerufen, ohne Karla – also Frau Jenner – etwas davon zu sagen, und sie zu einer Weihnachtsfeier bei mir zuhause eingeladen. Als Überraschung für Frau Jenner. Ich dachte, so ein blöder Streit, der muss doch zu Lebzeiten beigelegt werden.«

»Echt jetzt?«, fragte Maria.

»Ja«, sagte Fred.

»Oha«, sagte Maria. »Bisschen viel RTL geguckt, was?«

»Es war ihr letztes Weihnachten«, sagte Fred. Das mit RTL verstand er nicht.

»Und da wolltest du einfach mal den lieben Gott spielen«, sagte Andrea, und nicht nur aus ihrem, auch aus den andern Gesichtern um ihn herum war die Liebe verschwunden und durch befremdetes Stirnrunzeln ersetzt worden. Nur Arne wirkte unbeeindruckt, und Maria sah ihn an, als hätte sie zum ersten Mal entdeckt, dass Fred Wiener ein atmendes, lebendes Wesen war.

»Ich wollte nicht Gott spielen«, sagte er. »Ich habe den Konflikt zwischen den beiden völlig falsch eingeschätzt. Sie haben offenbar vierzig Jahre nicht mehr miteinander geredet. Wenn ich das vorher gewusst hätte, wäre ich doch gar nicht auf die Idee gekommen, mich da einzumischen.«

»Und die Schwester ist tatsächlich zu der Weihnachtsfeier gekommen?«, fragte Ole.

»Ja«, sagte Fred. »Und als Frau Jenner ihre Schwester sah, ist sie aufgestanden und gegangen.«

Einen Moment war es still, dann sagte Andrea: »Das ist ja so was von übergriffig«, und ihre Stimme bebte vor Empörung.

Brigitte beugte sich zu ihm und legte ihre Hand auf seinen Arm. »Fred, du darfst nicht einfach über die Köpfe der Sterbenden hinweg Entscheidungen für sie treffen, auch wenn du denkst, es ist zu ihrem Besten.«

»Ist die Hospizleitung schon darüber informiert worden?«, wollte eine der anderen Frauen wissen, und zustimmendes Geraune erhob sich im Kreis.

»Was seid ihr denn alle für scheinheilige Moralhupen«, sagte Maria. »Er hat doch längst kapiert, was er da angestellt hat. Außerdem hat die Patientin den Vorfall nicht als Grund für ihren Ausstieg angegeben. Wollt ihr etwa über den Kopf dieser Sterbenden hinweg entscheiden, dass Fred noch mal offiziell eins draufkriegt?«

»Stopp«, sagte Arne. »Haltet euch mal mit euren Urteilen zurück, wenn ich bitten darf. Alle.«

»Aber ich war noch nicht ganz fertig«, sagte Maria. »Bleibt das hier eigentlich unter uns, Arne, oder musst du regelmäßig Bericht darüber erstatten, was in deinen Gruppen so abgeht?«

»Solange ich nicht erfahre, dass ihr beim Sterben nachhelft, habe ich keine Veranlassung, etwas zu melden.«

»Wenn ich Freds Verhalten übergriffig finde, dann will ich das hier auch sagen können, verdammt«, sagte Andrea. »Ich will nicht jedes Mal erst ganz tief in mich hineinschauen, um zu sehen, was es mit mir macht.«

»Dann schau doch bitte mal jetzt nach, was es mit dir macht«, sagte Arne.

»Es macht mich wahnsinnig wütend. Ich möchte Fred schütteln oder ihn anschreien. Diese gut gemeinten, treuherzigen Manipulationen. Wie ich das hasse.«

»Danke, Andrea. Und ihr anderen? Will noch jemand erzählen, wie es ihm mit Freds Geschichte geht?«

»Ich verstehe das nicht«, sagte die Frau von vorhin. »Es geht doch nicht an, dass wir hier in der Supervision über so etwas reden, und die Hospizleitung weiß überhaupt nichts davon. Ich meine, das ist doch keine Lappalie, wenn jemand seine Begleitung nach so einer Geschichte beendet!«

»Nein, das ist ganz gewiss keine Lappalie«, sagte Arne. »Würde es dir denn besser gehen, wenn sie's wüssten?«

»Also, ich kann mich da prima wiederfinden«, sagte Ole. »Maria hatte schon recht mit ihrer Kritik beim letzten Mal. Ich würde auch manchmal gern Gott spielen bei Elena. Dann fange ich an, darüber nachzudenken, wie ich ihr schnell noch den ultimativen Glückskick verpassen könnte. Das, woran sie sich als Letztes erinnert, wenn sie rübergeht auf die andere Seite. Oh Mann, diesen Größenwahn kenne ich gut.«

Fred starrte auf Marias Wollknäuel, bis neongrüne psychedelische Muster vor seinen Augen zu tanzen begannen und Wörter bildeten: Gott spielen. Übergriffig. Manipulation. Größenwahn.

»Mich macht das alles sehr traurig. Die krebskranke Frau ist jetzt wieder allein und ohne Begleitung«, sagte Brigitte.

»Ganz wichtiger Punkt«, sagte Andrea. »So was schadet doch der ganzen Hospizbewegung.«

»Jetzt manipulierst *du* aber, Andrea«, sagte Maria. »Auch wenn du's bestimmt gut meinst.«

»Bist du seine Anwältin, oder was? Hör auf, mir meine Worte zu verdrehen.«

»Gemach, gemach, die Damen«, sagte Arne. »Gibt es noch weitere Stimmen zum Thema? Wenn nicht, würde ich gern noch ein paar Dinge von Fred wissen.«

Fred löste seinen Blick von Marias Wollknäuel und sah zu Arne hinüber. Eigentlich, dachte er, war Arnes gelassenes Clownsgesicht genau das, was ein Mann in einem bitteren Moment vor sich haben sollte. Und auch in guten Zeiten. Er würde seinen Stammplatz in Zukunft Maria überlassen und sich nur noch Arne gegenüber hinsetzen.

»Wenn ich das richtig verstanden habe, Fred, gab es ein Treffen bei dir zuhause, bei dem auch Frau Jenner-García war, und als ihre Schwester dort auftauchte, ist sie gegangen. Hattest du danach noch mal Gelegenheit, mit ihr zu sprechen?«

»Sie hat mich noch am selben Abend angerufen. Sie hat gesagt, dass sie keine weitere Begleitung wünscht und dass ich das sehr, sehr ernst nehmen sollte. Danach hat sie aufgelegt. Ich hatte noch nicht mal Zeit, mich bei ihr zu entschuldigen.«

»Wie lange hast du Frau Jenner-García schon begleitet, und wie war eure Beziehung? Könnte es sein, dass sie ihre Meinung wieder ändert?«

»Ich habe mich im November zum ersten Mal mit ihr getroffen. Wie unsere Beziehung war?« Er überlegte. »Ich hatte anfangs das Gefühl, dass sie mich, na ja, duldete. Sie brauchte mich nicht. Ich glaube, sie war sich bis zum Schluss nicht sicher, ob sie diese Art von Unterstützung überhaupt wollte. Nein, sie wird ihre Meinung nicht wieder ändern.«

»Gut. Dann habe ich noch eine sehr persönliche Frage an dich. Du musst mir keine Antwort geben, wenn dir das zu intim ist. Aber ich würde gern von dir wissen, warum du vorhin geweint hast.«

Auch ohne hinzusehen wusste Fred, dass die Blicke der anderen jetzt wieder voller Sympathie auf ihn gerichtet waren. Sie wollten Gefühle. Er hatte sie. Er wusste nur nicht, wie sie hießen und ob sie wirklich in diesen Kreis gehörten. Er schloss die Augen, und nach einer Weile öffnete er sie wieder und sagte: »Weil ich diesen Fehler nicht wiedergutmachen kann. Weil« – er räusperte sich – »weil sie bald tot ist«, und dann, als er seiner Stimme noch einen weiteren Satz zutrauen konnte, sagte er es doch: »Weil ich sie so gern habe.«

»Das dachte ich mir«, sagte Arne. »Danke für deine Offenheit, Fred.«

»Ja, danke«, sagte Brigitte, und andere Stimmen schlossen sich an, sogar die von Andrea war darunter.

»Na, das klingt ja schon wieder ganz anders«, sagte Arne. »So, meine Lieben, und jetzt für alle: Der gute Ruf der Hospizarbeit ist nicht ruiniert, falls jemand das glaubt. Ich mache hier seit über zehn Jahren Supervision, und Freds Weihnachtsüberraschung für Frau Jenner-García ist weiß Gott nicht die schrägste Geschichte, die in so einer Runde erzählt wurde. Menschen tun Dinge. Sterbebegleitung ist ein Ehrenamt, es gibt ethische Regeln, aber ich sehe nicht, dass Fred absichtlich gegen eine davon verstoßen hätte. Jeder, der bei seinem Einsatz mal Mist gebaut hat, ist einer, der viele Wochenenden für Ausbildungsseminare drangegeben hat und jetzt in seiner Freizeit Sterbende besucht. Ihr macht großartige Arbeit, jeder auf seine Art. Da muss auch Platz für Fehler sein, ganz besonders am Anfang.

Fred, ich möchte dich trotzdem bitten, dass du die Hospizleitung über die Hintergründe informierst. Nicht, um ›offiziell eins drauf‹ zu kriegen, wie Maria es nannte, sondern um sicherzugehen, dass Frau Jenner-García von der Option weiß, sich von einer anderen Person begleiten zu lassen. Und ich möchte aus naheliegenden Gründen, dass diese Kommunikation über die Hospizleitung läuft.«

»Ja«, sagte Fred. »Das werde ich tun. Ich wusste, dass Frau Jenner selbst beim Hospiz anrufen und die Begleitung beenden würde, das hatte sie mir gesagt. Ich habe meine eigene Benachrichtigung immer wieder rausgezögert. Weil es mir so unangenehm war.«

»Genau, da ist noch was, Fred. Bleib dran. Nicht an der Sache mit Frau Jenner-García, sondern an den Sterbenden. Belass es nicht dabei, dein Scheitern zu beklagen. Sammle weiter Erfahrungen. Vielleicht möchtest du nicht gleich eine neue Begleitung übernehmen, aber wenn du ab und zu für eine Sitzwache im Hospiz zur Verfügung stündest, wäre das sicher gut.«

Fred nickte. Maria sagte »Amen«, und Ole bat um eine kurze Pause, was Arne nach einem Blick auf seine Uhr ablehnte, weil ihnen gerade noch eine Viertelstunde Zeit blieb. Brigitte erzählte von ihrer Wachkomapatientin im Pflegeheim, die auf Geheiß der Angehörigen in einer Dauerschleife Musik von Helene Fischer vorgespielt bekam, und ihren eigenen Bemühungen, diese Anweisungen zu unterlaufen, indem sie bei jedem ihrer Besuche eine CD mit Walgesängen einlegte, und Fred hätte am liebsten gefragt, ob jemand zufällig The Grateful Dead kannte, aber er tat es nicht, weil seine Geschichte mit Karla schließlich beendet war, hier, heute und wahrscheinlich für immer.

Er streckte die Beine aus und versetzte Marias Wollknäuel dabei versehentlich einen Stoß. Er hatte der Gruppe nicht nur seine Niederlage gestanden, sondern auch seine Gefühle gezeigt, und ja, es hatte ihm gutgetan. Was er ihnen verschwiegen hatte, war, dass er seinem Sohn einen Job bei Karla verschafft hatte – Andrea würde sicher behaupten, er habe ihn da hineinmanipuliert, und sie hätte gewiss nicht ganz unrecht damit gehabt – und dass Phil, soweit Fred das mitbekam, weiterhin regelmäßig und entschlossen zu Karla ging und ihre Vergangenheit archivierte. Diese Sache ging niemanden etwas an, nicht einmal ihn. Er hatte Phil lediglich gebeten, ihm zu sagen, wenn ihn seine Besuche bei Karla zu sehr belasteten, ansonsten war das Thema zwischen ihnen seit Weihnachten tabu. Es schmerzte. Es war richtig so.

»Dann wollen wir für heute unseren Kreis schließen«, sagte Arne. »Ich denke, es war ein lehrreicher Abend für uns alle. Meine persönliche Lektion war, dass auch die lieb gewonnenen Rituale manchmal verzichtbar sind.«

»Hört, hört«, sagte Maria, bückte sich nach dem Knäuel und stopfte es zusammen mit dem Strickzeug in einen Stoffbeutel. »Also auch nächstes Mal wieder ohne?«

»Auch nächstes Mal wieder ohne. Darf man fragen, was das wird?«

»Mein Klient hat sich von mir einen selbst gestrickten Pullover gewünscht, fürs Krematorium. Guckt mich bitte nicht so an, das war nicht meine Idee. Reine Wolle, auf keinen Fall Synthetik, das würde nicht brennen, sondern schmelzen, sagt er. Ich habe ihn auf einen Schal runtergehandelt. Ich glaube, er war mal Hippie. Er hat sich die Farbe selbst ausgesucht. Es geht ihm sehr schlecht, und ich muss mich ziemlich beeilen mit dem Ding.«

»Dass du sogar stricken kannst«, sagte Ole. »Sollen wir drei mal zusammen ein Bier trinken gehen? Oder zu viert, wenn Arne auch Lust dazu hat?«

Fred hatte seine Jacke von der Stuhllehne genommen und war schon aufgestanden, als er begriff, dass die Einladung auch ihm gegolten hatte. Maria sagte »Da wäre ich dabei, du auch?« und sah zu Fred hinüber. Er hatte sich den ganzen Abend gefragt, womit er sich Marias plötzliche Zuneigung verdient hatte, die er ebenso wie die unerwartete Rückendeckung durch Ole zwar tröstlich, aber auch verwirrend fand. Diese Situation überforderte ihn. Er wollte weg, nach Hause. Er sah nach Arne, weil er sich bei ihm bedanken wollte, aber Arne wurde gerade von Brigitte in Beschlag genommen, und es sah nach einer längeren Sache aus.

»Ich muss leider ganz schnell los«, sagte Fred zu Ole. »Mein Sohn wartet auf mich.«

»Dann machen wir einfach beim nächsten Mal was aus«, sagte Ole.

Fred murmelte etwas, das nach Zustimmung klingen sollte. Er klemmte sich die Jacke unter den Arm und schob sich an den Frauen vorbei, die angeregt miteinander plauderten, ihn aber mit einem freundlichen »Tschüss!« passieren ließen, nickte Andrea zu, die ihren Mantel schon angezogen hatte und eine Geste machte, als wollte sie draußen unbedingt wieder eine Zigarette in seinem Beisein rauchen, und öffnete die Tür, und erst nachdem er sie hinter sich zugezogen hatte und der muffig-warme Essensgeruch vom Hospiz ihn empfing, rannte er los: der Letzte, der gekommen war, und der Erste, der weglief.

Phil

ER HATTE KLAFFKI schon von Weitem beim Hauseingang stehen sehen, Schippe und Plastiktüte in der einen Hand, Zigarette in der andern, seinen Hund Kottke fest im Blick, der wiederum Klaffki wie in Trance anglotzte, während er zwischen die Wurzeln eines Straßenbaums kackte. Sein Vater hatte gesagt, Kottke sei eine Dogge oder eine andere Sorte Kampfhund, aber in Phils Augen sah Kottke mehr nach Straßenköter aus: hässlich und groß und mit seinem Maulkorb, der ihm nicht einmal richtig passte, leider auch ziemlich albern.

»Tachchen«, sagte Klaffki, als er Phil erkannte. »Du bist der Wiener-Junge, nicht? Hast du jetzt die Hausbesuche übernommen?«

»Ich mache das Bildarchiv für Frau Jenner«, sagte Phil und versuchte, es förmlich klingen zu lassen.

»Ich hab deinen Vater schon länger nicht hier gesehen«, sagte Klaffki. »Alles in Ordnung?«

»Alles in Ordnung«, sagte Phil.

»Genauer gesagt, ich habe deinen Vater seit Weihnachten nicht mehr gesehen.« Klaffki rief in Kottkes Richtung »Mach hinne, ey!« und wandte sich wieder Phil zu. »Da ist Mist passiert bei seiner Party, was? Wer war eigentlich dieser Überraschungsgast? Hat ja wohl die schöne Stimmung komplett ruiniert.«

»Ich glaub, ich muss jetzt nach oben«, sagte Phil. »Frau Jenner wartet auf mich.«

»Tut sie nicht«, sagte Klaffki und trat seine Zigarette aus, bückte sich und steckte die Kippe in den Plastikbeutel. »Die Tante vom Pflegedienst ist gerade oben. Die kommt jetzt öfter als früher. Das da vorn ist ihr Auto, das mit dieser beknackten Aufschrift. ›Care Heim‹. Als ob das nicht alles schon schlimm genug wäre. ›Kehr heim‹, kapierst du?«

Phil kapierte. Kottke kam angetrabt und sah Klaffki erwartungsvoll an, ein einziges Kopfschütteln nur, und der Maulkorb wäre ihm von der Schnauze gerutscht.

»Ich mach das Ding nie richtig fest, wenn wir kurz mal rausgehen«, sagte Klaffki und ging zum Baum, um Kottkes Spuren zu beseitigen. Er redete weiter, während er die Hundescheiße in die Tüte schaufelte.

»Wenn du mich fragst, das kann nicht mehr lange gut gehen mit Frau Jenner. Sie wird immer weniger. Sie ist so stur wie eh und je und lässt sich nicht helfen, aber ich seh so was.« Er knotete den Beutel zu und erhob sich. »Jammerschade um die Frau. Weißt du, was sie Weihnachten auf der Heimfahrt zu mir gesagt hat?«

Phil sah stumm auf den Boden. Es gab kaum etwas, das er weniger hören wollte als das, was Karla auf der Heimfahrt zu Klaffki gesagt hatte.

»Nichts hat sie gesagt. Nichts außer Danke und Auf Wiedersehen. Kein einziges Wort. Deswegen frag ich ja dich, was da los war.«

Phil war ungeübt im Anlügen von Erwachsenen, zumal er das Gefühl hatte, dass Klaffki nicht nur neugierig, sondern auf seine Art aufrichtig besorgt um Karla war, aber jetzt trat eine untersetzte Frau mit praktischer blonder Krankenschwesternfrisur aus der Haustür, und Phil nutzte seine Chance und flüsterte Klaffki zu »Ist das die vom Pflegedienst?«, und Klaffki warf einen Blick auf die Frau, die in ihrem Steppmantel ein bisschen wie eine Mensch-ärgere-dich-nicht-Figur aussah, und sagte genervt »Nee.«

»Ich geh dann trotzdem mal hoch«, sagte Phil. »Vielleicht sind die ja bald fertig.« Er sprang zur Tür und kriegte sie zu fassen, bevor sie ins Schloss fiel, und dann rannte er die Treppen in einem Tempo hoch, als würde er ernsthaft befürchten, Klaffki wäre ihm auf den Fersen. Oben im vierten Stockwerk setzte er sich auf den Treppenabsatz und beschloss, hier zu warten, bis die Frau vom Pflegedienst, welche Form auch immer sie hatte, wieder ging, und er fühlte sich so miserabel, dass er sich nicht einmal wünschte, Rona würde vorbeikommen. Er hatte keine Ahnung, was zu den Aufgaben eines Pflegedienstes gehörte, ob sie so was wie Ärzte waren oder einem das Bett machten oder Tabletten abzählten, aber dass Karla jetzt mehr Hilfe brauchte, wobei auch immer, machte ihm Angst. Juli war der Deal und nicht Ende Januar. Er hatte mächtig rangeklotzt in den Weihnachtsferien und könnte nach seinen neuesten Berechnungen schon drei Wochen früher fertig werden als gedacht, aber was, wenn die Magie auch umgekehrt funktionierte und er mit seinem Arbeitstempo Karlas Krankheit beschleunigte? Vielleicht sollte er nur noch einen Film pro Woche scannen. Ein Bild pro Woche. Jedes Negativ in Höchstauflösung von 28 Milliarden Megapixeln, dann würde Karla vermutlich sogar ihn überleben.

Im Stockwerk über ihm wurde eine Tür abgeschlossen. Ein Mann hustete. Durchaus möglich, dass das der gute Olli war, Ronas Mr Es-ist-nicht-das-was-du-denkst, der sich auf die Jagd nach jungen Frauen machte. Es folgten ein paar schlurfende Schritte, dann hörte Phil, wie sich der Fahrstuhl tief unten im Erdgeschoss mit einem Ächzen in Bewegung setzte und aufwärtsruckelte. Es dauerte zweiundvierzig Sekunden, bis er in der fünften Etage angekommen war, fünf weitere, bis sich die Tür öffnete, noch einmal sieben, bis er wieder nach unten fuhr.

Die Sicherung des Aufzugs bricht.
Ein Mann stürzt ab. Ich war es nicht.

Aus den *Fahrstuhlzyklen* von Phil Wiener, Januar 2016. Ihm wurde langsam kalt hier draußen. Er zog eine Plastikbox mit einer Banane aus seinem Rucksack und klappte sie auf. Er konnte eine Banane schälen und aufessen, ohne ein einziges Mal ihr Inneres zu berühren. Wer klebrige Finger bekam, hatte verloren. Dass es neuerdings Dinge gab, die ihm schmeckten, konnte er sich nicht erklären, aber es gefiel ihm auch, genauso wie ihm gefiel, dass sich der Rand seines Jackenärmels in den letzten Wochen immer weiter von seinem Handgelenk verabschiedet hatte und nach oben gewandert war. Wenn er die Schultern nach vorn zog, spannten alle Nähte am Rücken. Es fühlte sich gut an.

Als er endlich Stimmen hinter Karlas Wohnungstür hörte, nahm er die Bananenschale mit spitzen Fingern hoch und versenkte sie genauso sorgfältig in der Box, wie Klaffki es draußen auf der Straße mit Kottkes Scheiße getan hatte. Er wischte sich sicherheitshalber die Finger an der Hose ab und sprang auf, um den Eindruck eines gut gelaunten Fastvierzehnjährigen zu erwecken, der soeben den Treppenabsatz des vierten Stocks erreicht hatte. Karlas Tür wurde geöffnet, er konnte den Rücken der Frau vom Pflegedienst und ihren langen geflochtenen Zopf sehen.

»Und glauben Sie mir, das mit dem Hausnotruf ist eine sinnvolle Sache«, sagte die Frau. »Wenn der Alarm bei uns eingeht, ist innerhalb von fünfzehn Minuten jemand bei Ihnen.«

Karla antwortete etwas, das er nicht verstehen konnte, und der Zopf schwang hin und her, als die Frau ihren Kopf schüttelte und sagte »Nein, so ein Funkarmband ist nicht unwürdig. Unwürdig ist, wenn Sie vier Stunden lang nicht aus Ihrem eigenen Badezimmer rauskommen, Frau Jenner.«

Sie schüttelte Karla die Hand, und Karla entdeckte Phil im Treppenhaus.

»Phil«, sagte Karla. »Ach Mensch, ich hab dich völlig vergessen. Ich wollte dir doch absagen.«

»Macht nichts«, sagte Phil. »Ich kann ja morgen wiederkommen.«

»Ich werde auf jeden Fall morgen wiederkommen«, sagte die Frau vom Pflegedienst, nickte Phil zu und lief die Treppe hinunter.

»Nein, bleib hier, Phil«, sagte Karla und hielt ihm die Tür auf. »Wir müssen was besprechen.«

Sie gingen in die Küche. Karla ging voraus. Karla war kleiner als beim letzten Mal. Sie war barfuß wie immer. Sie blieb an der Tür stehen und lehnte sich an den Rahmen, und Phil setzte sich auf seinen Platz am Küchentisch, und sie kam sofort zur Sache.

»Phil, ich glaube, es wird jetzt langsam ungemütlich. Ich weiß nicht, in welchem Zustand ich bin, wenn du das nächste Mal kommst. Ob ich dir überhaupt noch die Tür aufmachen kann. Darum werde ich unser Projekt beenden und das ganze restliche Material an ein Fotolabor geben. Ich hätte das von Anfang an tun sollen, ich eitle alte Frau.«

Phil starrte auf eine Stelle am Fußboden, die aussah wie alle anderen Stellen, deswegen konnte er auch nicht woanders hingucken, sonst hätte er diese Stelle niemals wiedergefunden. Er wusste nicht, was er sagen sollte.

»Ich möchte dir das hier nicht länger zumuten, Phil. Sieh mich mal an, bitte.«

Er hob den Kopf und sah Karla an. Sie wog wahrscheinlich nicht viel mehr als er selbst, aber ihre Augen waren alles Mögliche, Wut und Verzweiflung und Entschlossenheit und Bitte; sie waren lebendiger als das meiste, was er heute zu sehen bekommen hatte, und sie machten, dass er es schaffte, ihren Blick auszuhalten.

»Ich sterbe bald, Phil. Du bist ein mutiger junger Mann, aber das wird alles langsam zu viel. Weiß dein Vater, dass du mich immer noch besuchst?«

»Ja«, sagte Phil. »Aber wir reden eigentlich nicht darüber.«

»Ich werde dir natürlich alles zahlen, was du mit dem Scannen der übrigen Bilder verdient hättest. Du hast deinen Job richtig gut gemacht. Glaub bloß nicht, dass ich das jedem sagen würde.«

»Ich würde aber gern weiter zu Ihnen kommen«, sagte Phil. »Ich bin doch niemandem im Weg. Sie können mir einen Schlüssel geben, dann komme ich allein rein.«

»Phil, sei mir nicht böse, aber ich glaube nicht, dass wir uns dafür nahe genug stehen.«

Er merkte, wie er rot wurde vor Verlegenheit. Sie merkte es auch. Sie sah ihn an, und nach einer Weile sagte sie: »Du siehst das also anders.«

Er hatte nichts zu verlieren, darum nickte er.

»Dann sag mir, was du denkst. Und nur dass du's weißt: Du bist heute schon der Dritte, der mich nach einem Wohnungsschlüssel fragt.«

»Ich möchte das mit den Bildern fertig machen. Mir macht das Spaß. Ich würde auch gern mehr von Ihnen über die Fotos und die Musik wissen, aber das muss nicht sein, wenn Sie das nicht wollen.« Er redete weiter, ohne zu wissen, was er als Nächstes sagen würde. »Und ich dachte, ich könnte mal mit Ihnen über meine Gedichte reden. Ich würde Ihnen auch gern was vorlesen. Nichts von mir, andere Sachen. Ich bin gut im Vorlesen. Wirklich. Und wenn Sie mal nicht wollen, dass ich reinkomme, dann schmeißen Sie irgendwas in den Flur, das ich sofort sehe, wenn ich reinkomme, ein Kissen oder so was, und dann hau ich wieder ab.«

»Und du kommst nie zu einer anderen Zeit als unserer vereinbarten«, sagte Karla.

»Ich kann Ihnen eine SMS schicken, wenn ich unten an der Tür bin.«

»Du kannst bei mir klingeln. Ich werfe dann ein Kissen in den Flur oder auch nicht, aber die Tür mache ich nicht auf.«

»Ich kann auch Sachen für Sie einkaufen«, sagte er.

»Danke, darum kümmert sich Rona schon. Sie kommt fast jeden Tag vorbei, und einmal in der Woche bringt sie eine russische Putzfrau mit, die mir ein bisschen Angst macht, aber sie erledigt ihre Arbeit in einem atemberaubenden Tempo. Rona hat mich heute auch nach einem Schlüssel gefragt. Und die Frau vom Pflegedienst natürlich.«

»Aber die müssen doch reinkönnen«, sagte Phil.

»Auf diese simple Gleichung scheint alles hinauszulaufen, ja«, sagte Karla. »Aber ein tolles Gefühl ist es nicht.«

Sie ging zur Spüle und ließ Wasser in den Kocher laufen. »Okay, wir machen das als Experiment«, sagte sie. »Ich werde Rona bitten, drei Sätze Schlüssel nachmachen zu lassen, wenn sie kommt. Ich behalte mir vor, meine Meinung jederzeit zu ändern und die Schlüssel wieder einzukassieren. Aber was die Gespräche über meine Bilder und deine Gedichte angeht, verspreche ich dir, dass wir die Zeit dafür finden. Vorlesen darfst du mir erst, wenn ich mich nicht mehr dagegen wehren kann. Ich mochte Vorlesen noch nie, aber wahrscheinlich wird es mir bei dir sogar gefallen.« Sie nahm eine Tasse aus dem Regal und hängte einen Teebeutel hinein. »Und jetzt noch eine ganz wichtige Regel: Wenn du hierherkommst, und ich liege irgendwo rum und bin nicht ansprechbar, dann wirst du niemals, niemals 112 anrufen. Du wirst meinen Hausarzt anrufen und keinen Menschen sonst. Ich häng dir einen Zettel mit seiner Nummer und der Nummer vom Pflegedienst in die Küche. Hast du das verstanden, Phil? Nicht den Notruf. Der Notruf ist verpflichtet, mich zu reanimieren und in ein Krankenhaus zu bringen. Mein Hausarzt entscheidet, was angemessen ist.«

»Ja«, sagte Phil.

»Danke«, sagte Karla und goss kochendes Wasser über den Teebeutel. »Du kannst gerne dableiben, wenn du noch was tun willst, aber ich gehe jetzt rüber. Morgen kannst du wiederkommen, hast du gesagt? Vielleicht sind dann schon deine Schlüssel fertig.« Sie nahm ihre Tasse und ging auf Phil zu, und einen Moment lang sah es aus, als hätte sie die Absicht, ihn zu berühren oder womöglich sogar zu umarmen, was Phil gleichermaßen entzückend wie entsetzlich gefunden hätte, aber Karla schien es ähnlich zu gehen wie ihm, und sie ließ nach kurzem Innehalten ihren Arm wieder sinken. »Dann bis morgen, Phil. Zwei Uhr?«

»Zwei Uhr«, sagte Phil. »Ich bleibe noch ein bisschen.«

Er warf den Scanner an und nahm einen Pergaminbogen aus dem aktuellen Bildordner heraus. Wenigstens zwei Filmstreifen wollte er heute noch schaffen, zwölfmal *wääääääh* und zwölfmal *meeek* sollten ausreichen, um sein Revier zu markieren, das er soeben erfolgreich verteidigt hatte. Während er den Halter Bild für Bild nach vorn schob, versuchte er sich eine Karla vorzustellen, die bei seiner Ankunft nicht ansprechbar irgendwo in ihrer Wohnung rumlag. Er sah sich selbst, wie er panisch die Nummer des Hausarztes wählte, und er sah einen Mann mit wehendem Kittel durch die Wohnung zu Karla eilen und neben ihr niederknien und ihr den Puls fühlen und dann zu Phil aufschauen und sagen: »Lassen wir sie sterben. Am besten gleich hier«, und »hier« hieß, je nach Fundort, im Flur, im Bad oder in der Küche. Er zwang sich dazu, sich auszumalen, was zwischen dem Auffinden Karlas und dem Eintreffen des Arztes passieren sollte, irgendwie musste man ja vorbereitet sein, also stellte er sich vor, dass er als Erstes Karla eine Decke holen und sich dann neben sie setzen und höchstwahrscheinlich ihre Hand halten würde. Vielleicht würde er auch idiotische Sachen sagen wie »Keine Angst« oder »Alles wird gut«, oder schlimmer noch, er würde bestimmt neben ihr sitzen und rumheulen. All das war irgendwie in Ordnung, aber es gab etwas, das grundsätzlich verkehrt an diesem Bild war. Als er sich auf den Heimweg machte und durch Karlas Flur zur Haustür schlich, wusste er plötzlich, was: Irgendwo auf dem Boden zu sitzen und Karlas Hand zu halten oder idiotische Sachen zu sagen oder zu heulen war nicht sein Job. Es war der seines Vaters.

Karla

pyramide

mausoleum

krypta

beinhaus

moor

kolumbarium

biegung des flusses

plastinat

einmachglas

wunderlampe

kühlfach

Fred

WILLY MEISSNER STARB wenige Minuten vor dem Beginn von Freds dritter Sitzwache. Die Hospizschwester, die er hätte ablösen sollen, saß noch an seinem Bett und hielt seine Hand, das Fenster stand trotz der feuchtkalten Februarluft weit offen, und auch wenn Herr Meißner nicht anders aussah als bei Freds letztem Besuch – ein bleicher, spitznasiger Schädel, die Augäpfel wie Murmeln unter den pergamentenen Lidern –, wusste Fred sofort, dass er tot war. Es war der erste Leichnam, den er sah, und es erschreckte ihn weniger, als er erwartet hatte. Die Schwester sah auf und nickte ihm freundlich zu. »Wann?«, flüsterte Fred, und die Schwester sagte »Gerade eben«, und Fred nahm sich einen zweiten Stuhl und setzte sich an die andere Seite des Betts.

Wer Sitzwachen im Hospiz übernahm, saß bei Sterbenden, deren Tod unmittelbar bevorstand und die nach Möglichkeit rund um die Uhr von Mitarbeitern, Familienangehörigen und Ehrenamtlichen betreut wurden. Bei Sitzwachen lernte man keinen neuen Menschen kennen, sondern saß in größter Intimität neben einem Fremden, und was auch immer sich dabei an persönlicher Beziehung entwickelte, fand entweder auf einer spirituellen Ebene statt oder war reine Projektion. Die Sterbenden sprachen kaum oder gar nicht, die Kommunikation funktionierte am besten über Berührung, und manchmal funktionierte sie auch nicht. Zu wissen, ob und welche

Musik die Patienten liebten, war hilfreich. Am Ende jedoch verstummte alles. Manche hatten Angst. Manche wirkten zuversichtlich oder entschlossen, und manche schienen gar nicht wissen zu wollen, was mit ihnen geschah.

Herr Meißner war einer von denen gewesen, die ihr Sterben stumm mit sich ausmachten. Vielleicht hatte Fred deswegen von seiner ersten Sitzwache an eine Art meditatives Einvernehmen gespürt, einen Raum, in dem alles absolut in Ordnung war, weil es Gesetzen gehorchte, die seit Ewigkeiten gültig waren und die sowieso keiner verstand, eine Hingabe, die alles mitnahm, was ihn belastete, und das war nicht wenig. In solchen Momenten fand er die Aussicht, eines Tages selbst irgendwo zu liegen und nichts weiter tun zu müssen, als zu sterben, ausgesprochen tröstlich. Er hatte bei seinen Sitzwachen versucht, seinen Atem dem Heben und Senken des Brustkorbs von Herrn Meißner unter der glatten Bettdecke anzupassen, aber nie einen gemeinsamen Rhythmus mit ihm gefunden, und jetzt atmete Herr Meißner nicht mehr.

Fred blieb noch lange am Bett sitzen, nachdem die Schwester aufgestanden war und den Raum verlassen hatte. Sie hatten ihn in seiner Ausbildung darauf vorbereitet, jetzt sah er zum ersten Mal selbst dabei zu, wie ein Körper durch den Tod nach und nach seine Persönlichkeit verlor. Das Konzept der Seele, verstand er plötzlich, war nicht durch religiösen Idealismus entstanden, sondern nur das Ergebnis eines einfachen Subtraktionsprozesses. Das, was Herrn Meißner zu Herrn Meißner gemacht hatte und selbst in den letzten Tagen noch sichtbar gewesen war, begann sich zu verabschieden. Durch das offene Fenster hörte er das aufgeregte Tschilpen der Spatzen.

Als die Angehörigen von Herrn Meißner eintrafen, ging er. Er lief seltsam euphorisiert zum Ausgang und dachte an Karla. Er dachte mehrmals am Tag an Karla. Vor ungefähr zwei Wochen hatte Phil zum ersten Mal unaufgefordert von ihrem Zustand berichtet, und seitdem hielt er Fred mit knappen und manchmal etwas rätselhaften Mitteilungen auf dem Laufenden, »War nicht gut drauf, aber Schmerzen okay«, »Saß wegen der russischen Putzfrau die ganze Zeit bei mir in der Küche«, oder »Hat das Kissen geworfen, bin gleich wieder nach Hause«. Fred hielt sich an sein Versprechen und fragte niemals nach. Er war dankbar für die Informationen, und er war stolz auf Phil. Phil wuchs. Er wuchs in jeder Hinsicht. Er war an diesem Wochenende zum ersten Mal wieder zu Sabine und Fergus gefahren, und Sabine hatte ihn noch am Freitagabend angerufen, ihre Stimme ein einziger Triumph: Dr. Gilbert T. Freeman! Sein Wachstumsserum hätte durch die Verpackung hindurch auf energetischer Ebene für Heilung gesorgt, denn das sei ja wohl kein Zufall, dass der Junge ausgerechnet jetzt in die Höhe schoss. Selbst Freds blöde Einmischung hatte das Serum nicht an seiner Wirkung hindern können, und ob er nicht einmal imstande wäre, seinem Sohn eine anständige Winterjacke zu kaufen, die ihm passte. Das mit der Winterjacke sah er ein.

Er ging auf seinen Wagen zu und hatte schon die Autoschlüssel in der Hand, bereit zum Einsteigen und Davonfahren, als ihm plötzlich bewusst wurde, dass lauter unverplante Stunden des Samstagnachmittags vor ihm lagen und niemand da war, der zuhause auf ihn wartete. Er zögerte, dann wandte er sich nach rechts und betrat zum ersten Mal den kleinen Park, der zum Hospiz gehörte und, wie er wusste, gern von den Patienten besucht wurde. Heute sah es aus, als wäre er allein hier. Er machte ein paar Schritte und fühlte sich unbeholfen wie immer, wenn er spazieren ging, weil er das Konzept nie richtig verstanden hatte: Warum gingen Menschen überhaupt spazieren? Er brauchte ein Ziel. Er wählte eine Bank, die von kahlem Gestrüpp umgeben auf einer kleinen Anhöhe stand. Das Holz war kalt und feucht, aber er setzte sich trotzdem, und als er hochsah, konnte er an der Hausfront das Fenster von Herrn Meißner erkennen, es war das einzige, das weit offen stand.

Damit die Seele des Verstorbenen ungehindert nach draußen könne, so hatte man dieses Ritual bei seiner Ausbildung erklärt. Ein Akt des Loslassens. Bon voyage. Fred war zwar der Meinung, dass eine Seele, so es sie denn gab, alles durchdringen konnte, Körper, Glasscheiben oder Mauern, aber das offene Fenster hatte schon seine ganz eigene Kraft gehabt, als er noch in Herrn Meißners Zimmer saß, und jetzt, in der Kälte dieses trüben Nachmittags von außen betrachtet, wirkte es noch überzeugender. Er fragte sich, ob dieser Park womöglich von Seelen bevölkert war, die nach ihrem Austritt durch die Hospizfenster nicht weiterwussten, und ob sie sich hier vielleicht sammelten und ihre Route besprachen wie Zugvögel im Herbst. Er fand die Vorstellung plausibel und gleichzeitig etwas einschüchternd, und um sich wieder etwas lebendiger zu fühlen, nahm er sein Handy aus der Tasche, das er beim Betreten vom Hospiz abgestellt hatte, und schaltete es wieder ein. Drei entgangene Anrufe in der vergangenen Viertelstunde, der letzte vor zwei Minuten, alle von einer Nummer, die er nicht kannte. Eine neue Nachricht auf der Mailbox.

»Herr Wiener? Hier ist Leo Klaffki. Wenn Sie das erst morgen abhören, können Sie's vergessen. Wenn Sie das in der nächsten halben Stunde oder so abhören und herkommen können, wäre das gut.« Pause, und dann, als hätte Klaffki sein Gesicht noch einen vertraulichen Zentimeter weiter ans Mikrophon gedrückt. »Sie ist im Fahrstuhl stecken geblieben, Herr Wiener. Frau Jenner. Und es ist Samstag, und ich krieg keinen von der Aufzugsfirma ans Telefon, ich werd noch wahnsinnig. Sie ist ziemlich wütend, aber sie hat auch Angst, glaube ich. Ich dachte, Sie könnten hier der richtige Mann sein. Sie können mit ihr reden oder sie bespaßen oder beruhigen, bis ich dieses Ding irgendwie wieder zum Laufen gekriegt habe.«

Er strauchelte und fiel auf dem feuchten Gras auf die Knie, als er losrennen wollte. Er fluchte und stand wieder auf und lief. Er warf sich ins Auto und rechnete aus, dass er mindestens zwanzig Minuten bis zu Karlas Haus brauchen würde. Er war nervös und gleichzeitig immer noch erfüllt von Ehrfurcht und Erhabenheit, und er fuhr zu schnell. Trotzdem verblasste die Erinnerung an Herrn Meißner mit jedem Meter, den er Karla näher kam, vielleicht im gleichen Maße, wie Herrn Meißners stumme Seele aufwärts durch den Äther taumelte, Richtung Ewigkeit. Er schaffte es in fünfzehn Minuten. Als er sein Auto abstellte, wurde ihm bewusst, dass er eher mit blinkenden Polizeilichtern, Krankenwagen und Schaulustigen gerechnet hatte als mit dem samstagnachmittäglichen Desinteresse der Menschheit. Die Straße war fast menschenleer. Niemand stand am Hauseingang, die Tür war verschlossen, Klaffki ging nicht an sein Handy, und nach mehreren vergeblichen Versuchen ließ sich nur ein Herr Olić aus dem fünften Stock dazu herab, auf den Türöffner zu drücken, nachdem Fred sich als Paketbote ausgegeben hatte. Er rief im Treppenhaus nach Klaffki, und Klaffki kam ihm aus dem ersten Stock entgegen, er telefonierte und unterstrich seine Worte mit wilden, fahrigen Gesten wie ein einarmiger Dirigent vor einem unsichtbaren Orchester.

»Frühestens in einer halben Stunde? Geht's noch? Da ist eine Frau drin, Mensch! Nee, keine Lebensgefahr. Wobei. Der Frau geht's nicht gut da, verdammt. Ja, ich weiß, dass Wochenende ist, aber muss da gleich euer kompletter Service in die Knie gehen? Was? Ja. Ja. JA DOCH. Okay. Bis gleich.

Arschgeigen«, sagte Klaffki und steckte das Telefon in die Hosentasche. »Halbe Stunde heißt bei denen nicht unter fünfzig Minuten. Tag, Herr Wiener. Ist ja schon 'ne Weile her, was?«

»Wo ist Frau Jenner jetzt?«

»Etwa in der Höhe vom dritten Stock. Man kann von da aus am besten mit ihr reden. Kommen Sie mit.«

Klaffki rannte voraus, und Fred folgte ihm. Er wusste, dass dafür keine Zeit war, und trotzdem wäre ihm lieber gewesen, zuerst ein vorbereitendes Gespräch mit Klaffki zu führen: Wann haben Sie sie entdeckt, wie lange ist sie schon da drin, wie geht es ihr, warum haben Sie ausgerechnet mich angerufen, und vor allem, weiß sie, dass ich komme?

»Warten Sie. Weiß sie, dass ich komme?«

»Ich bin doch nicht bescheuert«, sagte Klaffki und lief weiter.

Vier Treppen weiter oben war es genauso unwirklich ruhig wie im übrigen Treppenhaus. Das einzig Ungewöhnliche war Klaffkis Jacke, die ausgebreitet auf dem Boden neben der geschlossenen Fahrstuhltür lag.

»Also passen Sie auf«, sagte Klaffki leise. »Die ganze Elektronik ist ausgefallen. Zum Glück geht die Alarmtröte noch, sonst hätte ja keiner mitgekriegt, dass sie da drin ist. Notbeleuchtung ist auch an, sagt sie. Der obere

Rand der Kabine steht schätzungsweise einen halben Meter über dem Niveau vom dritten Stock. Ich kann die Fahrstuhltür zum Treppenhaus manuell aufstemmen, aber an den Korb selbst komme ich nicht ran, der hat noch eine eigene Tür, und die ist blockiert. Außerdem kann ich die Öffnung nicht sichern, und wenn mir ein Kind reinfällt, bin ich am Arsch. Also. Wenn Sie sich hier vor die Tür legen und sich vorstellen, Frau Jenner steht etwa anderthalb Meter unterhalb von Ihnen, funktioniert das ganz gut mit dem Reden. Umgekehrt auch. Sie hat vorhin geflucht wie ein Bierkutscher, und man konnte alles prima hören.«

»Moment. Gehen Sie nicht weg. Wohin wollen Sie?«

»Ich versuch es selber noch mal mit der Reparatur. Wenn diese Clowns erst in einer Stunde aufkreuzen, will ich meine Zeit wenigstens sinnvoll genutzt haben. Sie können sich übrigens gern auf meine Jacke legen, wenn Sie wollen.«

»Aber was ist, wenn –«

»Herr Klaffki, sind Sie das? Haben Sie Neuigkeiten?«

Klaffki hatte recht, man konnte Karla gut verstehen. Es klang, als wäre sie im Nebenzimmer und spräche hinter der geschlossenen Tür.

»Ganz kleinen Moment noch, Frau Jenner«, rief Klaffki in Richtung Schacht, hob den Arm und machte für Fred ein Victory-Zeichen. Dann drehte er sich um und lief nach unten, und seine Schritte verhallten im Treppenhaus.

Karla und Fred

»FRAU JENNER? Können Sie mich hören, Frau Jenner? Ich bin's, Fred Wiener.«

»Frau Jenner?«

»Bitte sagen Sie doch was, Frau Jenner. Hören Sie mich? Sie müssen nicht mehr lange da drinbleiben, jemand von der Aufzugsfirma ist unterwegs. Es dauert nur noch ein bisschen.«

»Bitte, Frau Jenner.«

»Ich weiß, das kommt alles überraschend für Sie. Ich wäre ja gar nicht hier, wenn das nicht passiert wäre. Also das hier. Nicht das andere. Das andere ist natürlich auch passiert. Ach verdammt.«

»Frau Jenner.«

»Frau Jenner, wenn Sie mich jetzt sehen könnten. Ich knie auf dem Boden vor der Fahrstuhltür. Ich bitte Sie um Verzeihung, Frau Jenner. Ich hatte genügend Zeit, um zu kapieren, was für einen Riesenfehler ich gemacht habe.«

»Frau Jenner. Bitte!«

»Sie müssen wirklich nicht so schreien, Herr Wiener.«

»Frau Jenner! Danke. Danke, dass Sie mir antworten. Ich werde jetzt leiser sprechen. Wie geht es Ihnen?«

»Ich habe nicht vor, hier drinnen zu sterben. Hat Ihr Freund Klaffki Sie geholt?«

»Ja.«

»Dann gehen Sie doch einfach wieder, ja? Ich halte das noch ganz gut ohne Sie aus.«

»Ich werde Sie jetzt nicht alleinlassen, Frau Jenner.«

»Ich brauche kein Kindermädchen, Herr Wiener. Genauso wenig wie einen Sterbebegleiter.«

»Ist schon klar, Frau Jenner. Ich bleibe trotzdem bei Ihnen, bis der Aufzug repariert ist.«

»Dann tun Sie bitte wenigstens von jetzt an so, als wären Sie gegangen, Herr Wiener.«

»Herr Wiener?«

»Ich bin hier.«

»Haben Sie das eben gehört? Dieses Geräusch? Oh. Jetzt geht auch das Licht in der Kabine an.«

»Ich habe es gehört. Jetzt ist es wieder weg.«

»Das Licht ist auch wieder ausgegangen.

Sind das die Leute von der Aufzugsfirma? Sind die schon da?«

»Nein, ich glaube, das ist Klaffki. Er wollte unbedingt noch selbst was versuchen, bis jemand vom Service kommt.«

»Frau Jenner?«

»Was?«

»Ich habe Sie lachen hören.«

»Ich musste lachen, weil ich mir vorgestellt habe, statt an Krebs bei einem filmreifen Fahrstuhlabsturz zu verrecken, der ausgerechnet von jemand wie Leo Klaffki herbeigeführt wurde.«

»Klaffki würde seines Lebens nicht mehr froh werden, wenn er Ihren Tod verursacht hätte.«

»Nur ein bisschen beschleunigt.«

»Aber Klaffki müsste hinterher alles aufräumen.«

»Sie haben ja Humor, Herr Wiener. Was macht Ihr Sohn?«

»Er ist übers Wochenende bei seiner Mutter.«

»Gut, dann sage ich Ihnen jetzt was, Herr Wiener.«

»Ich höre.«

»Bilden Sie sich bloß nichts darauf ein, aber ich bin Ihnen sehr dankbar, dass Sie mir Phil geschickt haben. Und gleichzeitig denke ich, das ist kein Szenario, in dem sich ein Dreizehnjähriger allzu lange aufhalten sollte.«

»Ich glaube, dass es für Dreizehnjährige wesentlich schlimmere Szenarien gibt. Aber ich weiß es auch nicht besser als Sie, Frau Jenner. Alles, was ich weiß, ist, dass er gern zu Ihnen geht.«

»Hallo, Frau Jenner?«

»In Ordnung, Frau Jenner, ich tu wieder so, als wäre ich gar nicht hier.«

»Wissen Sie, was so absurd ist, Herr Wiener?«

»Was?«

»Dass ich heute vorhatte, einen Friedhof zu besuchen. Ganz in der Nähe. Ich wollte herausfinden, ob ich nach meinem Tod auf einem Friedhof liegen möchte, in welchem Format auch immer.«

»Warum finden Sie das absurd?«

»Weil es jetzt ungefähr so ist, als würden Sie an meinem Grab stehen und mit mir sprechen.«

»Wenn das hier Ihr Grab sein soll, Frau Jenner, dann *liege* ich gerade davor. Auf Leo Klaffkis Jacke, die er mir freundlicherweise überlassen hat.«

»Das ist kein schönes Bild, Herr Wiener. Ist Ihnen auch so kalt wie mir?«

»Es geht so. Frau Jenner, sind Sie damit einverstanden, dass ich einen Arzt rufe, der Sie untersucht, wenn Sie hier rauskommen?«

»Unterstehen Sie sich. Ich werde praktisch rund um die Uhr medizinisch überwacht. Nachher um fünf schaut Frau Beck vom Pflegedienst vorbei und bringt gleich noch den Hausarzt mit. Dann feiern wir zu dritt eine Drogenparty.«

»Es tut mir so leid, dass Sie das hier auch noch erdulden müssen, Frau Jenner.«

»Wieso denn? Ist doch wahnsinnig komisch.«

»Okay, es ist nicht nur komisch.«

»Wie bitte? Was haben Sie gerade gesagt, Frau Jenner? Ich konnte Sie nicht verstehen.«

»Frau Jenner?«

»Es ist nicht nur komisch, habe ich gesagt. Mir reicht's jetzt langsam in dieser Gruft. Die Frage nach dem Friedhof hat sich hiermit erledigt.«

»Haben Sie Schmerzen?«

»Nein. Zum Glück ist das heute einer meiner besseren Tage. Und ohne mein Fentanyl-Spray in der Tasche gehe ich nicht mal mehr bis zum nächsten Lichtschalter.«

»Frau Jenner.«

»Ja?«

»Es tut mir so wahnsinnig leid, was ich Weihnachten angerichtet habe.«

»Hören Sie endlich auf damit.«

»Ich möchte nur, dass Sie das wissen.«

»Es war nicht zu überhören. Danke.«

»Frau Jenner, könnten Sie sich vorstellen, dass –«

»Nein. Nein, kann ich nicht. Ich kann mir überhaupt nichts vorstellen hier drinnen.«

»Okay. Ich bin ja schon still.«

»Herr Wiener?«

»Frau Jenner.«

»Ich glaube, es ist doch besser für mich, wenn Sie weiterreden, auch wenn es Blödsinn ist.«

»Gut. Ich werde versuchen, möglichst wenig Blödsinn zu reden.«

»Erzählen Sie mir irgendwas. Erzählen Sie mir aus Ihrem Leben. Von Ihrer Familie. Ihren Freunden.«

»Wollen Sie das wirklich hören?«

»Ja doch. Reden Sie.«

»Ich bin seit sechs Jahren geschieden. Meine Frau hat wieder geheiratet, und Phil ist bei mir geblieben. Er hat es nicht immer leicht mit seiner Mutter, aber mit mir bestimmt auch nicht. Ich habe einen alten Schulfreund, mit dem ich alle paar Monate mal telefoniere. Ansonsten bin ich nicht so der gesellige Typ. Ich brauche das nicht. Komischerweise macht es mir was aus, wenn ich sehe, dass Phil auch so wird. Wie heißen noch diese einsamen Typen, die den ganzen Tag am Computer sitzen? Nerds.«

»Ihr Sohn ist kein Nerd.«

»Was ist er denn?«

»Ihr Sohn ist ein Künstler. Er schreibt Gedichte.«

»Tatsächlich? Ich wusste nur, dass er sie gern liest. Er macht bei einem Internetforum mit, hat er mir gesagt.«

»Jetzt habe ich ein Geheimnis ausgeplaudert. Vergessen Sie's wieder. Er soll es Ihnen lieber selbst erzählen.«

»Ich sag nichts. Ehrenwort.«

»Reden Sie weiter, Herr Wiener. Sonst keine Familie? Großeltern oder Tanten, die Ihren Phil mal in den Arm nehmen?«

»Was ist mit Ihnen, Frau Jenner? Ihre Stimme klingt so seltsam.«

»Es ist scheußlich hier drinnen, Herr Wiener. Es wird immer scheußlicher. Wenn Sie reden, ist es etwas besser. Ich habe ein bisschen Licht. An der Wand neben mir ist eine Kritzelei. Ich glaube, es soll eine Vagina sein. Ich starre seit fast einer Stunde auf diese Vagina, damit ich nicht durchdrehe. Ich sage mir, wer das gezeichnet hat, muss große Sehnsucht gehabt haben. Ich auch. Ich will unbedingt raus hier. Ich will keine einzige weitere beschissene Minute meines restlichen Lebens in diesem Fahrstuhl verbringen müssen.«

»Es kann nicht mehr lange dauern, Frau Jenner. Ich rede jetzt weiter, ja?«

»Ich bitte darum.«

»Also, in meiner Familie –«

»Entschuldigen Sie, aber ich muss Sie unterbrechen. Wovor fürchten Sie sich, Herr Wiener?«

»Wie bitte? Was meinen Sie?«

»Wovor Sie Angst haben.«

»Jetzt gerade oder überhaupt?«

»Jetzt gerade und überhaupt.«

»Dass Phil etwas zustößt. Dass ich krank werde oder meine Arbeit verliere und nicht mehr für ihn sorgen kann. Dass mein Leben irgendwie belanglos ist. Wissen

Sie, was ich mache, wenn ich so was denke? Ich sehe mir im Internet Bilder aus dem Weltraum an, die vom Hubble-Teleskop aufgenommen wurden. Pferdekopfnebel, die Große Magellansche Wolke, so was. Wenn man diese Aufnahmen sieht, wird einem klar, dass das eigene Leben wirklich komplett belanglos ist, und das ist dann auch völlig in Ordnung.«

»Das gefällt mir. Ich möchte mir diese Bilder auch ansehen. Und wovor fürchten Sie sich jetzt gerade?«

»Mir fällt nichts ein. Ich bin selbst erstaunt darüber.«

»Ich glaube, das wollte ich hören.«

»Moment. Warten Sie bitte kurz, Frau Jenner. Ich höre Klaffki von unten was rufen.«

»Was sagt er?«

»Gute Nachrichten. Klaffki sagt, Sie haben es gleich geschafft. Höchstens noch fünf Minuten.«

»Sagt Klaffki.«

»Um ehrlich zu sein, er hat was von zwei Minuten gerufen. Ich habe vorsichtshalber auf fünf erhöht.«

»Fünf Minuten halte ich noch aus, Herr Wiener. Keine Sekunde länger.«

»Ihre Stimme klingt wieder viel besser.«

»Unsinn. Oh, das Licht ist wieder angegangen. Was ist das, hören Sie das?«

»Ja, ich höre es auch.«

»Ich glaube, die Kabine hat sich sogar ein bisschen bewegt.«

»Sie haben es gleich geschafft, Frau Jenner. Hat sich die Kabine aufwärts oder abwärts bewegt?«

»Nur so ein Ruckeln. Da, jetzt wieder. Warum wollen Sie die Richtung wissen?«

»Wenn sich die Kabine nach oben bewegt, wäre es

möglich, dass Sie gleich hier aussteigen können. Wenn sie abwärts fährt, muss ich nach unten laufen.«

»Ich fürchte, ich kann nur abwärts, Herr Wiener.«

»Ich meinte das nicht witzig, Frau Jenner.«

»Laufen Sie schon mal los, Herr Wiener. Ich hätte es vor einer Stunde noch nicht für möglich gehalten, aber jetzt möchte ich, dass Sie genau dort stehen, wo ich aussteige.«

»Dann bis gleich, Frau Jenner.«

Gudrun

DER TRAUM KAM nach einer Woche zurück. Sie wusste schon, während sie ihn träumte, dass er eine Wiederholung war, und sie bewies sich im Traum, dass sie recht hatte, indem sie vorhersagte, was als Nächstes geschehen würde. Er war kein Alptraum. Er war eher wie ein Dokumentarfilm mit Dialogen, die ein bisschen gekünstelt klangen, so wie in den Realityformaten im Fernsehen, bei denen man sofort merkte, dass man nicht Zeuge einer echten Begegnung war. Er begann beide Male an derselben Stelle, er hörte beide Male an derselben Stelle auf. Und auch wenn er ihr weder Angst noch Schrecken einjagte, hätte sie einiges dafür getan, um zu verhindern, dass sie ihn ein weiteres Mal träumte.

Gudrun sitzt aufrecht im Bett, die Decke bis zum Kinn hochgezogen, Otto hockt am Bettrand, besoffen und fast heulend vor Rührung über das Schauspiel, das sich ihm bietet. Das Schauspiel ist Karla. Sie steht auf dem hässlichen rotbraunen Kinderzimmerteppich und hat die Arme ausgebreitet und die Augen geschlossen. Karla ist sieben, und Gudrun ist fünfzehn. Mama ist schon ein Jahr tot und Papa immer noch so traurig deswegen, das weiß Gudrun im Traum, und sie weiß, was sie jetzt sagen muss, sie sagt »Los, Karla, tanz«, und Karla weiß, was sie jetzt tun muss, und sie beginnt zu tanzen. Im Hintergrund läuft ein Stück aus My Fair Lady, *Otto liebt Musicals, und Gudrun hat alles für ihn vorbereitet. Mindestens einmal in der Woche zieht sie Karla wie ein Püppchen an, bevor er nach Hause kommt, pastellfarbene Rüschenkleider, Schleifen in ihren dunklen Locken, aber barfuß, immer nur barfuß, das ist das Einzige, worauf Karla kompromisslos besteht.*

Karla tanzt. Sie tanzt mit der Anmut einer Siebenjährigen, ihre Bewegungen sind unschuldig und selbstvergessen, sie lässt die Augen geschlossen und sieht nicht, dass Ottos Gesicht rot anläuft und seine Augäpfel aus ihren Höhlen springen wollen, wenn sie tanzt. Gudrun behält ihn genau im Blick. Er darf Karla einen Kuss auf die Wange geben und mit seinen zittrigen Fingern über ihr Gesicht und ihre Arme streichen, wenn der Tanz vorbei ist, mehr nicht. Nicht, wenn Gudrun dabei ist. Gudrun weiß, dass sie immer dabei sein muss.

Besser, sie tanzt, sagt Gudrun laut im Traum, und sie weiß, jetzt wird Otto sich zu ihr umdrehen und sagen ja, besser, sie tanzt und nicht du, mein süßer kleiner Fettwanst, und Gudrun wird sich schämen, weil sie ein Fettwanst ist und weil sie ihre kleine Schwester als Trumpf einsetzt, um den Vater von sich fernzuhalten, aber es funktioniert doch, und niemand kommt zu Schaden.

Das Lied ist zu Ende. Karla hat aufgehört zu tanzen. Gudrun merkt, dass Karla etwas in der Hand hält, es ist ein Messer oder ein Dolch mit glänzender, gefährlich aussehender Klinge. Karla sagt zu Otto, »Hau ab, du sollst abhauen«, sie sagt es immer wieder, während sie auf Gudrun zugeht, und als sie bei Gudrun ankommt, ist das Messer nicht mehr aus Stahl, sondern aus Plastik und lächerlich klein, ein Puppenschwert. Karla übergibt Gudrun das Puppenschwert. Der Griff ist warm und feucht von ihrer Hand. »Du musst das machen«, sagt Karla. Gudrun hört Otto lachen. Sie sieht Karla an und sieht erst die Hoffnung und dann die Wut in ihren Augen, als sie in Ottos Lachen einstimmt; Gudrun lacht und lacht, bis ihr die Tränen kommen, denn sie weiß ja, wenn ihr die Tränen kommen, ist die Geschichte vorbei.

Gudrun setzte sich auf und zog die Decke bis unter die Nase und starrte ins Halbdunkel, bis ihr auffiel, dass sie in der gleichen Haltung im Bett saß wie gerade im Traum und genau auf die Stelle blickte, an der Otto eben noch gesessen hatte. Sie zog ihren Morgenmantel an und ging in die Küche. Zwanzig nach vier, noch lange nicht Tag, aber auch zu spät, um der Nacht mithilfe einer Tasse heißer Milch oder Kräutertee noch eine zweite Runde Schlaf abzuringen. Sie seufzte, dann griff sie nach dem Wasserkocher und holte die Kaffeedose aus dem Schrank. Sollte er eben beginnen, der Tag.

Sie stellte das Radio an, sie spielten Vivaldi, nein, es waren die Brandenburgischen Konzerte oder am Ende doch Mozart oder ein ganz anderer. Sie hatte kaum Ahnung von klassischer Musik und bedauerte es oft, weil sie sich gern auf dem kulturellen Niveau bewegt hätte, das diese Musik ihr versprach, aber sie mochte Pop und Schlager einfach lieber, daran war nichts zu ändern. Warum sie trotzdem seit Wochen nur noch den Klassiksender hörte, konnte sie selbst nicht genau sagen, vielleicht, weil sogar die Nachrichten dort klangen, als würden sie nur von tragischen Missverständnissen berichten: Flüchtlingsdramen, bewaffneter Terror und Krieg, alles lauter Irrtümer, die man korrigieren konnte, indem man ihnen das Gute, Schöne, Wahre entgegenhielt, und jetzt, liebe Hörerinnen und Hörer, setzen wir unser Programm mit einer Aufzeichnung aus dem Kammermusiksaal fort.

Es war noch viel zu früh, um die Vorhänge zurückzuziehen, bis zur Morgendämmerung würde es sicher noch drei Stunden dauern. Sie setzte sich an den Esstisch und legte ihre kalten Hände um den Kaffeebecher. Eine

Weile rührte sie sich nicht und starrte auf die Tischplatte, ohne an etwas zu denken, dann stellte sie die Tasse ab und griff nach dem Reiseführer, der auf einem Stoß Papiere lag, und schlug ihn irgendwo in der Mitte auf. Ein Bild vom Crater Lake National Park, Oregon. Ein Wanderer stand auf einer Anhöhe und blickte herab auf einen See, der, umrahmt von steil abfallenden Hängen, aussah wie königsblaue Tinte in einer Suppenschale. Das klarste Wasser Nordamerikas, behauptete die Bildunterschrift. Der kleine, untersetzte Wanderer, dessen Körperbau dafür sprach, dass man für das Erklimmen des Kraterrands keine alpinen Fertigkeiten brauchte, erinnerte sie an Fred Wiener.

Als kürzlich zwei Damen aus ihrem Bridgeclub verkündet hatten, sie suchten für den kommenden Frühsommer noch eine weitere Mitreisende für eine Tour durch Oregon und Washington, hatte Gudrun begeistert zugesagt: Ihre letzte Kreuzfahrt war zwar nicht unbedingt ein Flop, aber doch recht ernüchternd für sie gewesen. Wegen ihrer verspäteten Ankunft in Dubai war ihre Außenkabine vergeben worden, und um dieses bedauerliche Versehen wiedergutzumachen, hatte man ihr zu fabelhaften Konditionen ein Upgrade auf eine Juniorsuite angeboten, aber Gudrun hatte abgelehnt, weil sie diese Art von Luxus für pure Geldverschwendung hielt. Stattdessen überstand sie die verbleibenden neun Übernachtungen in der Innenkabine stoisch und mithilfe mehrerer Campari-Orange von der Bar und verbrachte den größten Teil des Tages lesend unter einem Sonnenschirm an Deck, wo sie sich alle paar Stunden dazu beglückwünschte, wie wenig ihr doch das verpfuschte Wiedersehen mit Karla ausmachte. Es war ein gutes Gefühl, ein konstantes noch dazu, allerdings auch keins, für das sie sich extra auf eine

Kreuzfahrt hätte begeben müssen. Alles andere war irgendwie in Ordnung gewesen, das Essen, das Meer, die Sanddünen, die Mitreisenden, die Gespräche, selbst die Innenkabine war irgendwie auch in Ordnung, wenn man bedachte, dass sie die Wahl gehabt hatte, aber eine tiefere Art von Glück hatte sich diesmal nicht bei ihr einstellen wollen. Es bestärkte sie in ihrem Vorhaben, bei der nächsten Reise etwas Neues auszuprobieren.

Sie blätterte noch ein wenig weiter im Reiseführer und kehrte dann zu der Seite mit dem Foto vom Crater Lake zurück. Fred Wiener. Sie sollte ihm eine Kopie von diesem Bild machen und mit ein paar persönlichen Zeilen zuschicken. Wie hatte er seinen Sohn noch genannt? Phil. Diese zwei rothaarigen bleichen Sonderlinge. Der Junge hatte ihr gefallen, sie hatte in ihrer Zeit an der Schule stets ein Herz für pubertierende Introvertierte gehabt, und ihr war nicht entgangen, mit welcher Verzweiflung er Karlas Abgang verfolgt hatte. Ganz sicher verehrte er sie, so wie alle Karla verehrt hatten, daran hatte sich nichts geändert, auch Fred Wiener tat es, unbeholfen und übergewichtig, wie er war; ein Mann, der nach seiner Statur viel eher Gudruns Bruder hätte sein können, als dass sie und Karla wie Schwestern aussahen. Fred Wiener, der in all seiner hilflosen Beflissenheit nicht begriffen hatte, dass die Hinterlegung von Gudruns Nummer für den Todesfall nicht als sehnsüchtiger Hilferuf, sondern als letztes müdes Abwinken von Karla zu verstehen war: *Nur zu deiner Information. Es liegt in der Familie.*

Gudrun hatte verstanden und sich gleich nach ihrer Rückkehr aus den Emiraten einer Darmspiegelung sowie mehreren aufwendigen diagnostischen Verfahren unterzogen. Galle und Bauchspeicheldrüse seien in bester Verfassung und kerngesund, versicherte ihr der Arzt, aber lobte sie für ihre Vernunft, denn als genetisch vorbelastete Patientin – erst war es die Mutter und jetzt die Schwester, nicht wahr? – sei es unbedingt angezeigt, die Sache fest im Auge zu behalten. Das fand Gudrun auch, allerdings war sie nach dem aktuellen Untersuchungsergebnis überzeugter denn je, ganz nach Otto zu schlagen, der fast elf Jahre lang im Pflegeheim seine Demenz ausgesessen hatte, bis er mit dreiundachtzig endlich sterben konnte. Es war keine schöne Aussicht. Als direkte Angehörige der weiblichen Linie an Pankreaskrebs zu krepieren war auch keine schöne Aussicht. An dritte Möglichkeiten glaubte Gudrun grundsätzlich nicht, aber sie glaubte an den Segen der Vorsorge, und die schönste Aussicht in all dem Elend war, dass sie sich später wenigstens eine anständige Seniorenresidenz mit Top-Service würde leisten können, das gab ihr Trost.

Und jetzt dieser Traum, dieser alberne, lästige Traum. Beim ersten Mal hatte sie sich am Morgen danach an den Computer gesetzt und das Internet durchsucht, bis sie die richtige Aufnahme gefunden hatte: *Ich hätt' getanzt heut Nacht – Heidi Brühl singt aus* My Fair Lady, erschienen 1961. Ottos Lieblingsplatte. Sie meinte sich sogar an die Zeichnung auf der Hülle erinnern zu können und daran, dass Karla immer so aussehen wollte wie das Mädchen, das dort abgebildet war, roter Mund, lange schwarze Haare, ein großer Hut mit Blumen. Gudrun hörte sich das Stück lange genug an, um sicher sein zu können, dass es tatsächlich die Fassung von damals war, aber keine Sekunde länger. Sie hatte das Lied nie gemocht, genauso wenig wie Karla ihre Schuhe.

Karla zum Anziehen von Schuhen zu bewegen war ein Drama gewesen, über Jahre hinweg. Mit Schuhen könne sie nicht schnell genug weglaufen, hatte Karla behauptet und die Füße in den Boden gestemmt, so dass niemand in der Lage war, sie ihr überzuziehen. Aber du hast doch noch nie vor was weglaufen müssen, oder, sagte Gudrun immer wieder zu ihr, und Karla stand nur da und sah sie an mit diesem Blick und sagte nichts dazu. Sie sagte mit sieben nichts, und sie sagte mit zehn nichts und mit fünfzehn erst recht nichts mehr, mit sechzehn haute sie zum ersten Mal ab, und mit siebzehn verschwand sie ganz, und sie ließ ihre Schuhe zurück und nahm stattdessen das einzige Fotoalbum mit, das ihre Mutter ihnen hinterlassen hatte. Sie kam nur noch ein einziges Mal zurück, ungefähr zwei Jahre später, 1975 musste das gewesen sein, als das Volljährigkeitsalter auf achtzehn Jahre herabgesetzt worden war. Karla rief aus einer Telefonzelle an und verlangte die Herausgabe des Sparbuchs, das ihre Mutter für sie angelegt hatte, sechstausend Mark plus Zinsen waren drauf, ordentlich Zinsen sogar, und Gudrun, die es für sie gehütet hatte, versuchte zu verhandeln, Sparbuch gegen Fotoalbum, aber Karla bestritt den Diebstahl. Am Ende übergab Gudrun ihr das Sparbuch in einem Café, und Karla sagte nicht einmal Danke, sondern nahm es wortlos an sich und ging. Es war Winter. Sie trug leichte Turnschuhe aus Stoff.

Sie hätten Verbündete sein sollen, fand Gudrun, allein der frühe Verlust der Mutter einte sie doch, aber Karla dachte nicht daran, in ihr eine Verbündete zu sehen, schon als Sechsjährige nicht. Karla tat, was ihr aufgetragen wurde, sie tanzte ohne Widerspruch, als wäre das ihr Beitrag zum Erhalt der Familie, und in gewisser Weise war es das ja auch. Am Anfang tanzte sie mit kindlicher Unschuld, später ergeben, manchmal gelangweilt, dann zunehmend genervt, und als sie wütend genug geworden war, blieb sie eines Tages einfach stehen und tanzte nicht mehr. Da war sie neun, und Otto, der eigentlich nie etwas anderes gewesen war als ein weinerlicher, täppischer Mann, der besoffen grapschte und zotige Witze riss, der seine eine Tochter auf ungesunde Weise verehrte und die andere auf ebenso ungesunde Weise verachtete, aber sonst zu keiner körperlichen oder sexuellen Gewalt neigte, davon war Gudrun überzeugt – Otto fiel nichts anderes ein, als Karla mit törichtem Gesichtsausdruck zu fragen: »Nein?«, und als Karla nicht antwortete und ihn nur ansah, stand er auf und verließ mit hängenden Schultern das Zimmer. Von da an konnte Karla allein auf sich aufpassen. Und Gudrun war siebzehn und machte eine Ausbildung zur Kindergärtnerin und trug Kleidergröße 46 und war längst außerhalb jeder Gefahrenzone.

Gudrun hätte Karla gern erklärt, wie die Dinge wirklich gewesen waren, aber sie bekam keine Gelegenheit mehr dazu. Ihr Treffen im Café war eine einzige Katastrophe gewesen, Karla interessierte sich für nichts anderes als für das Sparbuch und nahm mit demonstrativ angeödeter Miene alle Neuigkeiten entgegen, die Gudrun ihr hastig vor der Übergabe präsentierte: dass Otto einen Platz im Pflegeheim bekommen hatte, weil er außer Bourbon jetzt auch Scheuermilch und Weichspüler zu trinken begann und weitere Symptome einer beginnenden Demenz zeigte, was wiederum bedeutete, dass sie mit siebenundzwanzig Jahren endlich aus der elterlichen Wohnung ausziehen konnte. Dass sie jetzt ihr Abitur nachmachen wollte, um studieren zu können. Mit anderen Worten: dass Gudruns eigenes richtiges Leben bald anfangen würde, das leider vorübergehend unterbrochen worden war, weil sie sich mit vierzehn plötzlich mit einem Alkoholiker, dem Jugendamt und einer verstockten Sechsjährigen auseinandersetzen musste. Den letzten Teil hatte sie nicht ausgesprochen, aber heute wünschte sie, sie hätte es getan. Was Karla mit sich herumtrug, waren außer einem geklauten Fotoalbum die Erinnerungen eines Kindes und eines renitenten Teenagers; eine selbst gebastelte Vergangenheit, die ganz gewiss nicht schön, aber auch dramatisch verzerrt und unvollständig war, denn eine Seite der Wirklichkeit fehlte, nämlich Gudruns Seite.

»Du hast doch überhaupt keine Ahnung, du blöde Kuh«, sagte Gudrun und hielt sich erschrocken die Hand vor den Mund, so laut und hart war ihre Stimme gewesen, dass selbst die süßen Violinen aus dem Radio verstummten. Nein, das war gut so. Weiter. Wer sich nicht Gehör verschaffte, blieb mit der Wahrheit für immer allein. Sie brauchte keine Versöhnung, schon gar nicht, nachdem Karla ein weiteres Mal ihre Verachtung so selbstgerecht zelebriert hatte. Was Gudrun wollte, war Gerechtigkeit. Sie stand auf, um sich neuen Kaffee einzuschenken, und auf dem Weg zur Spüle trat sie gegen die Tür eines Unterschranks, erst ein bisschen zaudernd und dann mit voller Wucht, und es tat sehr weh, und es tat sehr gut.

»Du arrogantes Miststück«, sagte sie und bückte sich, um den schmerzenden Zeh zu massieren. »Du glaubst, du bist hier das einzige Opfer, ja? Einen Scheißdreck weißt du.« Sie hüpfte auf einem Bein, um das Gleichgewicht zu halten, die leere Tasse glitt ihr aus der Hand, und sie versuchte gar nicht erst, sie aufzufangen, weil sie sonst selbst zu Boden gegangen wäre. Die Tasse landete mit einem hellen Knall auf den Fliesen und zersprang. Gudrun schnappte nach Luft. Im Radio liefen die Nachrichten.

»Du kannst mich mal«, sagte Gudrun und stieg mit einem großen Schritt über die Scherben hinweg. »Und wie du mich mal kannst«, wiederholte sie, diesmal noch lauter, und dann griff sie nach dem Teller, der vom letzten Abendessen auf dem Abtropfgestell bei der Spüle stand, hielt ihn einen Moment mit beiden Händen und warf ihn ebenfalls zu Boden. Das Geräusch war noch exquisiter als das der Tasse, scharf und scheppernd und unglaublich verboten. Was jetzt? Ein Wasserglas, das pure klirrende Glück, schriller als alle Zikaden des Orients. Hinterher damit. Und dann als Zugabe ein Salatschälchen, leider Duralex. Es zerbrach nicht, sondern sprang über den Boden, blieb stehen und dengelte noch ein wenig vor und zurück, und sein letztes *Bonk* war der Schlusspunkt am Ende ihres kleinen Infernos. Sie hätte nicht sagen können, was ihr besser gefiel: der Lärm oder die schockierende Stille danach und ihr eigener keuchender Atem, aber die Stille blieb nur so lange Stille, bis die Musik aus dem Radio wieder in ihr Bewusstsein drang, das Schöne, das Gute, das Heile, hol's der Teufel, weg damit.

Gudrun schaltete das Radio aus. Sie wartete, bis ihr Atem sich etwas beruhigt hatte und sie sicher war, ihren Beinen vertrauen zu können. Dann nahm sie eine neue Tasse und schenkte sich den Rest Kaffee ein. Die Umgehung des Scherbenhaufens erforderte einiges an Geschick, aber sie erreichte den Esstisch ohne Zwischenfälle. Sie stellte die Tasse ab und riss sämtliche Vorhänge auf, halb sieben war es und immer noch stockdunkel und eigentlich unvorstellbar, jetzt hier im Licht zu sitzen und von jedem gesehen werden zu können, aber es war ihr gleichgültig. Zurück am Tisch, schob sie den Reiseführer zur Seite und zog ein paar leere Bögen aus dem Papierstapel. Sie begann zu schreiben, erst langsam und sorgfältig mit bündig untereinander gereihten Zeilen, dann immer schneller und nachlässiger. Wer sich nicht Gehör verschaffte, blieb mit der Wahrheit für immer allein. Wer zu lange damit wartete, auch. Mit riesigen Buchstaben und fliegenden Satzzeichen füllte sie eine Seite nach der anderen, als ginge es um ihr Leben, und ja, genau darum ging es auch.

Phil

»PHIL, GEH NACH HAUSE. Echt jetzt. Keine Bilder mehr heute. Ich bleib hier und halte die Stellung, bis der Arzt bei Karla fertig ist.«

Rona konnte einem ziemlich auf den Wecker gehen, wenn sie anfing, sich wie eine Erziehungsberechtigte aufzuführen. Er reagierte nicht, sondern zog zwei neue Filmstreifen aus der Hülle und legte sie in die Halterung des Scanners. Hinter sich konnte er hören, wie Rona ihre Tasche mit den Einkäufen auf den Boden fallen ließ und zu ihm kam. Sie stellte sich neben ihn und legte ihre Hand auf seine Schulter, was wahrscheinlich liebevoll und mütterlich wirken sollte. Er konnte ihr Parfum riechen. Ihr Parfum roch wahnsinnig gut. Würde man ihn jetzt zwingen, ihr seinen Kopf zuzuwenden, was er selbstverständlich nicht tun würde, wären seine Augen wahrscheinlich auf gleicher Höhe mit ihren Brüsten, im schlimmsten Fall ein klein wenig unterhalb.

»Mann, Phil, hau ab, wirklich. Es reicht.« Was sie da an seiner Schulter machte, war weder liebevoll noch mütterlich, es war eindeutig Schubsen. »Ich weiß, dass du heute schon seit Schulschluss hier sitzt.«

Miep – ööp – miep – ööp. Wääääääh.

»Ist mir schon klar, dass du dir Sorgen um Karla machst. Weißt du was? Ich verspreche dir, ich ruf dich sofort an, wenn es was Neues gibt. Ich ruf als Erstes dich an und dann als Zweites deinen Vater. Deal?«

Immer noch *wääääääh*. Es dauerte, solange es dauerte. Zeit für einen weiteren kleinen Schubser von ihr.

»Phil!«

Dieses kurze Innehalten vor dem Abschlusston.

»Okay, du hast gewonnen, Blödmann.«

Meeek.

»Jetzt sprich wenigstens mit mir. Willst du was von meinem Döner abhaben?«

»Ja«, sagte Phil.

Sie warteten, bis der Filmstreifen durchgelaufen war, und dann schoben sie Geräte und Zubehör beiseite und setzten sich, und Rona zerlegte den Döner auf einem Teller in zwei Teile und behielt alle Zwiebeln auf ihrer Seite. Es stank höllisch. Rona war als Erste fertig. Sie rannte zum Küchenfenster und riss es auf.

»Mach dir keinen Stress«, sagte Phil. »Sie kommt garantiert nicht hier rein. Tut sie schon seit Tagen nicht mehr.«

»War heute irgendwas Besonderes?«

»Nein. Außer dass sie nicht mit mir reden will. Ich hab sie noch nie so erlebt. Dass es ihr über längere Zeit so scheiße geht.«

»Aber dir ist schon klar –«

»Ja doch.«

Rona warf Phil eine Rolle Küchenpapier zu, und er fing sie etwas ungeschickt, aber er fing sie. Während er seine Hände sauber machte, griff sie nach dem Aktenordner mit den Negativen, an denen er heute gearbeitet hatte, öffnete ihn, blätterte die Seiten vor und zurück, als könnte sie in ihnen lesen, und stellte ihn wieder hin.

»Hast du eigentlich eine Ahnung, ob sie was Bestimmtes mit den ganzen Bildern vorhat, die du eingescannt hast?«

»Nicht so genau. Ich glaube, sie will einfach, dass alle Fotos digitalisiert sind. Bis vor ungefähr einer Woche hat sie sich die Scans immer noch mal angesehen, wenn ich weg war. Manchmal hat sie welche nachbearbeitet, im Liegen auf dem Sofa mit dem Laptop. Das geht prima, hat sie gesagt. Und sie hat einen Extraordner auf der Festplatte mit Bildern angelegt, die sie gut findet.«

»Weißt du, welche das sind?«

»Ja. Es sind echt die besten. Ich habe sie sogar mit ihr zusammen angesehen.«

»Siehst du! Ich habe dir doch gesagt, dass sich das lohnt. Was hat sie dir erzählt?«

»Die ältesten Bilder sind von einem Konzert in San Francisco, 1976. Da war sie zwanzig, und sie hat sich von dem Geld, das ihre Mutter ihr vererbt hat, eine Kamera gekauft und eine Reise in die USA gemacht. Unterwegs hat sie eine Gruppe echter Deadheads kennengelernt, also welche von diesen Grateful-Dead-Fans. Grateful Dead hatten die besten Fans der Welt.«

»Weiß ich schon«, sagte Rona gelangweilt. »Erzähl mir was, was ich noch nicht weiß.«

»Dass sie danach völlig angefixt war, aber erst mal kein Geld für weitere Amerikaflüge hatte? Die Europatour 81? Rockpalast? Barcelona im Oktober?« Er zeigte auf das Plakat mit dem Schädel und der Rose, das über dem Tisch hing.

Rona winkte ab.

»Okay. Und was ist mit der Tour 1990 und dem Konzert in Berlin?«

»Weiß ich alles.«

»Und kennst du die Geschichte mit dem Finger und dem Wunder?«

»Nee. Endlich wird's mal spannend.«

»Also. Die Konzerte von den Grateful Dead waren ja meistens schnell ausverkauft. Echte Deadheads hat das nicht gekümmert, die sind trotzdem hingefahren. Die haben ihren Schmuck und ihre selbst gebatikten T-Shirts und ihre Drogen –«

»Karla hat dir von ihren Drogengeschichten erzählt? Cool.«

»Karla hat keine Drogen verkauft. Sie hat Armbänder und Halsketten verkauft.«

»Aber sie hat das Zeug genommen. Egal. Erzähl weiter.«

»Die Deadheads haben also ihre ganzen Geschäfte draußen vor dem Eingang gemacht und waren trotzdem völlig happy, einfach nur in der Nähe von der Band zu sein. Manchmal gab es an zwei, drei Abenden nacheinander Konzerte am selben Ort, und dann entstanden da draußen richtige kleine Dörfer aus VW-Bullis und Zelten und fliegenden Händlern. Und wenn abends die ganzen Gäste mit ihren Tickets kamen und einer noch unbedingt mit ins Konzert wollte, hat er seinen Finger in die Luft gestreckt. Das hieß dann: *I need a miracle.* Oder er hat's extra noch dazu gerufen oder sich ein Schild mit dem Satz gemalt. Ich glaube, so hieß auch ein Stück von Grateful Dead. Und das Wunder passierte, wenn einer von den Konzertbesuchern noch eine Karte übrig hatte und sie an ihn verkaufte oder ihn für umsonst mit reinnahm.«

»Das ist gut, das werde ich mir merken«, sagte Rona. »Einfach Finger hoch und *I need a miracle* sagen.«

»Es funktioniert aber nur bei Eintrittskarten, sagt Karla.«

»Vielleicht hat sie's ja nie bei was anderem probiert.«

»Okay, dann weißt du auch nicht, was *What a long, strange trip it's been* bedeutet.«

»Was war das für ein langer, seltsamer Trip. Klingt nach Alice im Wunderland. Na?«

»Die Deadheads sagten das bei jeder Gelegenheit. Es ist eine berühmte Zeile aus einem Song. Die meisten Texte der Grateful Dead stammten von einem Dichter. Er heißt Robert Hunter. Der hat sogar Gedichte von Rilke übersetzt.«

»Finde ich jetzt eigentlich nicht *so* interessant«, sagte Rona und stand auf. »Ich hab um sieben Schicht im *Wohnzimmer*. Der soll sich jetzt mal beeilen, dieser Arzt. Das dauert ja ewig.«

»Warte. Wusstest du, dass Karla 1995 eigentlich nur deswegen geheiratet hat, damit sie mit Nachnamen García hieß?« Er musste diesen Punkt unbedingt noch machen. Es wäre der letzte mögliche.

»Nee, oder?«, sagte Rona und setzte sich wieder. Point taken. »Aber eigentlich hab ich's fast befürchtet. 1995 war sie schon um die vierzig. Ist man da nicht ein bisschen zu alt für so einen Hippie-Blödsinn?«

»Karla sagt, es wäre die beste Idee ihres Lebens gewesen.«

»Aber den Typen gibt's auch nicht mehr, oder?«

»Geschieden. Lebt mit seiner neuen Familie in Bolivien. Kann auch sein, dass sie Peru gesagt hat.«

»Hat sie dir mehr von ihm erzählt?«

»Nein. Nur, dass sie damals mit dem Schmuckverkaufen aufgehört und angefangen hat, mit ihm zusammen Wohnungen und Ferienhäuser auf Ibiza an reiche Touristen zu vermitteln. Sie sagt, wenn sie da nicht so irrsinnig erfolgreich gewesen wären, hätte sie sich diesen komfortablen Abgang hier in Deutschland gar nicht leisten können.«

»Das hat sie so gesagt?«

»Hat sie. Wortwörtlich.«

»Krass. Komfortabler Abgang. Na ja.«

»Ich glaube, sie meinte, was das alles hier kostet.«

»Schon klar, Mann.«

Sie schwiegen. Rona holte eine Mandarine aus ihrer Tasche und begann sie zu schälen. Sie sah Phil an, und als er nickte, schob sie ihm eine Hälfte über die Tischplatte zu.

»Ich höre was im Flur«, sagte Phil und rannte zur Küchentür.

»Hallo? Ist noch jemand da?«

»Wir sind hier!«, rief Rona und fragte Phil »Weißt du, wie der heißt?«, und als Phil sagte »Höll«, formte Ronas Mund ein entsetztes WAS?, aber da stand der Arzt bereits in der offenen Tür.

»Guten Abend«, sagte er. »Sie sind Frau Weiß, richtig? Ich bin Uwe Höll. Wir haben uns ja vorhin schon begrüßt, Phil.«

»Hi, Herr Höll«, sagte Rona und schien bei dieser bescheuerten Alliteration selbst große Mühe zu haben, nicht loszulachen.

»Nur ganz kurz: Ich habe veranlasst, dass Frau Jenner morgen früh zu einem kleinen ambulanten Eingriff ins Krankenhaus gebracht wird. Sie soll einen Portkatheter implantiert bekommen. Keine große Sache, aber sie wird ihn in den nächsten Wochen brauchen. Ich werde es mit dem Pflegedienst so absprechen, dass sie gleich nach ihrer Rückkehr zuhause versorgt wird, aber es wäre gut, wenn morgen Vormittag auch jemand von Ihnen da ist, wenn sie wiederkommt. Lässt sich da was organisieren?«

»Sicher«, sagte Rona.

»Prima«, sagte Dr. Höll. »Ein Portkatheter sitzt direkt unter der Haut und ermöglicht das unkomplizierte Injizieren von Medikamenten oder parenteraler Nahrung.

Alles andere können Sie im Internet nachlesen, ich muss jetzt leider weiter.«

»Bitte noch eine Sekunde«, sagte Rona. »Was ist mit Frau Jenner? Es geht ihr schlechter, ja?«

Herr Höll war ein Zwei-Meter-Mann von der Sorte, die sich für ihr Zwei-Meter-Mann-Sein durch einen dauerhaft vorgebeugten Oberkörper und hochgezogene Schultern entschuldigte, weshalb Phil jedes Mal an einen Waldschrat denken musste, wenn er ihn sah, aber er schien nett zu sein.

»Frau Jenner hat sich mit dem Port für ein bisschen mehr Lebensqualität in den nächsten Wochen entschieden«, sagte er. »Wenn das Ihre Frage beantwortet?« Er winkte ihnen zu und rauschte davon.

»Parenteral, ist das was mit Eltern? Und was meint er mit mehr Lebensqualität?« Wenn es nach Phil ginge, gehörte nicht Karla, sondern das Wort Lebensqualität ins Krankenhaus, trotz seiner sympathischen Vokale.

»Ich glaube, der darf uns nichts erzählen«, sagte Rona. »Wir sind keine Verwandten von Karla. Parenteral heißt übrigens ›am Darm vorbei‹. Nimm auf keinen Fall Altgriechisch als Leistungskurs, das ist pure Zeitverschwendung. Los, wir gehen jetzt.«

»Siehst du noch mal nach ihr?«

»Ja. Ich werde ihr sagen, dass ich morgen Vormittag hier bin. Ich hab keine Vorlesungen, das passt schon. Und weißt du, wann dein Vater das nächste Mal kommt?«

»Ich glaube, morgen nach der Arbeit.«

Rona gab ihm High five, als er seine neue Jacke (die erste, die nicht mehr aussah wie eine verdammte Kinderjacke) schon angezogen hatte und sie sich im Flur voneinander verabschiedeten, und er nahm an, sie tat es in dem Glauben, er würde das cool finden. Er mochte

High five nicht, es erschien ihm affig und aufgesetzt, und nicht einmal die Tatsache, dass es Ronas Hand war, die seine berührte, änderte etwas daran. Eigentlich war der Körperkontakt zwischen ihm und Rona insgesamt eher unbefriedigend, was vermutlich an der Natur ihrer Begegnungen lag. Hätte er sie statt in der Wohnung einer Sterbenden beispielsweise bei einem Grateful-Dead-Konzert kennengelernt, wären die Dinge zwischen ihnen vielleicht ganz anders gelaufen.

Weil er hoffte, dass Rona bald nachkommen würde, ging er extra langsam die Treppen nach unten, aber über ihm blieb es still. Draußen vor der Tür stieß er auf Klaffki und Kottke, die in stiller Eintracht ihren üblichen Geschäften nachgingen und ihm einen guten Grund lieferten, noch ein bisschen länger auf Rona zu warten, ohne dass es auffiel. Außerdem war Klaffki seit der Fahrstuhlgeschichte mit seinem Vater keiner mehr, dem man aus dem Weg ging, weil er nervte. Er war jetzt einer, dem man erzählte, was er hören wollte, obwohl er nervte.

»'n Abend«, sagte Phil. Seine Rechnung würde aufgehen, das sah er an Klaffkis Gesicht.

»Ey«, sagte Klaffki. »Erst rennt der Arzt raus, jetzt kommst du, und die Tante vom Pflegedienst sucht auch schon seit zehn Minuten einen Parkplatz. Was ist denn los hier?«

»Sie muss morgen ins Krankenhaus. Sie kriegt einen Port eingesetzt. Ich weiß nicht genau, was das bedeutet.«

»Scheiße bedeutet das, was denn sonst«, sagte Klaffki und schnippte seine Zigarette auf die Straße. Kottke kam angetrabt und begann vertraulich an Phils Hosenbeinen zu schnüffeln. Kottkes Nervfaktor war mindestens genauso groß wie der von Klaffki, aber Phil hatte noch nicht entschieden, wie er damit umgehen wollte.

»Ich werde die Kleine fragen, was das wieder für eine Geschichte ist. Die wird nämlich als Nächste hier rauskommen«, sagte Klaffki, und als hätte er spontan beschlossen, dass diese Sache nur ihn und seine Kleine etwas anging, bedachte er Phil mit einem strengen Blick und sagte: »Und du? Müsstest du nicht schon längst zuhause sein? Ich weiß genau, dass du schon seit Mittag hier bist. Los, ab mit dir. Dein Vater wartet bestimmt schon.«

Phil wusste, ab wann es keinen Sinn mehr hatte, sich zu wehren. Er nickte höflich und winkte zum Abschied und versuchte, wie einer zu gehen, der Arzt und zwei Meter groß ist, und als er sich außer Sichtweite von Klaffki glaubte, streckte er seinen rechten Zeigefinger in die Höhe und ließ ihn dort, bis er die U-Bahn-Station erreicht hatte, obwohl er gar nicht hätte sagen können, was für eine Art Wunder er gerade brauchte.

Fred

ALS ER DIE AUTOTÜR ZUSCHLUG, war es kurz nach halb sechs, die Straßenbeleuchtung schaltete sich ein, und zum ersten Mal fiel ihm auf, dass es länger hell blieb. Auch der Gesang der Vögel, den er sonst selten beachtete, kam ihm melodiöser und durchdringender vor als sonst. Alles schien sich auf den Frühling vorzubereiten, nur Klaffkis Lichterkette, wie er schon von Weitem erkennen konnte, ignorierte unverdrossen blinkend den Wandel der Jahreszeiten.

Es waren noch gut zehn Minuten bis zur vereinbarten Zeit, aber Karla und Rona warteten bereits vor der Eingangstür, Karla dick vermummt unter einem gewaltigen Wollschal, Rona bis auf ihre Perücke bereits in Arbeitskleidung für den nächsten Hausbesuch. Die Unbefangenheit, mit der sie in dieser Aufmachung herumlief, war ebenso bemerkenswert wie ihre Hilfsbereitschaft, auch wenn sie nicht müde wurde zu betonen, dass sie in pflegerischer Hinsicht eine Niete und bestenfalls für Botengänge geeignet war. Aus ihrer maßlosen Bewunderung für Freds Engagement machte sie keinen Hehl, und Fred fand, dass er ihr im Gegenzug den Respekt schuldete, sich nicht für ihre Nebentätigkeit zu interessieren, worin auch immer sie bestand.

Rona winkte ihm zu. Karla sah trotz ihres voluminösen Umhangs wie ein winziger erdbrauner Vogel an der Seite eines schrillen Papageis aus. Seit dem Einsetzen des

Ports vor zwei Wochen hatte sich ihr Zustand von Tag zu Tag verbessert, auch wenn ihr Arzt vor unangebrachter Euphorie warnte und lieber von einem erfreulichen aktuellen Verlauf sprach, der einer verbesserten Nahrungsaufnahme zu verdanken war. Trotzdem zog Fred es vor, an ein kleines Wunder zu glauben, nachdem Karla am letzten Sonntag Klaffki dazu überredet hatte, sie und Phil zu einer Matinee in ein Programmkino zu begleiten, das den Live-Mitschnitt des Grateful-Dead-Abschiedskonzerts vom Juli 2015 in Chicago zeigte. Auch dass Karla bereit war, mit einer angemessenen medizinischen Notfallausrüstung, einer warmen Decke und im Beisein einer zweiten Person den Fahrstuhl zu benutzen, gehörte in diese Kategorie, und nicht zuletzt die Tatsache, dass er selbst wieder bei ihr ein- und ausging: lauter Wunder, lauter Gründe, dankbar zu sein.

»Super«, sagte Rona, als er vor den beiden Frauen stand. »Frau Jenner hat darauf bestanden, früher runterzugehen, weil sie meinte, Sie wären sowieso schon da, Herr Wiener. Ich geh dann mal wieder rein, ich bin spät dran. Was soll ich Ihnen wünschen? Alles Gute? Viel Erfolg?«

»Möge das Feuer mit uns sein«, sagte Karla. »Hallo, Herr Wiener. Können wir?«

Sie hatten nie wieder über die Vorfälle vom ersten Weihnachtstag gesprochen. Vielleicht war das ein weiterer Grund, dankbar zu sein, vielleicht aber war es auch ein unvernünftiger Schweigepakt, verordnet von Karlas Starrsinn und genährt von seiner Feigheit. Seit er vor einer Woche einen großformatigen Umschlag von Gudrun zugeschickt bekommen hatte mit der Bitte, ihn ihrer Schwester auszuhändigen, neigte er zur zweiten Annahme, war jedoch außerstande, etwas anderes damit zu tun, als den Umschlag in seiner Mappe aufzubewahren und auf einen Moment zu warten, den er sich nicht vorstellen konnte.

Er hielt Karla die Autotür zum Einsteigen auf. Sie holte einen Zettel aus der Tasche und nannte ihm die Adresse, und er musste nicht einmal auf der Karte nachsehen, weil die Straße ganz in der Nähe seines Büros lag. Wahrscheinlich war er schon x-mal daran vorbeigekommen, ohne näher hinzuschauen, schließlich interessierte man sich als Sterbebegleiter nicht zwangsläufig für Bestattungsinstitute. Er hatte sich voriges Jahr bei einer Hospizveranstaltung den Vortrag einer Bestatterin angehört und ihn durchaus inspirierend gefunden; in der Praxis jedoch waren Beisetzungsformalitäten und -entscheidungen Familiensache und erforderten nicht die Unterstützung von ehrenamtlichen Mitarbeitern. Auf der anderen Seite, fand er, war es alles andere als abwegig, wenn man bei einer Sterbebegleitung auch bei einem Bestatter vorbeischaute.

Sie redeten nicht viel während der Fahrt. Karlas Hände lagen entspannt in ihrem Schoß, sie sah aus dem Fenster und schien kein Gespräch mit ihm führen zu wollen, und er dachte nicht daran, ihr eines aufzudrängen, nicht bei so einem Anlass. Sie hatte sich seinen Beistand gewünscht, und er stand zur Verfügung. Dass sie wirklich so gelassen war, wie sie vorgab, bezweifelte er, aber er zweifelte auch an der Zuverlässigkeit seiner eigenen Wahrnehmungen, und am meisten zweifelte er daran, Karla Halt und Trost geben zu können, falls sich dieser Besuch als eine miserable Idee herausstellen sollte, was er insgeheim befürchtete.

Das Gebäude mit den diskret illuminierten Schaufenstern und dem Schriftzug »Bestattungsinstitut Merz« in schlichten goldenen Lettern über dem Eingang kam ihm tatsächlich vage bekannt vor. Er stellte den Wagen auf dem Kundenparkplatz ab und half Karla beim Aussteigen.

»Nicht schlecht, oder?«, sagte sie zu Fred, als sie vor den Auslagen standen. »Früher rannte man immer ganz schnell an solchen Läden vorbei. Heute wollen sie, dass man stehen bleibt und Dinge sagt wie: ›Ist das nicht eine total süße Regenbogenurne? Oder die in Kätzchenform? Und guck mal die Urne da hinten, die aussieht wie ein Buch! Den Laden müssen wir uns unbedingt für später merken!‹«

Er fühlte sich ertappt, weil ihm ausgerechnet die Urne in Buchform mit ihrer gebürsteten Metalloberfläche besonders gut gefallen hatte, überhaupt fand er die Schaufenstergestaltung sehr gelungen und wusste nicht genau, ob Karlas Bemerkung ironisch gemeint war oder nicht. Er murmelte etwas, das wie Zustimmung klingen sollte. Karla lächelte ihn an und fragte »Alles okay bei Ihnen, Herr Wiener?«, und er nickte und zog die Eingangstür für sie auf, jetzt doch überzeugt, dass ihr Gleichmut echt war. Ein melodischer Dreiklang meldete ihre Ankunft, und Karla schritt wie eine Königin zu einem schlichten Tresen in der Mitte, der von weißen Tulpen in Bodenvasen flankiert wurde. An den Wänden hingen großformatige Naturaufnahmen von Birkenwäldern, Bergwiesen und sprudelnden Bächen. Fred nahm an, dass Karla gründlich recherchiert hatte, bevor sie sich für diesen Laden entschied.

Der hochgewachsene bärtige Mann, der plötzlich vor ihnen stand, war völlig geräuschlos aus den Kulissen hervorgetreten und sah aus, als wäre er in seinem dunkelgrauen Maßanzug zur Welt gekommen. Er war jünger als

Fred, vielleicht Ende dreißig oder Anfang vierzig, sein volles braunes Haar war streng gescheitelt und zurückgekämmt, und sein Bart hatte geradezu kaiserliche Dimensionen.

»Guten Abend. Frau Jenner, nicht wahr? Ich bin Christoph Merz. Wir haben miteinander telefoniert.« Für eine derart formvollendete Andeutung einer Verneigung musste man wahrscheinlich lange üben, oder sie ging einfach mit dem Tragen solcher Anzüge einher.

»Guten Abend, Herr Merz«, sagte Karla und überließ ihren Wollumhang den einladend ausgestreckten Händen von Christoph Merz. »Das hier ist Herr Wiener.«

Herr Wiener zog es vor, seine Jacke anzubehalten. Ob Christoph Merz bei seinem Anblick Bruder, Geliebter, Chauffeur oder überhaupt nichts dachte, war ihm nicht anzumerken. »Sehr erfreut, Herr Wiener. Unser Besprechungsraum befindet sich gleich nebenan. Wenn Sie mir bitte folgen würden?«

Ein Tisch, vier Stühle, cremefarbene Vorhänge, noch mehr Tulpen, noch mehr gerahmte Fotodrucke mit üppigen Landschaften an den Wänden. Nachdem sie beide sein Getränkeangebot dankend abgelehnt hatten, nahmen Karla und Fred an der Längsseite des Tisches Platz, und auch die Art, wie Christoph Merz sich auf der gegenüberliegenden Seite in Positur brachte, war von unnachahmlicher Eleganz und verhieß Seriosität und Kompetenz.

»Ich freue mich, dass Sie zu uns gefunden haben, Frau Jenner. Ihr Anliegen ist bei uns in besten Händen. Unser Institut befindet sich seit sechs Generationen im Familienbesitz und verbindet über hundertfünfzig Jahre Erfahrung mit den Vorzügen eines modernen Dienstleistungsunternehmens. Sie haben sich bereits im Internet einen ersten Eindruck von unseren Angeboten verschafft?«

»Ja«, sagte Karla. »Sehr beeindruckend. Hübsche Urnen haben Sie.«

»Danke. Wir geben uns große Mühe mit der Ästhetik. Natürlich fertigen wir auf Wunsch unserer Kunden auch individuelle Unikate an. Sie denken also über eine Urnenbestattung nach?«

»Nicht im Entferntesten«, sagte Karla.

»Erzählen Sie mir mehr von Ihren Wünschen, Frau Jenner.«

»Mir hat eine Zeit lang die Idee gefallen, als Schwarzpulverbeigabe in einem Feuerwerk zu explodieren«, sagte Karla. »Mittlerweile finde ich diese Vorstellung etwas pathetisch. Ich möchte keine Spuren hinterlassen, das ist alles.«

»Ich verstehe. Keine klassische Erdbestattung. Eine anonyme Beisetzung?«

»Überhaupt kein Grab. Keine Bestattungszeremonie, keine Trauerfeier. Nicht unter der Erde und nicht irgendwo in einem Regal. Und kommen Sie mir gar nicht erst mit einem Wald.«

Wenn Christoph Merz lächelte, sah es aus, als würde sich sein makelloser Vollbart wie ein Gefieder spreizen. Gute Zähne hatte er auch.

»Dann werde ich Ihnen selbstverständlich nicht mit einem Wald kommen, Frau Jenner. Aber ich versichere Ihnen, dass es durchaus noch weitere attraktive Möglichkeiten gibt.«

»Nämlich?«

»Wussten Sie, dass aus Ihrer Asche ein, nein, bis zu fünf Diamanten gewonnen werden können? Das ist besonders im Interesse der Hinterbliebenen eine bedenkenswerte Option, weil Ihre Familie auf diese Weise eine – nun ja, gewisse Nähe zu Ihrer Restsubstanz bewahren kann.« Christoph Merz fasste zum ersten Mal Fred direkt ins Auge.

»Herr Wiener wird kein Hinterbliebener sein und hat deswegen auch kein Interesse an meiner Restsubstanz«, sagte Karla. »Er ist ein Mitarbeiter vom Hospiz und sozusagen mein persönlicher Sterbebegleiter.«

»Ach«, sagte Christoph Merz. »Tolle Arbeit. Respekt.« Er beugte sich vor und sah Karla eindringlich an. »Und was ist mit Ihren Angehörigen, Frau Jenner? Edelsteine erfreuen sich zunehmender Beliebtheit, auch Amulette mit Asche werden oft nachgefragt.«

»Sie können die Angehörigen von Ihrem Zettel streichen, Herr Merz. Und bitte auch alle Devotionalien. Hat Keith Richards nicht mal behauptet, er habe sich die Asche von seinem Vater mit einer Linie Koks reingezogen?«

»Die britischen Bestattungsgesetze sind sehr viel großzügiger als die deutschen, Frau Jenner«, sagte Christoph Merz. »Aber dank unserer Vertragspartner in der Schweiz und in den Niederlanden kann ich Ihnen garantieren, dass nach Abschluss einiger Formalitäten auch hierzulande eine Person Ihres Vertrauens Ihre Asche zusammen mit Kokain schnupfen kann, wenn dies Ihr Wunsch ist.«

»Das war brillant gekontert, Herr Merz«, sagte Karla, und wieder spreizte sich das Barthaar von Christoph Merz um sein zufriedenes Lächeln herum, und Fred stellte fest, dass er ihn nicht mochte. »Gibt es eine Alternative zum Vergraben oder Verbrennen?«

»Es gibt die sogenannte Promession, bei der ein Körper gefriergetrocknet und anschließend kompostiert wird, und die Resomation, eine alkalische Hydrolyse, die zur Zersetzung führt, aber beide Verfahren gehören nicht zum Leistungsspektrum unseres Instituts«, sagte

Christoph Merz und vermittelte allein durch die Art, wie sein Mund jetzt komplett hinter dem Oberlippenhaar verschwand, was er von diesen Methoden hielt.

»Nicht ganz mein Fall«, sagte Karla.

»Liebe Frau Jenner, verzeihen Sie, wenn ich so direkt bin, aber irgendetwas wird mit Ihrem Leichnam geschehen müssen, das verlangen unsere Gesetze. Wenn Sie keine Erdbestattung wünschen, kommt nur die Kremation infrage. In Deutschland herrscht Friedhofspflicht, das heißt, wir müssen Ihre Asche hinterher auf einem Friedhof oder in einem Friedwald bestatten. Darüber hinaus gibt es noch die Seebestattung, bei der Ihre Asche in einer wasserlöslichen Urne dem Meer übergeben wird. Allerdings können wir diese strengen Regeln dank unserer Vertragspartner –«

»Ohne Urne geht es nicht? Kann man nicht einfach meinen Körper verbrennen, und dann kommt der Reinigungsdienst und fegt die Asche weg und tschüss?«

»Sie ahnen ja nicht, liebe Frau Jenner, wie streng die Bestimmungen sind. Da fegt keiner schnell mal was weg. Wer das Krematorium verlässt, tut es in einem versiegelten Behälter, der mit einer Seriennummer und seinem Namen versehen ist.«

»Okay. Reden wir über Ihre Vertragspartner.«

Christoph Merz lehnte sich zurück und strich sich zufrieden über das Barthaar. »Bei unseren Vertragspartnern, denke ich, werden Sie eine Alternative finden, die Sie glücklich macht, Frau Jenner. Beispiel Schweiz: Wenn Sie uns beauftragen, Sie in unser Partnerinstitut in Luzern zu überführen, unterliegt Ihre Asche dem Schweizer Bestattungsrecht, und da geht es wesentlich entspannter zu als bei uns. Flussbestattung, Felsbestattung, Almwiesenbestattung, Ihre Asche in alle vier Winde. Und falls

Sie ein ökologisch engagierter Mensch sind: Für das sogenannte *Memorial Reef* in Australien werden künstliche Korallenriffs aus menschlicher Asche angelegt, die dann als Lebensraum für Fische dienen.«

Fred bereute inzwischen, dass er seine Jacke nicht den hilfreichen Händen von Christoph Merz übergeben hatte. Er schwitzte. Die Bestatterin hatte damals bei ihrem Vortrag von Ritualen und Abschiedszeremonien gesprochen, von Gedenkansprachen, Trauerbegleitung und musikalischer Untermalung. Das hier war ihm eindeutig zu viel. Sich Karla als Diamant oder Korallenriff vorzustellen machte ihn fertig, und dazu noch dieser unfassbar haarige Typ, der ein bizarres Angebot nach dem anderen vortrug und Karla dabei ansah, als würde er sie am liebsten höchstpersönlich ins Krematorium hineintanzen. Noch ein einziges Mal *liebe Frau Jenner,* und der Kerl bekäme von ihm eins aufs Maul.

»Ich weiß nicht, ob ich mir das alles merken kann, lieber Herr Merz«, sagte Karla. Fred öffnete den obersten Knopf seines Hemdkragens und atmete tief durch. Karla warf ihm einen amüsierten Blick zu.

»Nur noch kurz zu unseren niederländischen und tschechischen Nachbarn, in Ordnung, Frau Jenner? Die haben sich nämlich auf exotische Bestattungsformen spezialisiert. Sie können beispielsweise Ihre Asche aus der Gondel eines Heißluftballons verstreuen lassen, über dem Meer oder dem Festland, ganz wie Sie wünschen. Und eine Sache möchte ich Ihnen noch ans Herz legen, auch wenn Sie sich nicht für Friedwälder interessieren: Beim Modell *Tree of Life* wird Ihre Asche nach und nach dem Substrat eines Baumsetzlings zugefügt, so dass die Pflanze die enthaltenen Nährstoffe optimal absorbieren kann. Nach etwa einem halben Jahr ist Ihr Baum pflanzfertig und kann von den Hinterbliebenen oder in Ihrem Fall auch über unser Haus an einem Ort Ihrer Wahl eingepflanzt werden.«

»Aus mir wird ein Baum?«

»So ist es.«

»Das klingt nach einer angemessenen Mischung aus Eitelkeit und Größenwahn im Angesicht des Todes. Geht jede Baumart?«

»Sie würden es als Palme in unseren Breitengraden nicht besonders gut haben, liebe Frau Jenner.«

»Ich dachte eher an eine Olive in Spanien.«

»Das ist eine ausgezeichnete Wahl«, sagte Christoph Merz. »Die Herstellung des Pflanzensubstrats und die Anzucht erfolgen unter notarieller Aufsicht. Ich werde mich persönlich dafür einsetzen, dass Ihr Olivenbaum genau dort hinkommt, wo Sie ihn haben wollen.«

Vor Freds innerem Auge lief ein Film ab, in dem er Merz bis nach Spanien verfolgte, ihm in letzter Minute einen dreiviertel Meter Olivenbaum entriss und sich mit quietschenden Reifen in einer Staubwolke davonmachte, bevor Merz den Wurzelballen in einem persönlich ausgehobenen Loch versenken konnte. Wenn das tatsächlich Karlas Wunsch war, sollte nicht Christoph Merz, sondern er derjenige sein, der sie einpflanzte. Er war erstaunt über die aufwallende Eifersucht und den Schmerz, der sich plötzlich in ihm ausbreitete. Dieses Gefühl von Verlust. Karla beim Sterben zu begleiten hieß, bei ihr zu sein, solange sie da war: Das hielt er aus, dem fühlte er sich gewachsen. Gespräche über Bestattungsmodalitäten hingegen konfrontierten ihn mit der Leerstelle, die sie hinterlassen würde, und das war bitter. Karla zu vermissen stand auch ihm zu. Ein Hinterbliebener zu sein allerdings nicht, da musste er seine Emotionen in den Griff bekommen.

»Herr Wiener? Herr Wiener? Hätten Sie eventuell noch Fragen an Herrn Merz?«

Er hatte nicht zugehört. War das mit dem Olivenbaum jetzt ausgemachte Sache? Erwartete Karla von ihm ein fachliches Ausloten der vorgestellten Optionen, weil er gewissermaßen auch in der Branche tätig war? Das Einzige, was ihn wirklich interessierte, war die Frage, ob Merz hinterher die GPS-Koordinaten von Karlas Baum rausrücken würde, aber damit konnte er jetzt nicht kommen.

»Nein, keine Fragen«, sagte Fred. »Sehr interessant, das alles.«

»Dann danke ich Ihnen erst mal für Ihre umfassende Beratung, Herr Merz«, sagte Karla.

»Ich würde gern etwas fragen«, sagte Christoph Merz. »Wenn Sie gestatten, Frau Jenner?«

»Nur zu«, sagte Karla.

»Es ist so«, sagte Merz, und zum ersten Mal klang seine Stimme nicht geschliffen professionell, sondern fast verlegen. »Beratungsgespräche dieser Art führen wir in der Regel mit Angehörigen, die versuchen, den Wünschen eines Verstorbenen gerecht zu werden. Manchmal liegen Willensbekundungen vor, die beispielsweise eine Kremation im Ausland erleichtern. Aber dass jemand in Ihrer Situation selbst hierherkommt –« Er brach seinen Satz ab und sah Karla an, als müsste sie wissen, was er nicht aussprach.

»Ja?«, sagte Karla.

»Was ich sagen wollte, ist, dass ich Sie für Ihre Haltung bewundere. Ich ziehe meinen Hut vor Ihnen, Frau Jenner.«

»Offen gesagt, mein Sterben kotzt mich die meiste Zeit an, Herr Merz«, sagte Karla. »Es gibt aber auch Momente, in denen ich mich durchaus privilegiert fühle. Ich kann mich mit dem Tod so intensiv auseinandersetzen, wie ich es möchte und aushalte. Das könnte ich als jemand, der bei einem Verkehrsunfall umkommt, nicht.«

»Ich wünschte, es gäbe mehr Menschen, die so denken wie Sie, liebe Frau Jenner. Eine Beziehung zum Tod als letztes Geschenk des Lebens! Und dann die selbstbestimmte Form der Beisetzung als letztes Geschenk *ans* Leben. Großartig, einfach großartig.«

Wahrscheinlich war es die letzte Gelegenheit für heute, sich mit Christoph Merz zu prügeln. Er ließ sie ungenutzt verstreichen.

»Sie wissen doch gar nicht, wie ich denke, mein lieber Herr Merz«, sagte Karla und stand auf. »Aber Ihr Service ist wirklich einmalig. Ich werde über meine Zukunft als Olivenbaum nachdenken und mich bei Ihnen melden, wenn ich mich entschieden habe. Dürfte ich bitte kurz Ihre Toilette benutzen?«

Christoph Merz sprang von seinem Stuhl auf und zeigte ihr den Weg, dann kehrte er zum Tisch zurück und setzte sich zu Fred.

»Frau Jenner hat mich tief beeindruckt«, sagte er. »Glauben Sie –«, er senkte die Stimme, »glauben Sie, dass es für sie in Ordnung wäre, wenn ich ihre Worte auf unserer Website zitieren würde? ›Ich fühle mich privilegiert, weil ich mich intensiv mit meinem Tod auseinandersetzen kann‹, so was in der Art?«

»Nein«, sagte Fred.

»Ohne Namensnennung. Ich dachte an: eine Kundin bei einem unserer Beratungsgespräche.«

Es war nicht unanständig, was Christoph Merz im Sinn hatte, und es war noch nicht einmal ausgeschlossen, dass Karla die Vorstellung witzig fand oder es ihr zumindest scheißegal war, was Merz mit ihren Worten machte, aber Nein zu sagen war Freds einzige Alternative zur körperlichen Gewalt.

»Nein«, sagte er. »Das kommt gar nicht infrage.«

»Schade«, sagte Merz, und dann schwiegen sie beide, und als Karla wieder in der offenen Tür erschien, standen sie gleichzeitig auf. Auf dem Weg zum Ausgang versuchte Merz es mit weiteren charmanten Plaudereien, aber Karla schien genug zu haben und gab ihm keine originellen Antworten mehr. Als geeignete Abschiedsfloskel entschied sich Merz schließlich für ein lahmes »Alles Gute, Frau Jenner«, ergänzte es mit einer Verneigung, die wesentlich tiefer war als die zur Begrüßung. Er winkte Fred etwas geistesabwesend, aber keinesfalls unfreundlich zu, und als sie draußen standen, hörten sie, wie er die Eingangstür hinter ihnen abschloss.

»Ein bisschen betrinken wäre jetzt nicht schlecht«, sagte Karla, als sie wieder im Auto saßen. »Nur dass ich's leider nicht mehr kann.«

»Ja«, sagte Fred und ließ den Motor an.

»Danke, dass Sie mich hierhergebracht haben und mitgekommen sind. Ich weiß, dass Sie die Idee nicht so toll fanden. Aber ich wusste genau, dass ich das wollte.«

»Dann bin ich froh, dass wir das gemacht haben.«

»Sie konnten Herrn Merz nicht leiden.«

»Ging so.«

»Aber mein lieber Herr Wiener, sein Bart war phänomenal!«

Er verstand den Witz, aber er ging nicht darauf ein.

»Wollen Sie das wirklich machen? Das mit dem Olivenbaum?«

Karla lachte laut auf, dann wurde sie ernst und starrte nach vorn auf die Straße. Nach einer Weile sagte sie:

»Nein. Etwas an dieser Vorstellung, ein Baum zu sein, den es ohne mich nicht gäbe, hat mir sehr gefallen. Aber der ganze Aufwand ist einfach absurd.«

Er begleitete sie noch im Fahrstuhl bis zu ihrer Wohnung. Karla zeigte ihm den Klappsitz, den Klaffki extra für sie an die Seitenwand der Kabine montiert hatte, um ihr den Aufenthalt so angenehm wie möglich zu machen, und nahm ihm das Versprechen ab, Klaffki niemals zu verraten, dass sie viel lieber stand. Sie waren sich einig, dass Klaffki ein großes Herz und ein schlechtes Augenmaß hatte, denn der Sitz war viel zu hoch für Karla angebracht.

»Noch mal danke für alles, Herr Wiener«, sagte sie oben an ihrer Wohnungstür. »Ich hätte das alles auch allein machen können, aber ich wollte gern jemanden dabeihaben, der diese Erfahrung mit mir teilt. Wissen Sie noch, was eine Promession ist?«

»Ja. Wir haben viel gelernt heute.«

»Im Moment tendiere ich zu einer bescheidenen Urne an einem anonymen Ort irgendwo in Deutschland. Aber Merz darf nicht die Buchurne nehmen. Die Buchurne ist für Sie.«

Er hätte Karla so gern gesagt, wie sehr *er* sie bewunderte, aber er würde das nie mehr sagen können, ohne sich wie ein Merz-Imitator zu fühlen. Aber ein anderes Wort als Bewunderung für das, was er empfand, fiel ihm nicht ein, also lächelte er nur und sagte »Bis zum nächsten Mal, Frau Jenner«, und nahm den Fahrstuhl als Zeichen seiner grenzenlosen Unerschrockenheit. Auf dem Weg nach unten setzte er sich auf den Klappsitz. Er war ausgesprochen bequem.

Karla

weil er mich aushält

weil er liebt

weil er fragt

weil er nicht fragt

weil er ein miserabler lügner ist

weil er es will

weil er es kann

weil er vergibt

weil er bleibt

weil ich ihn brauche

Fred

DAS *WOHNZIMMER* als Treffpunkt zu nehmen war Freds Vorschlag gewesen, genauso wie der frühe Termin, der ihm die Möglichkeit geben würde, hinterher Phil bei Karla abzuholen. Ein Blick durchs Fenster bestätigte ihm, dass er wieder einmal als Erster da war, aber statt draußen vor der Tür zu warten, betrat er die Kneipe, setzte sich an einen Tisch im hinteren Teil des Gastraums und fühlte sich entspannter, als er erwartet hatte. Rona konnte er nirgendwo entdecken. Ein junger Typ mit tätowierten Armen, die aussahen, als wären sie mit Reptilienhaut überzogen, kam und wischte seinen Tisch ab, der Lappen in seiner Hand roch streng, und Fred bestellte ein alkoholfreies Bier.

Maria kam hereingestürzt, als ihm der Reptilienmann gerade seine Flasche gebracht hatte. Noch im Gehen riss sie sich Mütze und Schal vom Leib und begann ihren Mantel aufzuknöpfen, direkt hinter ihr trottete Ole mit roten Wangen und schiefem Lächeln unter seinem Fahrradhelm. Ole sah besser aus, als es die Gerüchte vermuten ließen: Er sei nach Elenas Tod schwer angeschlagen und brauche dringend Unterstützung, habe jedoch bisher jedes Hilfsangebot grimmig zurückgewiesen, hatten Brigitte und noch zwei andere Ehrenamtliche berichtet, als Ole nicht zur letzten Supervision erschienen war. Arne hatte lediglich darauf hingewiesen, dass es durchaus üblich sei, sich nach einer langen, intensiven Begleitung eine Auszeit von der Hospizarbeit zu nehmen, und vor übermäßiger Dramatisierung gewarnt. Maria hatte sich nicht dazu geäußert, aber Fred hatte ihren Gesichtsausdruck gesehen und war deshalb nicht besonders überrascht, dass sie ein paar Tage später bei ihm anrief und ein Treffen zu dritt vorschlug. Als er zusagte, war es noch in dem Glauben geschehen, Ole damit einen Gefallen zu tun. Seit der Umschlag von Gudrun Feuser in seiner Mappe steckte, gab es allerdings einen weiteren Grund für seine Teilnahme, der weniger selbstlos war.

»Hey«, sagte Maria. »Ich wäre sogar noch vor dir da gewesen, wenn ich nicht unterwegs Ole getroffen hätte. Der Mann fährt Fahrrad wie eine Oma. Und dazu trägt er auch noch einen *Helm.*« Sie warf ihre Sachen auf einen leeren Stuhl und setzte sich neben Fred.

»Wir sind einen riesigen Umweg gefahren, weil sie ihrer App mehr vertraut hat als mir«, sagte Ole und nahm auf der anderen Seite vom Tisch Platz. »Hallo, Fred. Schön, dich zu sehen.«

Fred dachte an sein eigenes Rad, das seit über zehn Jahren unbenutzt im Fahrradkeller stand, falls es nicht längst gestohlen worden war. Er setzte sich ein wenig aufrechter hin und straffte die Schultern. Ole winkte dem Reptilienmann und orderte nach kurzer Rücksprache mit Maria eine große Flasche Mineralwasser.

»Ole sagt, es ginge ihm super, Fred«, sagte Maria. »Nur dass du's weißt.«

»Nicht super. Aber okay«, sagte Ole.

»Es sind nur unsere Betschwestern von den Ehrenamtlichen, die ihm so zusetzen«, sagte Maria. »Also dann, Ole. Du bist in Sicherheit. Wir wollen dir garantiert nicht helfen. Was ist los bei dir?«

»Ich bin traurig, dass Elena tot ist, aber ich hab meinen Frieden damit. Ich mochte sie sehr gern. Ich will unsere Geschichte nicht sofort mit der nächsten Begleitung überschreiben. Deswegen Auszeit. Das ist alles.«

»Jemand sagte, du wärst dabei gewesen, als sie starb«, sagte Fred.

»War ich nicht. Ihre Eltern waren bei ihr. Ich hätte auch gar nicht hineingepasst in das Bild.«

»Und hast du dich von ihr verabschieden können?«

»Ja. Immer wieder. Die ganzen letzten Wochen habe ich jedes Mal, wenn ich ging, gedacht, so, das war's jetzt. Aber es hörte und hörte nicht auf. Elena hat nicht gelitten, das weiß ich. Sie hat einfach nur unendlich lange gebraucht, bis sie gehen konnte. Ich glaube, meine Vorstellung, dass sie am Ende einfach so –«, er schnippte mit den Fingern, »loslassen würde, war ein bisschen naiv.«

Wie Karla wohl sterben würde? Wie er selbst und wie Ole und Maria und Phil und wie alle anderen, die er kannte, sterben würden?

Ole lehnte sich zurück. »Und ihr so? Was ist aus deiner Geschichte mit Karla geworden, Fred? Maria sagt, du hättest in der letzten Sitzung nichts erzählen wollen, aber Arne hätte dir alles Gute für den Neustart gewünscht.«

»Warte kurz«, sagte Maria. »Ich will das auch unbedingt wissen, aber ich muss doch noch mal was nachfragen. Wieso hättest du nicht in dieses Bild reingepasst, als Elena starb? Ich meine, du reißt dir da monatelang den Arsch auf, um ihr das Sterben leichter zu machen, und zum Schluss wirst du vor die Tür geschickt?«

»Mich hat niemand vor die Tür geschickt, Maria. Ich war einfach nicht da. Es ist an einem Wochenende passiert, in der Nacht von Samstag auf Sonntag. Aber wenn ich bei ihr gewesen wäre, wäre ich sicher gegangen. Ich weiß, dass das für Elenas Eltern viel zu intim gewesen wäre, mich dabeizuhaben.«

»Aber für Elena nicht, oder? Um wen geht's hier eigentlich?«

»Um alle. Echt, Maria, ich weiß nicht, was ich später mal mache, wenn ich vom Hospiz so eine wie dich als Begleitung bekomme. Was ist aus deinem Hippie geworden?«

»Kalle? Ist friedlich wie ein Baby eingeschlafen. Im Krematorium haben sie sich übrigens geweigert, ihn mit meinem Schal einzuäschern. Für Sozialbestattungen nehmen sie offenbar nicht ihren Top-Hochleistungsofen, sondern ein älteres Modell, und das kann nur Sterbehemd. Wieder was gelernt.«

Der Reptilienmann brachte endlich das Wasser, und Ole erhob sein Glas.

»Auf uns«, sagte er. »Und jetzt erzähl mal, Fred.«

Also erzählte Fred. Er bemühte sich um eine möglichst knappe und dennoch anschauliche Zusammenfassung der Ereignisse der letzten Wochen und wagte bei der Gelegenheit zum ersten Mal, von Phils Aktivitäten bei Karla zu berichten, ohne dass Maria ihn auch nur ein einziges Mal unterbrach.

»Familienunternehmen, was?«, sagte Ole. »Tolle Geschichte. Tolle Frau. Toller Sohn.«

»Danke«, sagte Fred.

»Wie wunderschön, jetzt haben sich alle wieder lieb«, sagte Maria. »Was mich eigentlich viel mehr interessiert: Hast du mal mit Karla über die Sache mit Weihnachten gesprochen? Und was ist aus der Schwester geworden, die umsonst angereist war? Ist die einfach wieder in der Versenkung verschwunden, oder was?«

Marias Intuition war irgendwie furchteinflößend, allerdings hatte sie ihm damit eine goldene Brücke zu seinem wichtigsten Anliegen gebaut.

»Nein, ich habe mit Karla bis jetzt nicht darüber gesprochen«, sagte er. Sein Bier war lauwarm, er schob es beiseite. »Und die Schwester ist tatsächlich wieder aufgetaucht. Sie hat mir letzte Woche einen dicken Umschlag geschickt. Sie schreibt dazu, er enthalte wichtige und persönliche Dinge, die Karla noch nicht wüsste. Ich soll Karla diesen Brief übergeben, das sei ich ihr schuldig.«

»Womit sie nicht ganz unrecht hat«, sagte Maria.

»Absolut nicht«, sagte Fred. »Und deswegen brauche ich euren Rat. Scheiße, was soll ich denn jetzt machen? Soll ich Karla wirklich ein zweites Mal diesen Scheißkonflikt unter die Nase halten, mit dem sie überhaupt nichts zu tun haben will?«

»Unser guter Fred Wiener sagt gleich zweimal hintereinander Scheiße«, sagte Maria. »Bist du etwa in deine Karla verliebt?«

»Was soll denn das jetzt«, sagte Fred.

»Tu's nicht, Mann«, sagte Ole. »Schick der Schwester den Umschlag zurück und sag: ›Bedaure, ich habe bereits einmal einen Riesenfehler gemacht, und ich werde auf keinen Fall einen zweiten hinzufügen. Ich nehme an, dass Sie jetzt wütend oder enttäuscht sind, und das ist auch Ihr gutes Recht, aber diesen Gefallen kann ich Ihnen leider nicht tun.‹ Ende.«

»Das wäre tatsächlich eine Lösung«, sagte Fred. »Doch, das ist gut. Vielen Dank.« Er hätte auch selbst darauf kommen können. Er begann in Gedanken bereits die ersten Sätze an Gudrun Feuser zu formulieren.

»Gern geschehen«, sagte Ole. »Oh nein, sieh dir Maria an. Damit kommen wir nicht durch bei ihr.«

»Es ist keine Lösung, es ist feige«, sagte Maria. »Nur

ein bisschen weniger feige, als so zu tun, als hättest du diesen Brief nie gekriegt, und das Ganze auszusitzen, bis Karla gestorben ist.«

»Ach komm, Maria, das ist doch keine Mutprobe hier. Es geht um Schadensbegrenzung. Fred will verhindern, dass noch mehr Porzellan zerschlagen wird«, sagte Ole.

»Blödsinn. Es geht um einen Brief. Einen Informationsträger. Tote Materie. Das ist was ganz anderes, als wenn jemand, den du absolut nicht in deiner Nähe haben willst, nach vierzig Jahren plötzlich leibhaftig vor dir steht. Karla kann den Brief lesen, weil vielleicht Dinge drinstehen, die sie wissen möchte. Sie kann ihn ungeöffnet verbrennen, sie kann ihn Fred um die Ohren hauen, sie kann damit machen, was sie will. Es ist ihrer.«

»Auch wieder wahr«, sagte Ole.

»Hast du echt Angst, dass Karla dich ein zweites Mal rauswirft, Fred? Oder dass alle ihre Organe auf der Stelle versagen, wenn der Name ihrer Schwester ausgesprochen wird? Oder geht's dir einfach nur darum, die schöne Harmonie zwischen euch nicht zu gefährden?«

Natürlich ging es darum, um nichts anderes ging es. Fred sah, dass Maria ihn genau beobachtete, und als er immer noch nicht antwortete, begann sie zu grinsen.

»Ach ja, ach ja«, sagte sie. »Die schöne Harmonie.«

»Ich hab doch noch gar nichts entschieden«, sagte er.

»Mensch, Fred, du kannst echt von Glück reden, dass es nur ein Brief ist«, sagte Ole, der offenbar die Seiten gewechselt hatte. »Hätte genauso passieren können, dass diese Schwester dich pausenlos anruft. Oder plötzlich bei dir auf der Matte steht und verlangt, zu Karla gebracht zu werden.«

»Habe ich mir auch schon x-mal vorgestellt«, sagte Fred.

»Aber sie tut nichts von alldem. Sie setzt sich hin und schreibt es auf«, sagte Maria. »Ich finde das absolut zumutbar, was sie von dir verlangt, Fred. Mach keine große Sache daraus. Geh zu Karla und wink mit dem Umschlag und sag ›Hier, den hat mir Ihre Schwester geschickt. Wenn Sie ihn nicht haben wollen, nehme ich ihn gleich wieder mit.‹ Lass Karla das entscheiden. Vielleicht ist das eure Chance, noch mal über das Weihnachtsdesaster zu reden. Oder sie verrät dir ihr dunkles Familiengeheimnis. Oder irgendetwas anderes Unerwartetes passiert. Aber was auf keinen Fall passieren wird, ist, dass sie dich zum zweiten Mal feuert. Mark my words.« Sie drehte sich um und schien nach dem Reptilienmann zu suchen. »Kriegt man hier in diesem Laden eigentlich was zu essen?«

»Ich glaube, nein«, sagte Fred.

»Ich könnte auch was vertragen«, sagte Ole. »Sollen wir noch woanders hingehen?«

Fred sah auf seine Uhr. »Das wird mir zu knapp. Ich muss Phil gleich abholen.«

»Bring ihn doch mit«, sagte Ole.

»Nee, Ole, lass mal«, sagte Maria. »Fred braucht eine Pause. Wir haben ihm wieder mal ganz schön zugesetzt. Stimmt doch, Fred?«

Er konnte nicht verhindern, dass er rot wurde. Es war ihm unangenehm, dass er sich erst ihren Rat holte und dann bei der nächstbesten Gelegenheit die Flucht ergriff, aber Maria hatte recht, die Vorstellung, den Abend zu dritt oder womöglich zu viert an einem anderen Ort fortzusetzen, war ihm zu viel. Er übernahm die Rechnung, was angesichts einer einzigen Flasche Mineralwasser ohne Protest akzeptiert wurde. »Wirklich, ihr habt mir sehr geholfen«, sagte er, als sie aufstanden und ihre Jacken anzogen, und er meinte es auch.

»Immer wieder gern«, sagte Ole. »Wir sehen uns. Ich bleib euch erhalten.«

»Tschüss, Fred«, sagte Maria. »Du schaffst das. Du bist ein guter Mann. Ich weiß, dass ich dich oft stresse, aber du magst mich auch.«

Sie ging auf ihn zu und umarmte ihn, und als sie merkte, wie überrumpelt er war, drehte sie sich lachend von ihm weg und warf sich beim Gehen mit einer energischen Bewegung den Schal über die Schulter, und Fred kannte das schon und wich rechtzeitig aus, bevor ihn das Ende treffen konnte. Er verließ als Letzter das *Wohnzimmer.* Draußen vor der Tür sah er Ole und Maria zu, wie sie ihre Fahrräder aufschlossen und klingelnd und winkend in der Dunkelheit verschwanden. Er nahm sich vor, bei der nächsten Gelegenheit im Keller nachzusehen, ob sein Rad noch dort stand.

Es war kurz vor sieben. Er ging zum Auto, setzte sich hinein und schickte eine SMS an Phil, dass er unten auf ihn wartete. Wenn Phil bei Karla war, vermied er es, in Karlas Wohnung aufzukreuzen. Ein einziges Mal hatte er ihn von seinem Arbeitsplatz in der Küche abgeholt und war dort dermaßen unwillkommen gewesen, dass er nicht im Traum daran dachte, es noch einmal zu tun. Das ging in Ordnung. Die Bilder und die Band und Karlas Küche gehörten Phil, Fred hatte dort nichts zu suchen. Wenn sie ihn brauchten, würden sie ihn rufen, daran zweifelte er nicht.

Dass Maria ihn einen guten Mann genannt hatte, freute ihn, und es stimmte, seit er nicht mehr in ihrer Schusslinie stand, mochte er sie umso mehr. Angst machte sie ihm trotzdem. So ähnlich wie sie mochte Karla gewesen sein, als sie jung war: frech, scharfsinnig, selbstbewusst, genau die Sorte Frau, in deren Leben keine Männer wie

Fred Wiener vorkamen, es sei denn, der Zufall führte sie zusammen oder der Tod. Er schaltete das Radio ein und hörte die Wettervorhersage für die kommende Woche (frühlingshaft, mild, erst zum Wochenende wieder Schauerneigung), und als er Phil aus der Haustür kommen sah, ließ er den Motor an und hupte kurz.

Phil lief auf das Auto zu, riss die Tür auf und warf seinen Rucksack auf die Rückbank.

»Hallo, Papa«, sagte er und ließ sich in den Sitz fallen.

»Hallo, Phil«, sagte Fred. »Geht's dir gut? Wie war dein Tag?«

Phil schnallte sich an und sagte »Ganz okay«, und er sagte es auf die betont beiläufige Art, die zum erneuten Nachfragen aufforderte. Fred tat ihm an der nächsten roten Ampel den Gefallen.

»Na sag schon. Was ist?«

»Papa, sie will mir ihre Kamera schenken«, sagte Phil. Seine Stimme klang ehrfürchtig und ein bisschen ängstlich. »Aber nur, wenn das in Ordnung ist. Ist es das?«

»Warum sollte das nicht in Ordnung sein?«

»Du hast mal erzählt, als Ehrenamtlicher dürfte man nichts erben und auch keine Geschenke annehmen, weil das sonst aussieht, als hätte man sich nur wegen so was an die Sterbenden rangewanzt.«

»Das gilt nur für mich. Bei dir ist das was anderes«, sagte Fred. »Wenn Karla dir etwas schenken möchte, ist das ihre Sache.«

»Ich darf das also annehmen?« Phil brüllte fast vor Begeisterung. »Mann, Papa, das ist so geil. Das war Karlas erste Spiegelreflexkamera aus den Siebzigerjahren. Die geht immer noch. Karla hat sogar noch Filme für die.«

»Gratuliere.«

»Sie möchte, dass ich sie jetzt schon mitnehme. Sie

sagt, sie hätte schon genug zu regeln mit ihrem ganzen Nachlass, und so wäre es viel unkomplizierter.«

»Da hat sie völlig recht.«

»Papa. Ich weiß, dass das eigentlich alles voll traurig ist, aber ich freu mich auch, dass ich was von ihr kriege, was mich an sie erinnert.«

»Was? Natürlich ist das ein Grund, sich zu freuen.«

»Weil du so guckst.«

Fred wollte abstreiten, dass er so guckte, oder eine Erklärung finden, warum er so guckte, aber dann wechselte er lieber das Thema. »Wie sieht's aus, hast du Hunger? Pizza oder was anderes?«

»A ja, B egal«, sagte Phil. »Papa, sie ist die ganze Zeit nur am Räumen. Sie ist total gut drauf, aber irgendwie ist das auch ein bisschen unheimlich. Sie verschenkt ganz viel von ihrem Zeug. Klaffki kriegt ihre Platten und ihren Kopfhörer. Der hat echt fast geheult, als sie ihm das sagte. Ich war dabei. Rona sagt, sie würde auch was kriegen, aber sie will mir nicht sagen, was es ist.«

»Was meinst du mit unheimlich?«

»Ich weiß nicht genau. Dass Karla so ruhig ist ganz tief innen drin. Dass es ihr so viel Spaß macht, ihre Sachen wegzugeben. Sie würde am liebsten zum Schluss eine ganz leere Wohnung haben, hat sie gesagt.«

»Das hat sie gesagt?«

»Ja. Und ich finde es toll, dass es ihr wieder so gut geht. Aber in Wirklichkeit wird überhaupt nichts besser. Weißt du, was ich meine?«

»Ich weiß ganz genau, was du meinst«, sagte Fred und hielt an der Pizzabude, die seit Jahren ihr Favorit war, weil sie zwei Straßen von ihrer Wohnung entfernt lag. »So. Und jetzt nur noch wir beide. Alles wie immer. Mit allem.«

»Alles wie immer mit allem außer Zwiebeln«, sagte Phil und nahm Freds Portemonnaie entgegen.

»Alles wie immer mit allem außer Zwiebeln und zum Mitnehmen«, sagte Fred und sah seinem Sohn hinterher, wie er durch die offene Eingangstür ging und sich beim Bestellen so lässig mit den Ellbogen am Tresen abstützen konnte, als hätte es nie eine Zeit gegeben, in der so etwas gar nicht möglich gewesen war.

Phil

»WIR GEHEN NACH DRAUSSEN, PHIL«, sagte Karla, als hätte man das nicht schon an ihrem Aufzug gesehen, Schuhe und Mütze und dann dieser gigantische Wollschal, in den sie sich neuerdings einwickelte, seit ihre Jacken und Mäntel viel zu groß für sie geworden waren, und natürlich stand auch ihre Mary-Poppins-Tasche fertig gepackt im Flur. »Lass deinen Rucksack hier, du wirst nämlich mein Zeug schleppen müssen. Ich hab die alte Olympus dabei. Bei meinem Tempo werden wir nicht weit kommen, aber für eine kleine Runde durch diesen albernen Park reicht es allemal.«

Er hatte keine Ahnung, von welchem Park sie redete, aber es war durchaus möglich, dass sein Weg zur U-Bahn auch an einem Park vorbeiführte, ohne dass es ihm je aufgefallen wäre. Parks interessierten ihn nicht. Mit der Natur hatte er sich mittlerweile arrangiert, denn wer einem Galloway-Rind standhielt, hatte auch seine Ängste vor anderen Tieren im Griff, und Bäume waren zumindest insoweit okay, als dass man sich mit einem Buch darunterlegen konnte, wenn man von Sabine oder Fergus zu einem Aufenthalt im Freien verdonnert wurde.

Er übernahm das Abschließen der Wohnungstür und folgte Karla zum Fahrstuhl. Seit sie ihn nicht mehr allein benutzte, hatte er sie schon ein paarmal begleiten müssen, und er hatte bei jeder Auf- und Abfahrt schauspielerische Höchstleistungen abgeliefert. Dieser Fahrstuhl war das gottverdammte *Innere* eines Galloway-Rindes, und keine Phantasie von Karla, die tot in ihrer Wohnung lag, konnte es mit seiner Angst aufnehmen, mit ihr zusammen in diesem Fahrstuhl stecken zu bleiben. Sechsunddreißig Sekunden dauerte der Trip, *such a long, strange trip,* und er hatte ihn bisher nur mit Dauergrinsen oder idiotisch gedehnter Konversation überstanden: »Und Sie wollen sich wirklich«, dritte Etage, »also echt jetzt wirklich«, zweite Etage, »nicht vielleicht doch noch kurz hinsetzen?« (erste Etage, gleich geschafft).

Heute waren seine Improvisationen nicht gefragt. Karla nutzte die Fahrt nach unten für eine Schnelleinführung in die Kunst des Filmeinlegens, vielleicht, um sich auf diese Weise nicht nur vor seinem Geschwätz, sondern auch vor ihrem eigenen Unbehagen zu schützen. Rückspulkurbel hochziehen, Kamerarückwand öffnen, Patrone einlegen, Film vorsichtig herausziehen und in die Transportspule einfädeln, Deckel zu, Transporthebel spannen, Auslöser drücken, klack. Noch zweimal spannen, noch zweimal auslösen, und jetzt erschien eine Eins in dem winzigen Fenster neben dem Transporthebel. »Schwarz-Weiß, 125 ISO«, sagte Karla und stellte es an einem Rädchen neben dem Auslöser ein. Dann drückte sie ihm die leere Filmdose in die Hand. Phil hängte sich die Kamera um den Hals und schulterte Karlas Handtasche.

Draußen vor der Tür blieb Karla auf dem Gehweg stehen und tat nichts von alldem, womit sich die meisten Erwachsenen an den ersten milden Frühlingstagen gern lächerlich machten, indem sie die Arme ausbreiteten, wohlig seufzten oder Sachen wie »Ach, ist das herrlich, Kinder« riefen. Sie hielt ihr Gesicht nur für einen kurzen Moment in die Sonne, dann öffnete sie die Augen, sagte »Gutes Licht« und wandte sich nach rechts, und rechts war nicht die Richtung, aus der er sonst immer kam. Sie passierten eine Reihe von Geschäften, hauptsächlich Asia-Märkte, türkische Gemüsehändler und Sex-Shops, bogen ein weiteres Mal rechts und danach wieder links ab und standen schließlich am Eingang eines ausgedehnten Parkgeländes, das von zwei Hochbahntrassen überquert wurde. Karla hatte kein einziges Wort gesprochen, sondern mit kleinen, entschlossenen Schritten die Richtung vorgegeben. Jetzt steuerte sie geradewegs auf die nächste Bank zu und setzte sich.

»Verdammt noch mal, ist das anstrengend«, sagte sie und streckte die Beine aus, und dann, als sie sein Gesicht sah: »Hör auf, so panisch zu gucken, Phil. Ich werde nicht auf einer Parkbank sterben.«

Er versuchte, so auszusehen, als würde er ihr das glauben, schließlich konnte sie doch überhaupt nicht *wissen*, ob sie auf dieser Scheißbank sterben würde oder nicht. Andererseits war es eigentlich egal, ob es hier oder zuhause geschah, früher oder später würde es sowieso passieren, und sie hatte darauf bestanden, mit ihm hierherzugehen, also konnte er sich wirklich mal entspannen. Er entspannte sich.

»Komm, setz dich zu mir«, sagte Karla. »Ich zeige dir ein paar Sachen, und dann kannst du allein loslegen.«

Phil hatte sich längst informiert, wusste alles über Blendenvorwahl, Zeitautomatik und Tuchverschluss der OM-2; was ihm fehlte, war der Kontakt mit den Händen. Im Internet gab es massenhaft Freaks, die der Meinung waren, seit ihrer Einführung im Jahr 1975 wäre nichts Nennenswertes mehr passiert in der Fotowelt: Sie priesen die Kompaktheit ihres Metallgehäuses und die Geschmeidigkeit des Filmtransports, die pneumatische Spiegeldämpfung, den sanften Spiegelschlag und das helle, klare Sucherbild. Nach dem ersten Blick durch das kleine Fenster wusste er, was sie meinten. Es war ungewohnt, die Kamera ans Gesicht zu halten und das Bild an einem Objektivring scharf zu stellen, aber er lernte schnell. Der Sucher war sein erweitertes Auge und diese Kamera kein Ding, das man am ausgestreckten Arm zwischen sich und die Welt hielt. Sorry, Weihnachtsgeschenk. Hallo, Königin der Spiegel.

»Sieh zu, dass du erst einmal ein Gefühl für die Kamera kriegst, bevor du mit anderen Objektiven arbeitest«, sagte Karla. »Sie hat vor ein paar Jahren neue Dichtungen bekommen. Ansonsten ist die alte Dame in jeder Hinsicht top. Ich denke, ihr werdet es gut miteinander haben, ihr zwei.«

Er wählte eine mittlere Blende, nahm die Kamera auf und richtete sie auf die Eisenkonstruktion der Hochbahntrasse, über die gerade eine U-Bahn ratterte. Er drückte ab und sah aus alter Gewohnheit auf die Kamerarückseite in Erwartung eines Displays, das ihm die Aufnahme zeigte, aber da war nur der abgewetzte, narbige Kunststoffbezug und ein schwarzer Rahmen, in dem ein Schnipsel der Filmverpackung klemmte.

Karla hatte ihn beobachtet. »Auf diesen Luxus musst du leider verzichten«, sagte sie. »Ob du es verhunzt hast oder nicht, erfährst du erst, wenn der ganze Film durch ist. Aber glaub mir, irgendwann weißt du's schon in dem Moment, wo du den Auslöser drückst. Mach vorsichtshalber immer mindestens zwei.«

»Darf ich Sie auch fotografieren?«

Sie zögerte, vielleicht war es nur eine Tausendstelsekunde, die kürzeste seiner Belichtungszeiten, aber sie zögerte. »Doch«, sagte sie dann. »Warum nicht? Lass uns noch ein bisschen herumlaufen hier. Ich werde nicht für dich posieren. Mach deine Bilder, aber geh mir nicht auf die Nerven damit.«

Sie stand auf und ging los, und er folgte ihr. Sie liefen einen breiten asphaltierten Weg entlang, rechts frisch gepflanzte Frühjahrsblumen und ein Stück dahinter Neubauten, links Rasen, eine Anlage für Skater, Spielplatz, noch mehr Rasen, noch mehr Hochbahn. Kontrollierte Natur, ganz nach seinem Geschmack. Der erste Park seines Lebens, der ihm gefiel. Er schien nagelneu zu sein, kein Baum war höher als drei, vier Meter, und jeder war noch von seinem eigenen Stützkorsett aus Holzbalken umgeben. Er fotografierte die Schatten der eingerüsteten Bäume, die weiten Rasenflächen und eine namenlose Blume aus allernächster Nähe. Auch der Parcours für Skater, obwohl gut besucht, sah aus, als wäre er gestern erst eingeweiht worden. Er fotografierte die Skater auf ihren Rampen. Karla sagte irgendetwas zu ihm, und er fotografierte Karla.

»Entschuldigung, ich hab Sie nicht verstanden.«

»Ich habe dich gefragt, wie es bei dir mit dem Schreiben läuft«, sagte Karla. »Hast du überhaupt noch Zeit dafür?«

»Ich texte jetzt«, sagte er und machte eine Aufnahme von seinen Füßen. »Wir haben ein Rap-Projekt an der Schule.«

»Du machst Rap?«

»Nicht ich. Max. Ein Typ aus meiner Klasse. Er will rappen, aber er kann keine Texte schreiben, deswegen hat er uns beide als Team angemeldet. Es ist ein Wettbewerb. Max sagt, er würde das Ding auch allein mit seiner Bühnenpräsenz und seiner *Credibility* reißen, aber es ist nun mal ein Projekt für Deutsch und Musik, da braucht er auch einen guten Text, wenn er gewinnen will.«

Karla blieb stehen. »Erzähl mir was von deinem Stück, Phil. Ich mag keinen Hip-Hop, aber ich weiß, die Texte können durchaus anspruchsvoll sein.«

Er fotografierte Karlas Füße. Sie trug dieselben Schuhe wie damals zu Weihnachten. Er hätte jetzt auch Nein sagen können, es wäre für sie in Ordnung gewesen, das wusste er. »Ich – ja, klar. Also, das Motto vom Wettbewerb ist ›Familie‹. Mach einen Rap über deine ganze Familie oder irgendein Familienmitglied oder erzähl davon, was dir Familie bedeutet. Ich weiß nicht, wer sich das ausgedacht hat. Max hat gesagt, bei einem guten Rap müssen eigentlich Mütter beleidigt werden, aber damit wären wir nie durchgekommen.«

»Die eigenen Mütter?«

»Nein, die von den anderen.«

»Ach so. Und wen beleidigt ihr stattdessen?«

»Niemanden. Ich habe was über Sie geschrieben. Also, nicht direkt über Sie. Nur ein bisschen über Sie. Ich habe es ›Rap für Oma‹ genannt, damit es zum Thema Familie passt. Ich hoffe, das ist in Ordnung.«

»Ich komme in einem Song vor? Wie aufregend. Kann ich ihn hören?«

»Aber es ist mit Sterben«, sagte Phil und konnte nicht fassen, was für ein dämlicher Angeber er war. Sie hätte nie etwas von diesem Wettbewerb erfahren müssen, er hätte ihr irgendeinen anderen Text von sich aufsagen können, es gab doch mehr als genug.

»Na dann erst recht«, sagte Karla.

»Sie können ja jederzeit Stopp rufen, wenn's Ihnen zu viel wird«, sagte er.

»Gut zu wissen«, sagte Karla.

»Okay«, sagte er und stellte Karlas Tasche ab. Er holte tief Luft und schloss die Augen, als müsse er sich hochkonzentriert an seinen Text erinnern, was natürlich nicht der Fall war. Er behielt die Augen zu.

»Ich bin jung, meine Oma liegt im Sterben
Ich muss noch wachsen, meine Oma muss vererben
Ich hab Schiss, meine Oma hat Humor
Da, wo ich mal'n Sixpack krieg, hat Oma den Tumor.«

Rhythmus und Tempo waren nicht schlecht, bis auf Tumor, den musste er wie Humor betonen. Aber dieser Text. Weiter. Er hatte keine Wahl.

»Ich hab keine Ahnung, meine Oma weiß Bescheid
Ich hab höchstens Schnupfen, meine Oma kaum noch Zeit
Ich werd mal erwachsen, meine Oma wird vergessen
Da, wo sie heut liegt, da hat sie gestern noch gesessen.«

Er öffnete vorsichtig die Augen und sah zu Karla hinüber, aber ihr Blick war aufmerksam, sonst nichts.

»Und das hier ist der Refrain. Die Rapper nennen das Hook«, sagte er.

»Alter, Oma stirbt bald, und das treibt mich in den Wahn
Oma ist kein Opfer, Oma lacht und sagt ›Na dann‹
Krebs, du alte Sau, Oma ciao, Super-GAU
Oma weiß, wo's hingeht, aber ich hab keinen Plan.«

Er hielt inne und wartete. Vielleicht reichte es ihr jetzt. Karla sagte: »Das geht doch noch weiter, oder?«

»Ich geh noch zur Schule, meiner Oma geht es
schlecht
Ich tu so als ob, aber Oma stirbt in echt
Ich hab meine Träume, meine Oma hat Morphin
Da, wo meine Zukunft ist, kommt Oma nicht mehr
hin.
Ich bin manchmal feige, meine Oma ist im Fluss
Ich mach Hausaufgaben, meine Oma macht bald
Schluss
Ich kann noch was werden, meine Oma kann nicht
mehr
Da, wo meine Oma war, ist morgen alles leer.«

Es waren noch weitere Strophen in Arbeit, aber die waren nicht reif zur Veröffentlichung. Karla starrte auf einen Punkt hinter seiner Schulter und sagte nichts. Ein gutes Dutzend Kindergartenkinder in leuchtend gelben Warnwesten trippelte an ihnen vorbei, lautstark angetrieben von zwei Erzieherinnen, und als schweigende Nachhut zog ein junger Typ mit Pferdeschwanz, wahrscheinlich ein Praktikant, einen leeren Bollerwagen hinter sich her. Weil Phil nicht wusste, was er tun sollte, nahm er die Kamera und machte ein Bild von der kleinen Karawane, wie sie Kurs auf den Spielplatz hinter dem Skatepark nahm. Und noch eins. Und noch eins.

»Puh«, sagte Karla.

»Es ist ja noch gar nicht fertig«, sagte Phil und ließ die Kamera wieder sinken. »Vielleicht streiche ich auch ein paar Sachen.«

»Ganz ehrlich, bei dem Wort Oma zucke ich jedes Mal zusammen«, sagte Karla. »Aber Kunst darf ruhig wehtun. Da gehört nichts gestrichen. Gute Arbeit, Phil.«

»Danke«, sagte er. Er wusste, dass sie es genau so meinte, wie sie es sagte, aber richtig stolz fühlte er sich nicht.

»Lass uns umkehren«, sagte Karla.

Die Sonne stand jetzt ein bisschen tiefer und kam schräg von vorn. Sie redeten nicht. Manchmal blieb er hinter Karla zurück und machte Bilder von ihr, wie sie mit ihrem Wollgespinst im Gegenlicht vor ihm herlief. Einmal hielt sie an und drehte sich zu ihm um, und er hatte die Kamera noch oben und drückte ab, und es war das erste Bild, bei dem er sofort wusste, dass es gelungen war. Auf dem Film waren noch neun Aufnahmen.

»Ich möchte dich was fragen, Phil«, sagte Karla, als er sie wieder eingeholt hatte. »So von Oma zu Enkel. Du hast mir noch nie was von deiner Mutter erzählt. Ich weiß, dass du manchmal an den Wochenenden bei ihr und ihrem Partner bist. Fährst du gern hin?«

»Es geht«, sagte Phil. »Ich bin dran gewöhnt.«

»An was? Ans Hinfahren?«

»Meine Mutter ist peinlich«, sagte Phil.

»Warum?«

»Sie ist voll eso. Sie pendelt alles aus, bevor sie irgendwas entscheidet. Sie glaubt an Engel und schickt mir andauernd irgendwelche Energien. Oder magische Elixiere, damit ich wachse.«

»Scheinen doch zu wirken«, sagte Karla.

»Ich hab sie aber gar nicht genommen.«

»Macht sie auch Sachen, die du gut findest?«

»Nein. Doch. Sie nervt neuerdings nicht mehr ganz so wie sonst.«

»Das ist doch schon mal was«, sagte Karla.

»Ja«, sagte Phil und kickte einen herrenlosen Gummiball zur Seite. Er landete in der einzigen Wasserpfütze weit und breit, ein großartiges Motiv mit all den Sonnenreflexen, aber wenn er jetzt die Kamera hochnahm, würde es so aussehen, als wollte er von ihrem Gespräch ablenken, und ach, nichts wollte er lieber als das.

»Ich kann auch aufhören, wenn's dir zu viel wird.«

»Ist schon okay«, sagte er.

»Dann sag mir fünf Dinge, die du von ihr gelernt hast.«

»Ich weiß nicht. Essen? Anziehen? Schleife binden?«

»Streng dich mal ein bisschen mehr an, Phil.«

»Eine Katze zeichnen.«

»Schon besser.«

»Sie hat mir Bücher besorgt, als ich klein war«, sagte er. »Alle. So viele ich wollte. Aber nur, damit sie ihre Ruhe vor mir hatte.«

»Ein Geschenk für die Menschheit, wenn du mich fragst«, sagte Karla. »Okay, jetzt ist gut. Vielleicht fallen dir ja später noch mehr Sachen ein.«

Neben der Bank am Eingang des Parks, auf der sie vorhin gesessen hatten, stand eine Joggerin und machte Dehnübungen. Er sah Karla an, aber sie schüttelte nur den Kopf und ging weiter. Nach ein paar Metern fragte sie »Wärst du so nett?« und hakte sich bei ihm ein, und es war ein tolles Gefühl, so neben ihr zu gehen, obwohl es hieß, dass er ihre schwere Mary-Poppins-Tasche jetzt nur noch auf einer Seite tragen konnte, was auf Dauer etwas schmerzhaft war.

Natürlich stand Klaffki wieder unten vor dem Haus und rauchte, und als er Karla sah, rastete er schier aus vor Glück, ihr hier draußen zu begegnen. Das letzte Foto des Tages machte Phil von Karla und Klaffki auf dem Gehweg, Klaffki im frühlingsgrünen Werder-Trikot und strahlend vor Freude, Karla wie auf den meisten Bildern leider nur in Rückenansicht, und als er auf den Auslöser drückte, rannte Kottke durchs Bild.

»Ich begleite Sie gerne noch rauf in Ihre Wohnung, Frau Jenner«, sagte Klaffki, ganz Gentleman, und Phil fand die Idee nicht schlecht, sich die Tour nach oben zu ersparen, bis ihm einfiel, dass sein Rucksack noch in Karlas Wohnung war.

»Bring ich dir runter«, sagte Klaffki und drückte ihm Schaufel und Plastiktüte in die Hand. »Bin in fünf Minuten wieder da. Pass auf, wo er hinmacht.«

Phil übergab Klaffki Karlas Tasche. Karla beugte sich zu ihm und legte ihre Hände auf seine Schultern. »Tschüss, Phil«, sagte sie. »Bis nächste Woche, ja? Das war ein toller Ausflug mit dir. Und ich würde ziemlich viel Geld darauf verwetten, dass ihr mit eurem Song gewinnt, du und Max.«

Als die beiden im Haus verschwunden waren, ließ er sich auf den Eingangsstufen nieder und legte Schaufel und Tüte neben sich. Kottke kam angetrabt und schnüffelte an seinen Beinen.

»Geh scheißen«, sagte Phil.

Kottke setzte sich erwartungsvoll vor ihm hin, sein Schwanz peitschte über die Gehwegplatten. Er hechelte unter seinem schiefen Maulkorb. Er bellte einmal, zweimal, dreimal.

»Ich mach keine Hundefotos, du Blödmann«, sagte Phil.

Kottke hörte nicht auf, ihn anzubellen. Es klang nicht feindselig, aber es nervte. Phil suchte nach einem Stöckchen, das er werfen konnte, aber er fand in seiner Nähe nur eine leere Coladose, und Kottke bellte unbeeindruckt weiter und sah sich nicht einmal nach der Dose um, die unter ein geparktes Auto rollte. Phil hob die Kamera, richtete sie auf den Hund und tat, als würde er auf den Auslöser drücken, und Kottke hörte auf zu bellen. Er ließ die Kamera sinken. Kottke bellte sofort wieder los.

Als Klaffki zurückkehrte, hatte Phil ungefähr zweihundert vorgetäuschte Aufnahmen von Kottke gemacht und nahm voller Dankbarkeit seinen Rucksack entgegen. Der Hund war bei Klaffkis Anblick aufgesprungen und hatte sich unter einen Baum verzogen, wo er sich mit einwärts gekehrtem Blick seiner Verdauung widmete, während Klaffki ihm ein Ultimatum zubrüllte. Phil nahm die Kamera vom Hals und steckte sie in seinen Rucksack. Er sah, dass Karla ihm zwei weitere Objektive dazugelegt hatte, eines davon ein fast zwanzig Zentimeter langes Teleobjektiv. Er war ein reicher Mann. Vielleicht waren seine Fotos nur mittelmäßig, das würde sich noch zeigen, aber zumindest den Wettbewerb könnte er gewinnen, das sah er plötzlich genauso wie Karla.

Karla

pankreas

du lächerliches stück drüsengewebe

gerade mal hundert gramm

köpfchen an den dünndarm,
schwänzchen an die milz

in der mitte ungebremstes wachstum

du siehst aus wie ein gelber wurm
aus blasigen lappen

schluss mit uns beiden

Fred

ER WÜRDE ES GENAU SO MACHEN, wie Maria es ihm vorgeschlagen hatte. Genau so. Er sagte es sich bei jeder Treppenstufe, die er aufwärts ging, rechter Fuß: genau, linker Fuß: so.

Karlas Wohnungstür war angelehnt, und das Erste, was ihm auffiel, war die Musik. Er wusste, dass sie oft Musik hörte, aber dass sie es auch anders als über ihren Kopfhörer tat, war ihm neu. Er rief »Hallo, Frau Jenner!«, zog seine Jacke aus und hängte sie an die Garderobe. Ihre Zimmertür stand halb offen, aber er klopfte trotzdem. Er schob die rechte Hand in seine Mappe, so dass er nicht umhinkommen würde, als Erstes den Umschlag herauszuziehen, wenn sie ihn sah.

Karla saß auf dem Boden, den Rücken ans Sofa gelehnt, die Beine angezogen, und studierte die Rückseite einer Plattenhülle. Neben ihr stand ein Pappkarton mit Langspielplatten, er schätzte, dass es ungefähr fünfzig oder sechzig waren, und er wusste, dass es noch viele weitere Kartons dieser Art in der Wohnung gab. Sie blickte erst auf, als er mitten im Zimmer stehen blieb. »Hallo, Herr Wiener«, sagte sie. »Was ist mit Ihrer Hand?«

Genau. So. »Frau Jenner«, sagte er und machte einen Schritt auf sie zu. »Bitte entschuldigen Sie. Ich muss das gleich loswerden, sonst wird das nie was. Ich soll Ihnen das aushändigen. Von Ihrer Schwester. Kam neulich mit der Post. Ich kann's aber auch gleich wieder mitnehmen.« Er hielt ihr den Umschlag hin. Seine Hand zitterte so stark, dass er den Arm schnell wieder sinken ließ. Stress. Er hielt diesen Stress nicht gut aus.

»Warten Sie«, sagte Karla, ohne weiter auf ihn zu achten. Sie griff nach der Fernbedienung, die neben ihr auf dem Boden lag, und richtete sie auf die Anlage, bis die Musik ganz verstummt war.

»So, jetzt noch mal«, sagte sie. »Was haben Sie da?«

»Einen Brief von Ihrer Schwester«, sagte er, mehr nicht. Er würde seinen Text kein zweites Mal aufsagen.

»Ach«, sagte Karla. »Und ich hatte mich schon gewundert, dass da nichts mehr kommt. Armer Herr Wiener, jetzt haben Sie auch noch meine Dämonen am Hals.«

Sie wies ihn nicht ab. Sie fand ihn bedauernswert. Er hatte im besten Fall mit kühler Gefasstheit gerechnet, aber nicht damit. »Das habe ich mir doch alles selbst eingebrockt«, sagte er.

»Ohne mich hätten Sie gar nicht erst damit anfangen können.«

Er sah sie überrascht an, weil er keine Ahnung hatte, worauf sie hinauswollte.

»Niemand hat mich gezwungen, diese Telefonnummer beim Hospiz zu hinterlegen. Sentimentalität ist kein guter Ratgeber. Ich wollte, dass da was steht. Für danach.«

»Es sieht aus, als hätte Ihre Schwester Ihnen noch eine Menge zu sagen.« Er hätte den Umschlag gern irgendwo abgelegt. Ihn Karla noch einmal hinzuhalten, wagte er nicht.

»Wissen Sie was, Herr Wiener? Machen Sie den Brief doch auf«, sagte Karla, und ihre Belustigung konnte unmöglich gespielt sein. »Lesen Sie, was sie mir zu sagen hat. Aber lesen Sie es bitte nicht laut vor. Ich weiß nämlich schon, was drinsteht.«

»Das werde ich ganz bestimmt nicht tun«, sagte Fred. »Aber könnte es nicht sein, dass Sie vielleicht später –«

»Herr Wiener«, sagte Karla. »Ich fände es toll, wenn Sie mal für einen Moment Ihre Küchenpsychologie vergessen und mir das glauben würden, aber wenn nicht, ist es auch in Ordnung. Die Sache mit Gudrun belastet mich nicht. Meine ganze Vergangenheit belastet mich nicht sonderlich, genauso wenig wie die Vorstellung, dass Gudrun jetzt darunter leidet, sich vor meinem Tod nicht mit mir versöhnen zu können. Ich habe mich vor vielen Jahren entschieden, dass ich sie nicht mehr in meinem Leben haben will. Vielleicht ist sie inzwischen ein toller Mensch geworden, vielleicht ist sie immer schon ein toller Mensch gewesen, und ich hab's nur nicht bemerkt. Ich hege keinen Groll gegen sie. Ich will sie trotzdem nicht in meinem Leben haben. Hören Sie, Herr Wiener? Nicht in meinem Leben und schon gar nicht in meinem Sterben. Diese Art von Intimität mit ihr möchte ich nicht.«

»Ja«, sagte er. »Ich hab schon verstanden. Ich wusste nur nicht –«

»Lassen Sie mir den Brief hier, damit Sie ihr später mit gutem Gewissen sagen können, dass Sie ihn übergeben haben. Ich werde Ihnen nicht verraten, was ich damit mache, dann müssen Sie auch nicht lügen. Und jetzt ist es gut. Wollen Sie ein bisschen Musik mit mir hören? Ich möchte Ihnen ein Lied vorspielen.«

Sie wartete seine Antwort nicht ab, sondern kroch auf allen vieren die wenigen Meter bis zum Plattenspieler. Sie trug einen Wollrock und darüber eine dicke Strickjacke, in der sie versank wie ein Kind, und sie war barfuß, natürlich. »Es ist das letzte Stück«, sagte sie und ließ behutsam den Tonarm aufsteigen und weiter hinten wieder aufsetzen. Sie drehte die Lautstärke auf. Dann kroch sie zu ihrem Platz zurück.

»Los, kommen Sie«, sagte sie und klopfte mit der flachen Hand hinter sich aufs Sofa. Er sah sich um, legte nach kurzem Zögern den Umschlag auf eine der Lautsprecherboxen und setzte sich zu Karla.

Er verstand nicht, wovon die Frau sang, aber er war auf der Stelle hingerissen vom Klang ihrer Stimme, und das war ihm, so weit er sich erinnern konnte, noch nie passiert. Es gab ein paar Wörter, die er wiedererkannte, *clouds* und *illusions* und natürlich *love,* ohne *love* kam wohl kein Lied aus, und er fragte sich, ob es ein heiteres Stück war oder ein trauriges, und er wunderte sich, dass nicht einmal die Melodie ihm eine Antwort darauf gab.

Er sagte nichts, als das Lied endete. Der Tonarm hob sich nahezu geräuschlos und wanderte zurück zu seiner Ablage. Sabine hatte damals noch einen alten Plattenspieler aus Jugendzeiten besessen, aber sie hatte nie etwas aufgelegt, an das er sich später noch gern erinnern wollte.

»Ich wusste es«, sagte Karla. »Es gefällt Ihnen. Hurra! Ich habe ein Musikstück gespielt, das Fred Wiener gefällt!«

»Sie hat eine tolle Stimme«, sagte Fred, außerstande, seine Verlegenheit zu verbergen. »Was singt sie?«

»Sie singt davon, dass man, selbst wenn man die Dinge von unterschiedlichen Seiten betrachtet, letztendlich doch nur seinen eigenen Illusionen aufsitzt.«

»Also ist es ein trauriges Lied.«

»Nicht unbedingt. Ich finde es nicht traurig, wenn man erkennt, dass man überhaupt nichts von Wolken, von der Liebe oder vom Leben verstanden hat. Verstehen Sie denn etwas davon?«

»Nein«, sagte er. »Aber ich dachte immer, alle anderen tun es.«

»Tun sie nicht«, sagte Karla. Sie stand vom Boden auf, griff nach ihrer Decke und setzte sich zu ihm aufs Sofa. »Ich muss meine Beine ausstrecken. Haben Sie noch genug Platz? Wunderbar.« Sie warf die Decke über ihre Beine. »Herr Wiener, ich möchte etwas mit Ihnen besprechen.«

Er war sofort alarmiert, ohne zu wissen, warum. Er sah sie an und wartete.

»Ich habe mich entschieden, das Ganze ein wenig zu beschleunigen.«

»Was zu beschleunigen?«, fragte er in der irrwitzigen Hoffnung, dass sie etwas anderes gemeint haben könnte. Ihr Fotoarchiv. Die Auflösung ihres Haushalts.

»Mein Sterben, Herr Wiener.«

Ihm fiel jetzt erst auf, dass sämtliche Fotos von den Wänden verschwunden waren. Sie hatten nicht lange genug dort gehangen, um Ränder oder Flecken zu hinterlassen. Wenn man genau hinsah, konnte man hier und dort winzige Löcher entdecken, in denen Nägel gesteckt hatten.

»Was haben Sie vor?«

»Keine große Sache. Ich möchte mich nur nicht mehr über diesen Port künstlich ernähren lassen.«

Er zwang sich, nichts von dem auszusprechen, was ihm durch den Kopf ging, weil es lauter Argumente waren, die mit einem Aber begannen. Weil er keine anderen Argumente hatte, blieb er stumm.

»Ich weiß, was Sie jetzt denken, Herr Wiener. Ich habe die letzten Wochen durchaus zu schätzen gewusst. Inzwischen finde ich diesen Zustand allerdings nur noch lästig. Je besser meine Konstitution, umso länger zieht sich mein Sterben hin. Und mein Körper zeigt mir ziemlich deutlich, dass er auf normalem Wege nichts mehr aufnehmen will.«

»Sie wollen also aufhören zu essen.«

»Und zu trinken. Wenn ich es konsequent mache, dauert es eine Woche, maximal zwei, hat mein Arzt gesagt. Ab dem dritten oder vierten Tag soll es sehr einfach werden.«

Er starrte auf die Plattenhülle, die sie oben auf der Kiste abgelegt hatte. Die Sängerin hieß Joni Mitchell. Sie war jung und blond und hatte leuchtend blaue Augen. Er nahm sich vor, ihren Namen auf keinen Fall zu vergessen.

»Ich möchte meine Entscheidung nicht mit Ihnen diskutieren, Herr Wiener. Ich bitte Sie auch nicht um Ihre Zustimmung. Ich frage Sie nur, ob Sie mich unter diesen Umständen weiterhin begleiten wollen. Rechtlich gehen Sie damit kein Risiko ein, falls Sie das befürchten.«

Er dachte nicht lange darüber nach. »Natürlich werde ich Sie begleiten«, sagte er.

»Danke. Und die andere Frage ist, ob Phil weiterhin hierherkommen soll oder nicht. Lassen Sie sich Zeit, Sie müssen das nicht sofort beantworten.«

»Sie würden das wollen?«

»Ich fände es unnatürlich, ihn auszuschließen. Aber ich habe das nicht zu entscheiden.«

»Ich auch nicht«, sagte Fred.

»Dann sollten wir uns darauf einstellen, dass er am Anfang ziemlich sauer sein wird, aber letztlich so viel wie möglich hier sein will.«

Wie gut sie Phil kannte. Wie sehr sie mit sich im Reinen zu sein schien. Wie unangenehm dieser plötzliche Druck war, den er in seinem Brustkorb spürte, es könnte Kotzen oder Weinen oder ein Herzinfarkt werden.

»Herr Wiener«, sagte Karla. »Fürs Protokoll. Ich habe keine einzige Phase von Frau Kübler-Ross ausgelassen. Ich sage das ganz ohne Zynismus. Ich kenne meine Situation. Mein Krebs bringt mich um. Und ich möchte jetzt auf eine halbwegs saubere Art gehen, die mir noch längeres Siechtum und immer höher dosierte Schmerzmittel erspart. Ein bis zwei Wochen sind ein überschaubarer Zeitraum, finde ich.«

Was auch immer es werden könnte, wenn er sich vorstellte, dass sein Zwerchfell mit jedem Ausatmen den Druck zurück in die Unterwelt presste, aus der er kam, ließ sich die Sache ganz gut kontrollieren, jedenfalls solange er nicht viel sprach.

»Herr Wiener? Dass ich darüber nicht mit Ihnen diskutieren möchte, heißt nicht, dass Sie nichts mehr dazu sagen dürfen.«

»Wann?«, fragte er.

»Sobald alles Schriftliche erledigt ist. Sobald Sie, Doktor Höll, die Dame vom Pflegedienst und ich zusammengekommen sind und das weitere Vorgehen besprochen haben. Wenn es nach mir ginge, spätestens ab übermorgen.«

Genau das war es. Es ging nach ihr und nicht um ihn. Einen Scheißdreck ging es um ihn und seine Befindlichkeiten. Wenn Karla beschlossen hatte, ihr Sterben voranzutreiben, war nichts so fehl am Platz wie sein lächerlicher Abschiedsschmerz. Er verhielt sich nicht nur unprofessionell, sondern auch egoistisch.

»Wenn Sie gleich morgen Abend ein Treffen wollen, bin ich dabei«, sagte er.

»Sie sehen aus, als bräuchten Sie gerade eine Menge Trost, Herr Wiener«, sagte Karla.

»Es geht mir sehr nahe«, sagte er, aber eigentlich war das schon wieder zu viel, also lächelte er und hoffte, dass sein Lächeln ihr auch seine unerschütterliche Bereitschaft zeigte, an ihrer Seite zu bleiben.

»Ja, das sehe ich«, sagte Karla.

»Seit wann denken Sie schon darüber nach?«

»Das erste Mal, als ich die Chemo abgebrochen habe. Dann kam eine Phase, in der ich geradezu besessen davon war, mich mit meinem Tod auseinanderzusetzen. Nicht weglaufen, dranbleiben. Heulen und Zähneklappern und vielleicht irgendwann meinen Frieden damit machen. Ich bin froh, dass ich mir diese Zeit noch genommen habe.«

»Und Ihren Frieden haben Sie jetzt.«

»Sagen wir, ich habe mich ergeben. Das mit dem Frieden hebe ich mir für den Schluss auf.«

Der Druck war immer noch da und jederzeit bereit, wieder aufzusteigen, wenn er nicht konzentriert atmete. Karla lehnte den Kopf an das Rückenpolster und schloss die Augen. Fred starrte auf seine Knie und fragte sich, ob er tatsächlich so naiv gewesen war zu glauben, dass Karla noch den Frühling, den Sommer und vielleicht sogar noch den Herbst erleben wollte. Dass Sterbefasten für sehr alte oder sehr kranke Menschen eine barmherzige und ausgesprochen wirksame Art war, den Tod herbeizuführen, wusste er. Mit genügend Entschlossenheit oder Überdruss ließen sich auch die ersten schwierigen Tage durchhalten, in denen das Durstgefühl sehr lästig werden konnte. Und wer nicht durchhielt, brach das Ganze einfach ab und lebte weiter. Es war nicht schwer, sich vorzustellen, zu welcher Gruppe Karla gehören würde.

Über ihnen knarrten die Dielenbretter, jemand ging ein paarmal hin und her, dann wurde es wieder still.

»Herr Wiener?«, sagte Karla, ohne die Augen zu öffnen. »Wären Sie so freundlich, noch ein bisschen Musik aufzulegen? Ich möchte die CD hören, die ganz oben auf dem Stapel neben der Anlage liegt. Ich sage Ihnen, was Sie tun müssen.«

»Sicher«, sagte er und stand auf. Es überraschte ihn nicht, dass oben auf dem Stapel ein weiteres Album von Joni Mitchell lag. Er folgte Karlas Anweisungen, und als er zum Sofa zurückkehrte, saß sie noch genauso da wie vorher, den Kopf angelehnt, die Augen geschlossen, dunkle Haarsträhnen über dem Gesicht und auf den Schultern. Er mochte ihre Haare so sehr.

Die Musik, die einsetzte, war eine ganz andere, und auch die Stimme war eine ganz andere Stimme als die, die er erwartet hatte. Erst war er enttäuscht. Dann war er fasziniert. Er stellte sich eine ältere Frau vor, die allein in einer Bar saß und ihre Erinnerungen sang, nur für sich selbst und völlig unbeeindruckt von dem bombastischen Orchester, das sich um sie geschart hatte und sie begleitete. Ob er diese Art von Musik mochte, konnte er nicht sagen, aber die alte Stimme, so fremd sie ihm auch noch war, liebte er genau so wie die junge. Der Druck in ihm wurde wieder stärker, und er atmete dagegen an, so gut er konnte.

»Dreißig Jahre und zigtausend Zigaretten später«, sagte Karla.

»Sie ist großartig«, sagte er.

»Herr Wiener?«

Karla hatte sich aufgesetzt. Sie schlang die Arme um ihre Beine und beugte sich zu ihm vor. Sie warf mit einer Kopfbewegung ihre Haare nach hinten. Unter ihren Augen lagen tiefe, dunkle Schatten.

»Es gibt noch etwas, um das ich Sie bitten möchte, Herr Wiener.«

»Ja, tun Sie das«, sagte er.

»Ich bitte Sie darum, mich zu berühren«, sagte sie.

Er hatte sich nicht verhört. Er sah es in ihrem Gesicht. Sie meinte es so.

»Ich möchte das nicht erklären«, sagte sie. »Und Sie müssen auch nichts erklären, wenn Sie nicht wollen.«

Er nickte. Er holte tief Luft und wusste nicht weiter. Sein Verstand meldete ihm allerlei unbrauchbare Informationen, die er sofort wieder vergaß. Sein Herz klopfte fest, aber überraschend gleichmäßig. Er nickte noch einmal und lächelte sie an. Sie lächelte nicht zurück.

Sie begann, ihre Strickjacke aufzuknöpfen. Sie trug ein seidig glänzendes Unterhemd mit Spitzen. Etwa eine Handbreit unterhalb ihres linken Schlüsselbeins war eine kreisförmige Erhebung unter ihrer Haut, etwa so groß wie eine Zwei-Euro-Münze. Der Port. Sie sah seinen Blick. Sie nahm seine Hand. Er musste näher an sie heranrücken. Die Jacke glitt von ihren Schultern. Ihr Oberkörper ragte wie ein helles, fragiles Gewächs aus den vielen Wollschichten heraus, die ihren Schoß und ihre Beine umhüllten.

Sie legte seine Hand auf die Wölbung des Ports, ein fester Ring, eine weiche Membran, darüber ihre Haut. Er spürte ihr Herz schlagen. Er wusste nicht, was sie von ihm erwartete, ob er seine Hand dort liegen lassen oder sie bewegen sollte, ob die Haut an seinen Handinnenflächen nicht viel zu rauh und spröde war, seine Finger zu ungelenk, ihr Druck zu schwach oder zu stark.

Karlas Haut war weich und trocken und dünn wie Papier, unterlegt von einem Netz aus hellblauen Adern und mit winzigen dunklen Pigmentflecken gesprenkelt. Er strich mit den Fingern an ihrem Schlüsselbein entlang bis zur Schulter und ließ seine Hand dort liegen, so fremd waren all diese Knochen, so spitz und zart und vogelgleich zeichneten sie sich unter ihrer Haut ab. Er betete darum, dass er nicht anfangen würde zu schwitzen. Er vergaß zu beten, als er in ihr Gesicht sah und merkte, dass sie weinte, und sie schien zu merken, dass er es sah, und weinte trotzdem weiter. Er ließ seine Handfläche abwärts wandern und berührte die zarte Innenseite ihres Unterarms, streifte weiter über ihre Haut bis zum Handgelenk und umfasste ihre Hand und hielt sie fest in seiner. Er hob seine andere Hand und legte sie auf ihr Haar, streichelte es, bis seine Hand auf ihrer linken Schulter lag und er spürte, wie kalt ihre Haut war, wie sehr sie fror, und er nahm Karla in seine Arme und hielt sie, gab ihr die Wärme seines Körpers und weinte zusammen mit ihr. Er spürte ihre Brüste an seinem Bauch und fand, dass sie eine wunderbare Frau war, und er sagte es ihr, oder er sagte irgendetwas, das sich so ähnlich anhörte, und sie hatte es vielleicht verstanden oder auch nicht, und sie weinte noch mehr. Er legte seine Wange an ihr Haar und streichelte ihren Rücken, folgte der Kontur jedes einzelnen Wirbels und berührte ihre Schulterblätter, die wie Flügelansätze hervorstanden, und er wusste, dass er noch nie in seinem Leben mehr Vertrauen in seine Hände gehabt hatte als gerade jetzt. Manchmal drang die Musik in sein Bewusstsein, und dann dachte er Worte wie dramatisch und verzweifelt oder wunderschön, aber meistens nahm er den Gesang nur als eine wohlwollende Präsenz wahr, die ihn und Karla unaufdringlich und mitfühlend umgab.

Als sie sich aus seiner Umarmung löste, klebten feuchte Haarsträhnen in ihrem Gesicht, und die Vorderseite seines Hemds war nass. Sie grub in dem Wust aus Decken, von dem sie umgeben war, und fand ein gefaltetes Papiertaschentuch, das sie in der Mitte durchriss, eine Hälfte für sich, eine für ihn. Seine Brille war nass und verschmiert, er nahm sie ab und rieb sie trocken, und als er sie aufsetzte, hatte Karla ihre Strickjacke wieder angezogen. Sie strich sich die Haare aus dem Gesicht, ihre Augen waren verquollen und gerötet, aber sie sah sehr lebendig aus, und als sie seinen Blick bemerkte, legte sie den Finger auf die Lippen, obwohl er gar nichts hatte sagen wollen.

»Es ist wieder das letzte Stück«, sagte sie.

Es vergingen ein paar Takte, bis er merkte, dass es das Lied von vorhin war, jetzt nicht mehr das junge, sondern das alte Lied, nicht nur zigtausend Zigaretten später gesungen, sondern auch um zigtausend Erfahrungen reicher. Karla hatte recht, es war kein trauriges, es war ein unendlich tröstliches Lied. Es lud dazu ein, sich mit allem zu versöhnen, was man nicht verstand, mit der Liebe, mit dem Leben, mit dem Tod, und es machte ihm nichts aus, dass er schon wieder den Tränen nahe war. Er schloss die Augen und streckte seine Hand aus, und Karla nahm sie, es war so einfach, und sie blieben so, bis das Lied wie ein ruhiges, sanftes Ausatmen endete.

Die Stille danach hätte für ihn noch ewig andauern können. Dass es für Karla anders sein würde, ahnte er schon.

»Herr Wiener«, sagte sie, und als er ihr sein Gesicht zuwandte, konnte er sehen, dass ihre Zeit vorbei war.

»Ich möchte gern wieder allein sein.« Ein leichter Druck, dann zog sie ihre Hand zurück.

»Selbstverständlich.«

Er war sofort auf den Beinen, richtete sein Hemd, das immer noch feucht an seiner Brust klebte, strich mit den Händen über sein Haar und fand keinen Namen für das, was er fühlte. Es gab nichts weiter zu sagen, nicht einmal, ob sie noch etwas brauchte, bevor er ging, denn sie brauchte nichts, das sah er.

»Dann gute Nacht, Frau Jenner«, sagte er. Er hätte sich gern bei ihr für den Abend bedankt, für die Musik, für ihr Vertrauen, aber es kam ihm taktlos und plump vor, das in Worte zu fassen, was gewesen war.

»Gute Nacht, Herr Wiener«, sagte Karla. »Kommen Sie gut nach Hause. Ich rufe Sie morgen an. Bitte reden Sie mit Phil.«

»Das mache ich. Versprochen.« Fred versuchte, beim Hinausgehen den Umschlag auf der Lautsprecherbox zu ignorieren, lieber drehte er sich noch einmal zu Karla um, die still auf dem Sofa saß und die Augen wieder geschlossen hatte, den Kopf leicht gesenkt, die Decke fest um sich gezogen. Er ließ die Zimmertür angelehnt. Draußen im Flur zog er seine Jacke an und blieb ein paar Sekunden reglos stehen und lauschte, aber er hörte nichts.

Als er den ersten Schritt ins Treppenhaus machte, fühlte er sich noch wie ein Held, der durchs Feuer gegangen war, gestärkt durch Wissen und gereift durch Erfahrung. Er ließ die Wohnungstür hinter sich ins Schloss fallen. Der zweite Schritt war auch noch in Ordnung, der dritte ebenfalls, aber schon beim vierten sprang ihn der Schmerz mit grausamer Wucht hinterrücks an und ließ sich auch von seiner Atemtechnik nicht beeindrucken, und zwischen dem dritten und zweiten Stock musste er stehen bleiben und sich mit beiden Händen am Geländer festhalten, so sehr schüttelte es ihn, und er dachte, genau so wird es dann also sein. Genau. So.

Phil

ES KOTZTE IHN AN, EHRLICH. Es war schon schlimm genug, dass man irgendwann mal starb, aber man brachte sich doch nicht auch noch während des Sterbens um. Jedenfalls nicht, solange man noch Spaß an irgendetwas hatte. Oder Freunde hatte oder beides, Freunde und Spaß. Nur noch ein einziges Mal zusammen mit ihr in diesem Park, und er hätte am Ende viel mehr gewusst über Fotografie und Rock 'n' Roll oder das Leben, und sie hätte noch viel mehr gewusst über ihn. Sie hätte ihm sogar noch weitere bescheuerte Fragen stellen dürfen wie die über seine Mutter, und er hätte sie alle beantwortet. Garantiert. Bis auf Fragen über Rona vielleicht. Stattdessen: sein letzter Arbeitstag. Obwohl es noch drei weitere Ordner mit unbearbeiteten Negativen gab, hatte Karla das Scan-Projekt für abgeschlossen erklärt, nachdem er letzte Woche die 1995er-Marke geknackt hatte, dem Jahr von Jerry Garcías Tod und dem Ende von Karlas Fotoaktionen bei Grateful-Dead-Konzerten. Vielleicht waren in den verbliebenen Ordnern ja nur noch Fotos von Immobilien, er hatte nie nachgesehen. Was ihn heute erwartete, war ein letzter Kontrollspaziergang durch die Datenmengen, die er angehäuft hatte, das Hin- und Herschieben zwischen Speichermedien und das abschließende Sichern auf einer externen Festplatte von acht Terabyte, die Karlas Anwalt später der *University of Santa Cruz,* Kalifornien, und ihrem einzigartigen Grateful-Dead-Online-Archiv zukommen lassen würde. Mission erfüllt.

Dass sein Vater gar nicht erst versucht hatte, Karla diesen Scheiß mit dem Fasten auszureden, enttäuschte ihn zutiefst, aber genauso schlimm war, dass Rona offenbar das Ganze noch aktiv unterstützte, indem sie sich bereit erklärt hatte, bis auf Weiteres bei Karla in der Wohnung zu übernachten. Rona, die bekennende Anti-Krankenschwester. Vielleicht war das ja Teil vom Plan, jemandem die Nachtschichten anzuvertrauen, bei dem alle Haustiere eingingen, allerdings wäre Klaffki, wenn es um pflegerische Inkompetenz ging, eine noch sicherere Bank gewesen, aber Klaffki schien raus aus dem Spiel zu sein. Das zumindest schloss Phil aus der Tatsache, dass Klaffki wie ein Springteufel aus seiner Wohnung gestürzt kam und sich vor ihm im Treppenhaus aufbaute, als er auf dem Weg nach oben zu Karla war, und sein höfliches »Hallo« mit einer ungeduldigen Bewegung abwehrte.

»Was. Geht. Hier. Ab«, sagte Klaffki und machte ein Gesicht, als wüsste er genau, wer das schwächste Glied in der Informantenkette war.

»Ich geh scannen«, sagte Phil. »Wieso?«

»Junge, hör auf, mich zu verarschen. Da ist was im Gange. Die Kleine hat hier im Haus übernachtet. Bei Olić würde die nie über Nacht bleiben, der hat Angst vor Frauen, der will die nur malen.«

Das war die interessanteste Neuigkeit, die er je von Klaffki gehört hatte. »Er will die nur malen?«

Wieder die gleiche Geste. Klaffki ließ sich nicht ablenken. »Ich hab doch gesehen, dass die so eine Art Meeting hatten vor zwei Tagen. Alle waren da, der Arzt, die Zopftante, dein Vater, und später kam noch das Mädchen dazu. Also, was ist da los?«

»Es geht ihr wieder schlechter«, sagte Phil. »Sehr schlecht. Sie hat jetzt überall Krebs. Der ganze Rücken. Auch im Kopf.« Er würde in der Hölle schmoren für das Verbreiten dieses Blödsinns, aber man zwang ihn ja dazu. Und möglicherweise stimmte es sogar.

»Ach Gott«, sagte Klaffki. »Ach Gott. Dann war's das ja wohl.« Er kniff die Augen zusammen und sah Phil misstrauisch an. »Und wieso bist du um diese Zeit hier?«

»Osterferien«, sagte Phil.

»Na dann war's das wohl«, sagte Klaffki noch einmal. Ein Wunder zog er offenbar nicht in Erwägung. Kottke kam durch die Wohnungstür getrottet, drängte sich an Klaffki und rutschte etwas theatralisch an seinen Beinen entlang zu Boden, bis er auf Klaffkis Füßen zu liegen kam. Er stank aus dem Maul, als hätte er gerade etwas richtig Widerliches gefressen. Die Waltons hatten auch einen Hund, einen Labrador oder Retriever, der erst in der vorletzten Staffel starb, wieso fiel ihm das jetzt auf einmal ein?

»Ich glaube, Frau Jenner wartet oben auf mich«, sagte Phil.

»Ja, dann mach mal. Grüß sie von mir. Das heißt, nee. Warte. Warte!« Klaffki zog seine Füße so hastig unter Kottke weg, dass der Hund jaulend aufsprang. »Bin sofort wieder da.« Er verschwand in seiner Wohnung.

»Vergiss es«, sagte Phil zu Kottke und versuchte, nicht durch die Nase einzuatmen, während er alles, was er an Alphareserven besaß, in seinen Blick legte. Kottke bellte einmal auf, dann senkte er den Kopf und lief Klaffki hinterher.

Es dauerte ewig. Als Klaffki endlich zurückkam, war Phil gerade im Begriff, oben bei Karla anzurufen, um ihr zu sagen, dass es ein bisschen später werden würde, weil er unterwegs aufgehalten worden war. Er ließ es bleiben. Klaffki hatte etwas in der Hand, das aussah wie eine Küchenpapierrolle, die in Küchenpapier eingewickelt war.

»Ich hab die schon so lange hier rumstehen«, sagte er. »Bin nicht so der Kerzentyp. Hab sie bei einer Tombola gewonnen. Vielleicht kannst du die mal oben bei ihr anzünden, damit sie weiß, dass ich an sie denke.«

Phil nahm die Kerze entgegen, die erstaunlich schwer war, und steckte sie in seinen Rucksack. Er fand, dass Klaffki ihm einen Gefallen schuldete, auch wenn es ihn eine weitere Minute kosten würde. »Und dieser Olić ist Maler? Der malt Rona?«

»In Öl«, sagte Klaffki. »Der malt Rona und ab und zu auch andere. Sie kriegen von ihm Kohle dafür, dass sie ein paar Stunden still sitzen und dabei aussehen wie Huren. Niemand hat jemals ein fertiges Bild zu Gesicht gekriegt. Wenn du mich fragst, hat Olić schwer einen an der Waffel, aber Rona sagt, dass er die Mädchen sehr höflich und respektvoll behandelt. Wieso willst du das wissen?«

»Nur so«, sagte Phil.

Klaffki hatte eine Eingebung. »Nee, oder?«

»Ich muss dann mal los«, sagte Phil.

»Alles klar«, sagte Klaffki. »Du weißt ja, wo du mich findest, falls Frau Jenner was braucht.«

Phils Erleichterung über die Natur von Ronas Nebenerwerb verlor mit jedem Schritt, den er weiter nach oben stieg, an Bedeutung, während seine Beine an Gewicht zunahmen, was möglicherweise an der Kerze lag, die mindestens zwei Kilo wog, oder auch daran, dass er keine Ahnung hatte, was ihn bei Karla erwartete. Er benutzte wie vereinbart seinen Schlüssel, um ihre Wohnungstür zu öffnen, und rief mit der muntersten Stimme, die er aufbringen konnte: »Ich bin's!« Statt ihre Antwort abzuwarten, ging er an Karlas Wohnzimmer vorbei auf direktem Weg in die Küche. Das letzte Stück rannte er fast. Natürlich war er darauf vorbereitet gewesen, aber der Anblick des leeren Tischs war so schockierend, als wäre er derjenige, der sterben würde. Nur noch der zugeklappte Computer war da, daneben lagen die alte und eine ganz neue Festplatte, frisch angeliefert und noch verschweißt in ihrer Originalverpackung.

Damit es wieder ein bisschen bewohnter aussah, klappte er den Rechner auf und holte Klaffkis Kerze aus dem Rucksack. Im Schrank über der Spüle fand er einen Teller, der sich eventuell als Untersetzer eignen würde. Er wickelte die Kerze aus dem Küchenpapier und sah, dass sie auf einer Seite mit farbigem Wachs beklebt gewesen war, das rautenförmige Logo mit dem großen W und zwei Reihen Buchstaben waren behutsam entfernt worden und hatten ein schwachgrünes Nachbild auf dem hellen Untergrund hinterlassen, das man noch problemlos lesen konnte.

LEBENSLANG
GRÜN-WEISS

Phil schabte vorsichtig mit dem Fingernagel über das L, aber die Farbe war zu tief eingedrungen und ließ sich nicht entfernen, ohne dass die Oberfläche der Kerze kaputtging. Wenn, dann musste man das Ganze einfach so drehen, dass die Aufschrift hinten war. Als er es versuchte, wackelte die Kerze auf ihrem Untersetzer. Er beschloss, alles stehen zu lassen und endlich zu Karla zu gehen. Er ging langsam durch den Flur, sehr langsam, und klopfte an ihre Tür.

»Komm rein, Phil.«

Karla saß an ihrem Esstisch, der bedeckt war von Papieren, Stiften, Büchern und Notizheften, und das Erste, was er dachte, war, dass alles Leben aus der Küche hinüber in ihr Zimmer auf diesen Tisch gewandert war. Es war der letzte Ort, an dem er sie erwartet hätte, aber hatte er ernsthaft geglaubt, sie würde halb tot über der Sofalehne hängen? Niemand wusste so gut wie Phil, wie unwichtig Essen sein konnte und wie lange man ohne über die Runden kam, und wenn er es richtig verstanden hatte, war es gerade mal vierundzwanzig Stunden her, seit Karla zum letzten Mal gegessen und getrunken hatte. Der Deal war, so hatte es ihm sein Vater erklärt, dass immer eine Flasche Wasser in Reichweite stehen musste, so dass sie zumindest am Anfang jederzeit die Möglichkeit hatte, ihr Vorhaben abzubrechen. Er sah sich um und entdeckte die Flasche direkt neben sich auf einer der Lautsprecherboxen.

»Magst du dich setzen?« Sie schob Papierstapel und Hefte zur Seite und zeigte auf einen Stuhl. Phil ging zu ihr und setzte sich.

»Hör zu, Phil«, sagte sie. »Du bist schon in der Küche gewesen, oder? Tut mir leid, wenn es so lieblos und leer dort aussieht, aber ich hatte die einmalige Gelegenheit, das ganze Zeug sofort wegbringen zu lassen, und die habe ich genutzt.«

Wollte er nachfragen, wohin die Sachen gekommen waren? Nein, wollte er nicht. »Ist schon okay«, sagte er.

»Gut«, sagte Karla. »Ich denke mal, für das Durchchecken und die Datensicherung wirst du nicht mehr als ein, zwei Stunden brauchen. Willst du trotzdem weiter hierher zu mir in meine Wohnung kommen, auch wenn dein Job damit beendet ist?«

Er überlegte nicht lange. Eigentlich überlegte er überhaupt nicht. »Ja«, sagte er. In ihrer Frage gab es keine

Option auf ein Aberwarum, und irgendwie machte das die Sache einfacher.

»Dann lass uns kurz darüber reden, was dich in den nächsten Tagen hier erwartet. Du wirst nicht mehr oft mit mir allein sein. Frau Beck vom Pflegedienst wird regelmäßig vorbeischauen. Doktor Höll kommt ein- bis zweimal am Tag und auf Zuruf. Dein Vater kann wegen der Feiertage oft hier sein. Und seit gestern übernachtet Rona auf diesem Sofa, was ich im Moment für maßlos übertrieben halte, aber sie will es unbedingt so. Willkommen im Club.«

Phil nickte.

»Es ist gut möglich, dass ich mich noch ein, zwei Tage topfit fühle. Manche Leute setzen sogar ihre Schmerzmittel ab oder fahren sie runter, weil ihr Körper durch das Fasten Riesenmengen an Endorphinen freisetzt. Gegen die trockene Mundschleimhaut hilft das Lutschen von Eiswürfeln, aber man muss vorsichtig damit sein, weil man sonst zu viel Flüssigkeit aufnimmt. Phil?« Karla beugte sich vor, und ihr Gesicht war jetzt ganz nah vor seinem. Er wusste, dass es völlig daneben war in so einer Situation, aber ein Teil seines Gehirns versuchte sich die ganze Zeit daran zu erinnern, wie der Hund von den Waltons hieß.

»Ja?«, sagte er.

»Es geht mir gut, Phil«, sagte Karla. »Ich habe keine Schmerzen. Ich will das alles so. Genau so und nicht anders. Okay?«

»Okay«, sagte er. Zwischen den Papierstapeln entdeckte er eine Eiswürfelform, in deren Kammern nur noch das Schmelzwasser stand.

»Irgendwann werde ich wahrscheinlich nicht mehr viel reden wollen. Vielleicht kommt dann endlich dein

Moment, mir etwas vorzulesen. Es heißt, dass mit der Zeit das Schlafbedürfnis immer größer wird. Bis es überhaupt nicht mehr weggeht und man nur noch schlafen will. Ich finde, das sind gute Aussichten.«

Es hörte sich alles sehr unkompliziert an, wenn sie das sagte, und er verstand, dass kein Mensch der Welt ihr das hätte ausreden können und auch nicht ausreden dürfen. Weil er nicht wusste, wie er ihr das sagen konnte, beließ er es dabei, heftig zu nicken. Sie sah so fröhlich aus. Vielleicht waren das die Endorphine. Er konnte sich nicht vorstellen, dass man in so einer Stimmung auch sterben konnte, aber wenn er es jemandem zutraute, dann Karla.

Direkt neben ihm lagen zwei schwarze abgenutzte Notizbücher mit weich geblätterten Schnittkanten auf dem Tisch. Er zeigte darauf. »Schreiben Sie auch?«, fragte er.

»So wie du? Nein«, sagte Karla. »Ich habe mir immer nur Notizen gemacht, über alles, meine Arbeit, meine Freunde, meine Zustände, meine Ideen. Bis auf die technischen Anmerkungen, die mit meinen Fotos zu tun hatten, hab ich mir das selten noch mal angeschaut. Oft konnte ich meine eigene Schrift nicht mal lesen. Aber es war wichtig, die richtigen Worte zu finden und sie aufzuschreiben. Das Aufheben war weniger wichtig. Ich hab ständig meine Notizbücher irgendwo liegen lassen. Ich fand nie, dass es ein großer Verlust war. Ich habe einfach ein neues angefangen.«

»Aber ein paar haben Sie noch.«

»Ein paar von früher, und vor allem habe ich die aus den letzten Monaten. Es gab zu wenig Gelegenheiten, sie zu verlieren.«

»Was passiert später damit?« Er hatte die Frage gestellt, ohne nachzudenken, und jetzt genierte er sich für seine Taktlosigkeit, dabei redete Karla doch selbst die ganze Zeit davon.

»Ich möchte, dass sie weggeworfen werden. Ganz profan. Wer meine Hefte im Altpapier findet und sie lesen möchte, ist herzlich willkommen.«

Weil er nicht anders konnte, als Wörter beschützen zu wollen, sah er sich sofort in Gedanken knietief in einem Recyclingcontainer stehen, um Karlas Notizbücher vor der Vernichtung zu retten und sie später als Herausgeber zu veröffentlichen. Die Tagebücher von Karla Jenner. Natürlich würde er über die Textauswahl entscheiden und ein Vorwort schreiben. Er konnte sich allerdings auch gleich hier und jetzt ein Messer in die Brust rammen, weil er so ein eitler und verlogener Arsch war, der im Angesicht des Todes über den Hund der Waltons und seine Karriere in der Buchbranche nachdachte. Echt, Mann.

»Meine Notizen sind nicht geheim, Phil, will ich damit sagen. Sie sollen nur niemandem gehören. Du kannst jederzeit reinschauen, falls dich das tatsächlich interessiert. Ich glaube nur, du wirst dich langweilen. Das ist keine Literatur.«

Ihre Schrift zu lesen war kein Problem, das wusste er seit Robert Frosts Gedicht. Er fand Karlas Großzügigkeit ebenso berauschend wie beängstigend, schließlich war sie eine Erwachsene, und selbst wenn sie bald tot waren, teilten Erwachsene so was nicht mit Kindern, wobei er sich bei Letzterem nicht völlig sicher sein konnte. Er wollte gestehen, was für miese Phantasien er gerade gehabt hatte, und ihr versprechen, dass er sich niemals an ihrem geistigen Eigentum vergreifen würde, aber das Klingeln an der Wohnungstür hielt ihn davon ab.

»Wer ist das? Soll ich aufmachen?«, fragte Phil.

»Das wird Frau Beck sein«, sagte Karla. »Die mit dem Zopf. Sie hat ihren eigenen Schlüssel.« Sie deutete auf die Lautsprecherbox. »Und wenn sie nachher geht, wird sie dafür sorgen, dass die Wasserflasche wieder ein bisschen näher bei mir steht, aber so, dass es nicht auffällt. Ich glaube, sie ist nicht ganz einverstanden mit meinem Vorhaben. Aber sie hält sich auf angenehme Weise zurück.«

Als sie hörten, wie Frau Beck die Tür aufschloss, stand Phil auf und sagte »Ich geh dann mal rüber in die Küche«, und Karla bat ihn, den Eisbehälter mitzunehmen und mit Wasser gefüllt ins Gefrierfach zu stellen. Im Flur begegnete er Frau Beck. Sie gaben sich die Hand, ein wenig Eiswasser schwappte dabei aus der Form, und Frau Beck nickte ihm mit ernster Miene zu, bevor sie an Karlas Zimmertür klopfte. Die Unerschütterlichkeit, die sie ausstrahlte, hatte etwas Beruhigendes, aber für heitere Stimmung schien sie nicht zuständig zu sein. Sein Vater sagte, Frau Beck mache ihren Job richtig gut. Phil fand sie trotzdem nicht besonders.

In der Küche setzte er sich vor den Laptop, schloss die alte Festplatte an und packte die neue aus. Das eingerissene Plakat über dem Küchentisch hatte als einziges Bild in Karlas Wohnung seine Stellung behaupten können, und dass ein hässlicher Haufen Wüstensand mit Schädelknochen und blutroter Rose ihm einmal so etwas wie Beständigkeit und Trost vermitteln würde, hätte er nie für möglich gehalten, aber genau so war es. Ihm gegenüber am Tischende stand Klaffkis Kerze und schepperte, sobald er die Tischplatte berührte, makellos auf der Vorderseite, ein bisschen problematisch auf der hinteren, für die er sich noch etwas einfallen lassen musste. Später.

Er begann, die einzelnen Ordner aufzurufen, die nach Jahrgängen abgelegt waren, und verglich die Namen der

Originale mit denen der Sicherungskopien. Kein Bilderlotto heute, kein Anklicken einer beliebigen Datei, nur um zu sehen, welches Foto sich durch Zufall auf dem Bildschirm für ihn öffnete. Lieber konzentriertes Vergleichen, anschließendes Erstellen von neuen Kopien und inständiges Hoffen, dass er alles richtig machte und nichts aus Versehen löschte. Er war sicher, dass Karla diese Aktion nicht mehr überprüfen würde, es lag also einzig an ihm, ob die *University of Santa Cruz* tatsächlich das komplette Archiv und nicht etwa zwanzig Bilder weniger erhalten würde, und es war ihm einerseits scheißegal und andererseits auch wieder nicht. Ungefähr eine halbe Stunde später tauchte Frau Beck in der Tür auf und sagte, sie ginge jetzt und würde in zwei Stunden noch einmal vorbeikommen, wenn der Arzt auch hier wäre. Phil nahm sich vor, sie auf keinen Fall anzulächeln, wenn er antwortete, um ihr zu zeigen, dass er den Ernst der Lage erfasst hatte, aber er schaffte es nicht.

Nach einer weiteren Stunde war er mit allem fertig. Weil er nicht wusste, was mit Karlas Favoriten passieren sollte, für die er einen Extraordner angelegt hatte, zog er noch eine Kopie auf beide externen Festplatten. Dann klappte er den Rechner zu. Ende. Ohne die Scangeräusche war sowieso alles nur noch halb so schön gewesen.

Er hatte mit Karla nichts ausgemacht, aber er fand trotzdem, dass es an der Zeit war, nach ihr zu sehen. Ihre Tür war geschlossen, und auf sein Klopfen bekam er keine Antwort. Als er vorsichtig den Kopf ins Zimmer steckte, entdeckte er sie schlafend auf dem Sofa. Sie sah aus wie ein Wesen von einem anderen Stern. Sie war so durchsichtig wie die Wasserflasche, die jetzt auf einem Beistelltisch ganz in ihrer Nähe stand, und die Flasche machte ihn plötzlich wütend. Karla starb nicht, weil sie aufhörte zu trinken. Sie hatte aufgehört zu trinken, weil sie starb. Das sah man doch.

Er würde warten, bis Doktor Höll oder Frau Beck wiederkamen, und dann nach Hause gehen. Er schlich zurück in die Küche und schrieb einen Zettel für Rona in der Hoffnung, dass sie eine Idee hatte, was sie mit Klaffkis Kerze machen sollten. Als er vom Tisch aufstand, sah er die vergessene Eiswürfelform auf der Spüle stehen. Er verfluchte sich und drehte hastig den Hahn auf und ließ Wasser hineinlaufen, Wasser, überall war Wasser, Wasser war Leben, kein Wasser war Tod. Zu seiner großen Erleichterung entdeckte er im Gefrierfach drei weitere Behälter, die schon mit Eis gefüllt waren. Er hatte Durst und fand es absurd, wie er dastand und mit großen, gierigen Schlucken sein Glas leerte. In der Küche war es viel zu still.

Im Flur war es auch still, aber hier würde er wenigstens Karla hören, falls sie ihn brauchte. Er setzte sich neben der Garderobe auf den Boden und holte den ersten Teil einer Fantasy-Trilogie, den Max ihm ausgeliehen hatte, aus seinem Rucksack, aber schon beim Prolog musste er das Buch wieder zuklappen, auch wenn »Der Fisch gab auf« grundsätzlich ein hervorragender erster Satz war. Er streckte die Beine aus und nahm sich vor, an nichts zu denken, das mit Wasser zu tun hatte, was ein guter Moment war, um endlich wieder an Rona zu denken. Vielleicht saß sie gerade in ihrer Hurenverkleidung in der Wohnung über ihm und ließ sich von Olić malen. Unfassbar. Auf die Idee war nicht einmal Max gekommen, der, wahrscheinlich um ihn abzulenken, immer behauptet hatte, Studentinnen würden als Nebenjob keinen richtigen Sex, sondern meistens Tantra-Massagen anbieten, und was Tantra-Massagen waren, hatte

Max sorgfältig recherchiert. Und jetzt das. Niemand habe jemals ein fertiges Bild von Olić gesehen, hatte Klaffki gesagt, vielleicht hieß das ja, dass er jedes Mal das alte Bild mit einem neuen übermalte, Hure auf Hure, die Leinwand bereits zentimeterdick und schuppig wie getrockneter Schlamm, aber eine ging immer noch drauf, und noch eine –

Er sprang auf die Füße, so groß war sein Schreck, und so laut war die Türklingel. Es kam nicht von unten; jemand stand bereits vor der Wohnung, und Phil riss die Tür auf und begrüßte Doktor Höll, dessen oberes Körperdrittel wie immer ein bisschen zusammengefaltet aussah. »Sie schläft«, sagte Phil, und Höll sagte »Das ist in Ordnung«, und eilte in Richtung von Karlas Wohnzimmer. Keine zwei Minuten später traf auch Frau Beck ein, und Phil fand, es war Zeit zu gehen, auch wenn das hieß, dass er sich heute nicht mehr persönlich von Karla verabschieden konnte. Er überlegte, ob er unter irgendeinem Vorwand bei Olić im fünften Stock klingeln sollte, nur mal so, aber er hatte keinen Vorwand, also rannte er nach unten, und als er an Klaffkis Tür vorbeikam und Kottke dahinter bellen hörte, fiel es ihm endlich ein: *Reckless*. Der Hund von den Waltons hieß *Reckless*.

Karla

i've looked at life from both sides now

from win and lose and still somehow

it's life's illusions i recall

i really don't know life at all

und übers sterben weiß ich erst recht nichts

Fred

ER LERNTE ZU SCHWEIGEN, wenn er mit Karla allein war, weil er nach und nach begriff, dass sie außer seiner Gegenwart jetzt nichts mehr von ihm brauchte, nicht einmal Antworten und schon gar keine Fragen. Sie schritt in ihrem Zimmer auf und ab, als müsse sie sich den Weg zwischen Tür und Tisch und Sofa einprägen, solange es noch ging, manchmal stand sie auch minutenlang am Fenster und sah hinaus und sagte nichts. Er rechnete fest damit, dass sie den Frühling erwähnte, aber sie tat es nie. Die Stille zwischen ihnen war einvernehmlich. Sie belastete ihn nicht, und gelegentlich hatte er den Eindruck, dass Karla ihn völlig vergaß. Ihre Fußnägel glänzten in einem dunklen Kirschrot, Rona hatte sie ihr lackiert, schön, nicht wahr, sagte sie. Musik wollte sie keine mehr hören. Einmal erzählte sie ihm von einem Open-Air-Konzert in Colorado, 1978 war das, Red Rocks, diesen Namen hatte er sich gemerkt, obwohl sie mitten im Satz abbrach und er das Ende der Geschichte niemals erfuhr. Als er wieder zuhause war, suchte er im Internet nach dem Ort und fand ihn.

Er erzählte Klaffki davon, als er ihn unten vor dem Haus auf der Straße traf. Klaffki stand fast immer dort, wenn er kam, und meistens auch, wenn er ging. Er würde sowieso erst wieder zur Ruhe kommen, wenn Karla sicher auf der anderen Seite angekommen wäre, und überhaupt, sich totzuhungern, sagte Klaffki, sich tot-zu-hungern, bevor der Krebs einen erledigt, heilige Scheiße, was für eine Frau. Er war dankbar, dass Rona ihn doch noch in die näheren Umstände von Karlas Sterben eingeweiht hatte. Von Red Rocks hatte er noch nie etwas gehört. Aber so ein Trip nach Amerika, das wäre doch mal was, sagte Klaffki, schmiss seine Kippe auf die Straße und fragte dann, ob es wirklich stimme, was die Kleine sagte, Karla würde einfach immer müder werden und irgendwann nicht mehr aufwachen, und Fred sagte Ja, und Klaffki nickte und meinte, das würde er sich auf jeden Fall merken, für später, man wüsste ja nie, was einem mal passierte.

Meistens benutzte Fred den Fahrstuhl, um in Karlas Wohnung zu kommen. Eines Morgens hatte jemand den Klappsitz mit roter Farbe beschmiert. Es war der Tag, an dem Karla ihr Bett nicht mehr verlassen wollte. Als er am Abend wieder nach unten fuhr, war die Farbe bereits entfernt und der schwarze Kunststoffbezug so stumpfgescheuert, dass man die Entrüstung förmlich spürte, mit der er sauber gemacht worden war.

Jedes Mal, wenn er Karla berührte, fühlte Fred sich leicht und unbefangen. Es geschah nicht oft, und er nahm ihre Hand nur dann, wenn sie ihn dazu einlud. Wie es sein würde, wenn sie keine Signale mehr aussendete, wusste er noch nicht.

Phil

ER HATTE NIE DARÜBER NACHGEDACHT, dass Karla natürlich auch ein Schlafzimmer besaß, jeder Mensch hatte eins, und die Tür, die vom Wohnzimmer dorthin führte, war weder besonders klein noch besonders unauffällig. Solange sie geschlossen gewesen war, hatte es diese Tür einfach nur gegeben, und er hatte sie wahrgenommen, wie man ein Muster in einem Wandteppich wahrnimmt. Jetzt, wo sie offen stand, kam es Phil vor, als hätte sich in Karlas klar definiertem Universum ein Loch aufgetan, in das sie immer weiter hineingezogen wurde, und selbst das Wissen, dass sie wahrscheinlich jeden Abend zum Schlafen in diesen Raum gegangen war, seit er sie kannte, änderte nichts an seinem Eindruck.

Wenn er dann in ihrem Schlafzimmer war, vergaß er das mit dem Loch wieder, weil es so ein freundlicher, heller Ort war. Zu dem Ort gehörten ein Bett, ein fast leeres Bücherregal und ein großes Fenster zum Innenhof, hinter dem man die Baumkrone einer Kastanie mit dicken, speckigen Knospen sah, die in der Sonne glänzten. Zu dem Ort gehörte nicht: der Tisch mit Medikamenten, Ampullen, Desinfektionsmitteln, sterilen Tüchern, Flüssigkeiten, Sprays und Wattestäbchen.

Manchmal bat Karla selbst darum. Auch wenn sie nicht darum bat, tauchte derjenige, der bei ihr war, etwa stündlich ein Wattestäbchen in eine flüssige Lösung und betupfte damit Karlas Zunge, die Mundschleimhaut, ihre

Lippen, die Nasenlöcher. Als Phil diese Aufgabe zum ersten Mal unter dem strengen Kontrollblick von Frau Beck übernahm, fühlte er sich mindestens genauso gut wie beim Lesen von *Lisa_loves_Lyriks* Liebesbotschaften, die ihn zuverlässig in seinem Postfach erwarteten, wenn er wieder einmal ein Gedicht im Forum veröffentlicht hatte. Es war überhaupt nicht schwer, jemanden wie Karla zu versorgen. Ihr Atem roch nach Aceton. Frau Beck hatte ihm erklärt, dass das am Hungerstoffwechsel lag. Sie sah jetzt dreimal am Tag nach Karla, manchmal auch viermal, und gelegentlich lächelte sie Phil an.

Er mochte es, wenn sein Vater dazukam, um ihn abzulösen, und sie noch eine Weile gemeinsam an Karlas Bett saßen. Anfangs hatte Fred etwas irritiert gewirkt, wenn er sich notierte, was Karla sagte, aber er hatte ihn nie nach dem Grund gefragt, und Phil hätte auch keine gute Antwort darauf gewusst. Inzwischen gab es nicht mehr viel, das er aufschreiben konnte. In Karlas Bücherregal befanden sich außer einem alten Fotoalbum ein knappes Dutzend Bücher auf Spanisch, Lorca, Laforet oder Marías; keine Chance, so etwas vorzulesen, aber hier kam Rona ins Spiel, die ihm eine Reclam-Ausgabe von Homers *Odyssee* in die Hand drückte und dabei ein Gesicht machte, das keinen Widerspruch duldete. Also las er Homer für Karla, und sie sagte ihm ein einziges Mal, dass es ihr gefiel, und ein einziges Mal, dass er ihr noch etwas daraus vorlesen solle, mehr sagte sie dazu nicht.

Einmal, als Karla schlief, nahm er das Fotoalbum aus dem Regal. Es hatte einen grauen fleckigen Einband aus Leinen, und als er das Buch öffnete, fiel ihm ein Bild entgegen und landete vor seinen Füßen auf dem Boden. Eine junge Frau mit dunklen Locken lächelte ihn an, die er zuerst für Karla hielt, aber um Karla zu sein, war sie viel zu altmodisch gekleidet und frisiert. Auf der Rückseite der Aufnahme stand die Jahreszahl 1948. Als er begriff, dass die Frau Karlas Mutter sein musste, legte er das Bild hastig ins Album zurück und stellte es wieder ins Regal. Am nächsten Tag nahm er das Album mit nach Hause. Er schwor sich, nie wieder hineinzusehen.

Rona hatte ihm gesagt, sie hätte selten so wenig Angst gehabt wie in den Nächten bei Karla. Sie würde den Wecker so stellen, dass sie alle zwei Stunden nach ihr sehen konnte, und danach schlafe sie sofort wieder ein. Klaffkis Kerze hatte sie in einer großen, zylinderförmigen Glasvase untergebracht. Man konnte sie von Karlas Bett aus sehen. Nach Phils Berechnungen würde sie neun Tage lang halten, wenn Rona sie über Nacht ausmachte, und sechs, wenn sie rund um die Uhr brannte. Die Raute mit dem Werder-Logo war schon zur Hälfte verschwunden. Nur noch wenige Zentimeter bis *LEBENSLANG* und etwa eine Handbreit bis *GRÜN-WEISS*.

Karla

(aufgezeichnet von Phil)

Diese Müdigkeit ist einerseits lästig

und andererseits wie Üben. Man
lernt, immer wieder einzuschlafen ohne
die Befürchtung, was zu verpassen.

Diese Kerze. Die von Leo Klaffki.

Wie lange brennt die schon?

Was schreibst du da die ganze Zeit, Phil?

Gut, dann notier das:

Das Album muss weg.

Das Fotoalbum. Kümmerst du dich bitte darum.

Mit den Notizbüchern. Einfach nur weg.

Ich bin müde.

Ich träume den gleichen Blödsinn wie immer,
Phil. Ich habe geträumt,
dass Merz kommt und meine Leiche im
Fahrstuhl abtransportieren will,

und ich wehre mich, weil ich genau weiß,
dass er wieder stecken bleiben wird,
aber Merz hört mich nicht und lacht.

Dass ich meinen Körper am Ende sich selbst überlassen muss.

Was habe ich gesagt?

Nein, was ich damit gemeint habe. Jetzt weiß ich es wieder.

Dass ich ihn einfach hier liegen lasse. Das müsst ihr mir verzeihen.

Hallo, Herr Wiener. Geh ruhig, Phil. Ich bin morgen noch da.

Fred

ER HIELT DAS TELEFON ans Ohr gepresst, während er die Wohnungstür mit der linken Hand öffnete und Doktor Höll hereinließ. Sie nickten sich zu, Fred lächelte entschuldigend und wies auf sein Handy.

»Dann bis gleich, Herr Wiener«, sagte Doktor Höll und verschwand in Karlas Zimmer.

»Da bin ich wieder, Arne«, sagte Fred. »Wie es Karla geht? Kann man nur raten. Ich glaube, dass alles in Ordnung ist. Jedenfalls scheint sie keine Schmerzen zu haben.«

»Scheint? Spricht sie nicht mehr?«

»Nicht mehr viel. Und wenn sie was sagt, dann nicht, um zu klagen.«

»Und du? Ich kann mir denken, dass dich das ziemlich mitnimmt.«

Neben Karlas Flurgarderobe lehnte ein Spiegel in einem vergoldeten Holzrahmen, halb verdeckt von Mänteln und Schals. Er blieb davor stehen und beobachtete sich beim Sprechen. Seine Brillengläser waren fleckig, die Augen dahinter rotgerändert. Er musste dringend wieder zum Friseur.

»Natürlich nimmt mich das mit. Sie löst sich einfach auf, Arne. Ich hätte nicht gedacht, dass man innerhalb so weniger Tage so viel an Gewicht verlieren kann. Und sie war vorher schon so dünn.«

»Ja, das kann rasend schnell gehen«, sagte Arne. »Fred,

hast du schon einmal daran gedacht, beim Hospiz um Verstärkung zu bitten?«

Ihm gefiel sein Gesichtsausdruck nicht. Er hob das Kinn und versuchte, gefasst und entschlossen auszusehen, und er sah gefasst und entschlossen aus.

»Fred? Bist du noch da?«

»Ich bin da«, sagte Fred und nickte seinem Spiegelbild zu, bevor er sich abwandte.

»Du weißt, dass du jederzeit um Entlastung bitten kannst, was die Sitzwachen angeht. Du musst das nicht allein durchziehen. Maria oder Ole wären sicher die Ersten, die dich unterstützen würden.«

»Ja, sicher«, sagte Fred und warf einen Blick über die Schulter zurück in den Spiegel: immer noch gefasst und entschlossen. »Wir kriegen das allein hin, Arne. Eine Freundin aus der Nachbarschaft bleibt nachts bei Karla, und Phil und ich sind tagsüber da.«

»Wie kommt Phil damit klar?«

»Erstaunlich gut. Er liest Karla vor. Ich finde ihn sehr mutig. Es ist gut für Karla, dass er da ist. Und auch gut für mich.«

»Fred, auch für deinen Sohn ist das eine große Belastung. Allzu lange solltest du das nicht –«

»Es wird nicht mehr lange dauern. Noch in dieser Woche.«

»Wer sagt das? Du?«

»Der Arzt sagt das. Und die Pflegerin. Karla hat keine Reserven mehr. Der Krebs ist überall. Ihre Nieren werden demnächst versagen oder ihr Herz. Oder alles auf einmal.«

»Ich möchte dir trotzdem dringend raten –«

»Arne, ich halte nichts von der Idee, Karla jetzt noch eine fremde Person zuzumuten. Wenn ich sage, wir schaffen das hier, dann meine ich es auch so.«

»Ich verstehe.«

»Ich muss jetzt Schluss machen, Arne. Danke für deinen Anruf. Mach dir keine Sorgen. Ich sag Bescheid, wenn ich etwas brauche.«

»Dann alles Gute, Fred.«

Er steckte das Telefon in die Hosentasche und blieb reglos stehen. Aus Karlas Zimmer drang kein Laut, Karlas Sterben war eine stille Angelegenheit. Seine Armbanduhr zeigte zwanzig vor acht. Um acht würden Rona und Phil eintreffen und Pizza mitbringen und ihre Jugend und Lebendigkeit, sie würden zu dritt in Karlas Küche essen, und wenn er danach mit Phil nach Hause fuhr, würde Ronas Nachtschicht beginnen. Seit sie in Karlas Wohnung schlief, sagte Rona, habe sie die friedlichsten Träume aller Zeiten, sie könne sich sogar vorstellen, wieder mal ihre Eltern zu besuchen, so friedlich seien ihre Träume. Sie war empört gewesen, als sie erfuhr, dass Fred sowohl Klaffki als auch Olić zum Bereitschaftsdienst verpflichtet hatte, falls sie in der Nacht Hilfe brauchte und weder der Arzt noch Fred rechtzeitig kamen; überforderte alte Männer wären das Letzte, was sie nachts um sich haben wollte, und überhaupt, was sollte schon groß passieren, außer dass Karla starb, und das tat sie doch auf jeden Fall, oder?

Freds Magen knurrte, er war hungrig. Er öffnete behutsam die Tür zum Wohnzimmer. Doktor Höll war noch bei Karla, er hörte das Knistern von Kunststoff, ein leises Klirren, dann das Zuschnappen eines Verschlusses. Er setzte sich an den Tisch und schloss die Augen und spürte, wie erschöpft er war.

Karla

(aufgezeichnet von Phil)

Man muss sich überhaupt keine Gedanken machen,

was man mitnehmen will.

Handgepäck reicht völlig aus.

Kein Mensch braucht mehr als Handgepäck.

Odysseus hatte noch nicht mal Handgepäck dabei, oder?

Phil

LEBENSLANG hatte sich erledigt. *GRÜN-WEISS*, blasser als je zuvor, war mit dem überstehenden Wachsrand in Richtung Flamme gekippt und schien es kaum erwarten zu können, sich endlich ganz dem Feuer hinzugeben.

Was Karla jetzt noch sagte, war kaum zu verstehen. Wenn er allein mit ihr war, was nur noch selten vorkam, versuchte er manchmal, genauso zu atmen wie sie. Aus der *Odyssee* las er nur noch kurze Passagen vor, mit langen Pausen dazwischen, weil er Angst hatte, es könnte ihr zu viel werden. Einmal beugte er sich zu ihr und legte sein Gesicht an ihres. Ganz kurz nur. Niemand sah es.

Fred

DER LINKE FLÜGEL WIDERSETZTE SICH. Fred musste kräftig daran ziehen, bis er endlich nachgab. Dann stand das Fenster weit offen, und kühle Morgenluft strömte ins Zimmer. Ein gutes Dutzend Vögel stob zeternd aus der Baumkrone. Jemand weinte, es war Rona. Jemand stand neben ihm und legte schweigend die Hand in seine, es war Phil.

Phil

»MEIN VATER FLIEGT in den Sommerferien in die USA«, sagte er.

»Was? Wohin?«, fragte Max.

»Er will sich ein Auto mieten. Westküste bis Ostküste oder so.«

»Alleine?«

»Hm.«

»Der kann doch gar kein Englisch.«

»Er macht einen Kurs.«

»Und du?«

»Schottland«, sagte Phil. »Mit Mama und Fergus.«

»Alter. Du bist gelinkt worden.«

»Ich muss kein einziges Rind angucken, haben sie gesagt.«

Es war nicht mehr weit bis zur Bank am Eingang des Parks, auf der er noch vor wenigen Wochen mit Karla gesessen hatte. Phils Kamera lag in seinem Rucksack, an Max' Schulter baumelte lässig eine Praktica L2, die er einem türkischen Händler für lächerliche zwanzig Euro abgekauft hatte und deren Transporthebel klemmte, was Max nicht daran hinderte, von einem Fotoshooting mit Rona zu träumen. Beim Rap-Contest hatten sie es nicht unter die ersten drei geschafft: vierter Platz, die Mutter aller Demütigungen, aber nicht unbedingt das Ende ihrer Zusammenarbeit. Von Phils erstem Film war nur ein einziges Bild wirklich gut geworden, das von Karla im Park, als sie sich zu ihm umdrehte. Er hatte es inzwischen fünfmal abziehen lassen. Ob Karlas Schwester auch eine Kopie wollte, wusste er nicht, aber er hatte einfach einen Abzug dazugelegt.

Vor ein paar Tagen war Post von Karlas Anwalt gekommen, sie enthielt einen USB-Stick mit den Lieblingsaufnahmen aus Karlas Archiv. Phil hatte nicht gewusst, dass der Ordner für ihn bestimmt gewesen war. Der Stick lag jetzt bei seinem Vater in der Schreibtischschublade. Eines Tages würden sie sich die Bilder zusammen anschauen. Sie waren sich einig, dass es noch zu früh dafür war.

»Ich muss noch kurz zum Briefkasten da hinten«, sagte Phil. »Was einwerfen.«

»Das passt doch nie im Leben da rein. Was ist in dem Umschlag drin, Pornohefte aus den Siebzigern?«

Natürlich passte es rein, man musste sich nur geschickt anstellen.

»Ein Fotoalbum«, sagte Phil.

»Wem bitte schickst du ein Fotoalbum?«

»Egal«, sagte Phil.